하늘에서
돈이
내린다면

Millions

하늘에서 돈이 내린다면

프랭크 코트렐 보이스 지음 ◎ 이재경 옮김

미래인

하늘에서 돈이 내린다면

1판 1쇄 발행 2015년 3월 20일
1판 4쇄 발행 2018년 10월 25일

지은이 프랭크 코트렐 보이스 **옮긴이** 이재경 **펴낸이** 김민지 **펴낸곳** 미래M&B
책임편집 황인석 **디자인** 이정하
영업관리 장동환, 김하연
등록 1993년 1월 8일(제10-772호) **주소** 서울시 마포구 서교동 464-41 미진빌딩 2층
전화 02-562-1800(대표) **팩스** 02-562-1885(대표)
전자우편 mirae@miraemnb.com **홈페이지** www.miraeinbooks.com

ISBN 978-89-8394-777-2 03840

값 9,500원

나의 황금과 유향과 몰약인
조, 에이든, 키아라, 가브리엘라, 베네딕트, 엘로이즈, 자비에에게
이 책을 바칩니다.

어떻게 하면 세상을 더 좋은 곳으로 만들 수 있을까? 이것이 프랭크 코트렐 보이스의 소설에서 두 어린 주인공이 직면한 문제다. 하지만 어린 형제는 이 문제가 앞으로도 자신들을 두고두고 괴롭히리라는 것까지는 모른다.

복잡한 어른들의 세계는 잠시 접어두자. 두 형제가 당장, **오늘** 세상을 바꿀 방법은? 오늘은 엄청난 액수의 돈(파운드화 지폐)이 이들의 손에 떨어진 날이다. 엄밀히 말하면 형제 중 동생인 데미안의 손에 떨어지고, 데미안은 형 안소니에게 도움을 구한다. 흐음. 열 살짜리 꼬마라면 그럴 수도 있겠다. 좀 더 나이 많고(열한 살), 좀 더 현명한(자기 생각) 안소니는 돈벼락의 흥을 깰 수 있는 어른세계의 필요악, 예컨대 세금폭탄을 경고한다. 그리고 동생에게 그들만의 방식으로 '깜놀'하게 멋진 세상을 만들자고 한다. 최대한 빨리. 돈이 휴지가 되기 전에.

소설은 영국이 파운드화를 버리고 유로화를 채택한다는 가상현실을 취한다. 하지만 데미안과 안소니가 사는 세계는 결국 어른들의 세계이고, 어른들의 세계에는 세금 거미줄만 걸려 있는 게 아니

6

라 예상치 못한 덫들도 널려 있다. 이들의 짧은 지식은 곧 세상의 벽에 부딪히고, 이들은 돈을 쓰는 것도 일이란 걸 깨닫는다. 심지어 기부를 하려 해도, 그것 역시 생각만큼 쉽지 않다.

이 소설은 픽션이고 우화다. 하지만 현실세계의 작용 원리와 사람들의 속내, 선과 악의 양면성에 관한 위트와 통찰을 갖춘 우화다. 재미있고 유쾌하다. 섣부른 훈계조는 찾아볼 수 없다.

바로 이 점이 작가 프랭크 코트렐 보이스의 특기다. 프랭크는, 그의 주인공들처럼, 한편으로는 바보스러울 만큼 관대하다가도, 어떤 때는 바늘 하나 들어갈 틈 없이 철두철미하다.(리버풀 출신답게 한마디도 지지 않는 프랭크가 말한다. "찔렸던 자국만 무수해.") 그렇다, 프랭크는 리버풀 사람이다. 따라서 유머감각 하나는 세상을 혼자 바꾸고도 남을 정도다. 세상살이에 용의주도하게 임하는 동시에 세상의 이해관계에 상처받는 것. 그것만 한 코미디 액트는 없다. 주인공 데미안과 안소니가 그런 역할을 한다.

데미안은 어쩔 수 없이 아빠에게(그리고 아빠의 새 여자친구에게) 모든 걸 털어놓기에 이른다. 하지만 아빠야말로 어른세계의 필요악,

즉 세금과 대출금과 기타 등등에 빡세게 얽혀 있다. 그래서 아빠는 세상을 보다 착하게 만들려는 데미안을 집중력 있게 도와주지 못한다. 데미안은 마지막으로 엄마에게 도움을 요청한다. 데미안의 엄마에겐, 세상 엄마들이 다 그렇듯, 당장 돈을 처분하도록 도와주진 못해도, 데미안을 세상 어느 왕이나 축구 구단주 못지않은 부자로 만들어줄 저력이 있다.

나는 프랭크와 함께 이 이야기로 영화를 만들었다. 그 작업은 세상을 개선하고 싶을 때 1순위로 보아야 할 곳이 나 자신이란 것을 일깨웠다. 그것도 일반적인 내가 아니라, 오늘, 지금, 당장의 나. 복권에 당첨됐든 아니든, 나이가 열 살이든 프랭크나 나처럼 노땅이든, 그런 건 중요하지 않다. 나는 **오늘** 사람들에게 짬을 내줬나? **오늘** 사람들에게 곁을 주었나? 진짜 재물은 거기에 있다. 이것은 다분히 종교적인 개념인 동시에(마침 이 소설에는 성인들이, 그것도 아주 재미있는 성인들이 대거 출연한다) 어떤 종교보다 오래됐고 어떤 종교보다 오래갈 개념이다. 그 개념은 잉글랜드 북서부에 사는 평범한 두 꼬마의 이야기 속에 녹아 있고, 종교와 국경을 넘어 모든 남자와 여자의 삶과 함께한다.

　자, 어떻게 하면 세상을 더 좋은 곳으로 만들 수 있을까? 복잡한 문제다. 어디서부터 시작해야 하나? 지금으로서는 프랭크 코트렐 보이스의 소설을 읽는 것보다 더 나은 출발을 기대하기 어렵다.

대니 보일●

●　영국 출신 영화 제작자 겸 감독. 2008년 아카데미 감독상을 수상한 〈슬럼독 밀리어네어〉를 비롯해 〈옐로우 그레이브〉, 〈트레인스포팅〉, 〈28일 후〉, 〈127시간〉 등 수많은 화제작을 연출했다. 2012년 런던 올림픽의 개막식 총감독을 맡기도 했다. 2004년에 프랭크 코트렐 보이스의 오리지널 시나리오로 영화 〈밀리언즈〉를 만들었다.

차례

1
수호성인

만약 이 얘기를 안소니 형이 한다면, 형은 십중팔구 돈 얘기부터 꺼낼 거다. 모든 것은 돈으로 귀결돼. 형의 지론이다. 그러니까 시작도 거기서 하는 게 좋아.

형은 이렇게 풀 거다. "옛날 옛날 한옛날에 22만 9,370파운드가 있었어요." 그리고 끝은 "그래서 그들 모두 고금리 예금계좌와 더불어 두고두고 행복하게 살았답니다."로 맺겠지.

하지만 지금 이 얘기를 하는 사람은 형이 아니다. 나다. 나는, 글의 소재가 무엇이든, 그것의 수호성인으로 시작하는 편이다. 가령, 작문시간에 '이사'라는 주제가 떨어졌을 때 나는 이렇게 썼다.

이사

5학년[*], 데미안 커닝엄

우리 가족은 얼마 전에 크로머티 클로즈 거번지로 이사 왔다. 이사의 수호성인은 성녀 안나(1세기)다. 성녀 안나는 성모 마리아의 어머니다. 성모 마리아는 죽음을 겪지 않고, 대신 꽤 젊은 나이에 하늘나라로 들려 올라갔다. 성녀 안나는 속이 상했다. 성녀 안나를 위로하기 위해 천사 네 명이 성녀 안나의 집을 들어서 이탈리아의 바닷가로 옮겨놓았다. 그 집이 오늘날까지도 남아 있다. 원활한 이사를 바랄 때는 성녀 안나에게 기도하면 된다. 하지만 성녀는 굽어보실 뿐, 짐을 직접 옮겨주거나 하지는 않는다. 성녀 안나는 광부와 승마와 가구 제작자와 노리치 시(市)의 수호성인이기도 하다. 성녀는 살아 있을 때 많은 기적을 행하셨다.

내가 하려는 얘기의 수호성인은 아시시의 성 프란치스코(1181~1226)다. 따지고 보면 이 모든 일이 강도사건에서 비롯된 데다. 성 프란치스코가 처음으로 행한 성인다운 일이 강도짓이었기 때문이다. 그는 부친의 옷감을 훔쳐서 가난한 사람들에게 주었다. 진짜 강도들의 수호성인도 있다. 바로 성 디스마(1세기)다. 그렇다고 내가 강도라는 말은 아니다. 나는 그저 착한 아이가 되고

---

[*] 영국에서는 만 5세에 초등학교에 입학한다. 따라서 데미안의 나이는 만 9세가량이다.

싶었을 뿐이다.

그날은 우리가 그레이트 디튼 초등학교로 전학 간 첫날이었다. 학교 밖에 이런 간판이 걸려 있었다. '새로운 공동체에 탁월함을 창조하는 그레이트 디튼 초등학교.'

"저거 보여?" 아빠가 우리를 교문에 내려놓고 말했다. "여기선 잘하는 것만으론 부족해. 탁월함. 그게 여기서 추구하는 거야. 아빠가 내리는 오늘의 지령은 이거다. '탁월하라'. 저녁식사용 지령은 냉장고 문에 붙여둘게."

나로 말하자면, 나는 아빠가 하라는 거라면 그게 뭐든 항상 거기에 매진한다. 우리가 속을 썩이면 아빠가 우리를 떼놓고 도망갈까 봐 그러는 건 아니다. 하지만 굳이 위험을 무릅쓸 필요도 없지 않나? 그래서 나는 1교시부터 탁월했다. 퀸 선생님이 미술 주제로 '우리가 존경하는 사람들'을 줬다. 목에 주근깨가 깔리고 한 덩치 하는 남자애가 알렉스 퍼거슨 경을 추천하면서 퍼거슨 경이 감독이 된 이래 맨체스터 유나이티드가 딴 우승 트로피를 주르르 댔다. 그러자 제이크라는 애가 축구는 감독보다 선수가 더 중요하다며 개인기가 장난 아닌 웨인 루니를 추천했다. 퀸 선생님은 교실을 빙 둘러봤다. 교육적 관점에서, 선생님이 원하는 것은 축구가 아니었다. 나는 손을 번쩍 들었다. 선생님이 어떤 여자애를 지목했다.

"저는 축구선수 아무도 모르는데요."

"꼭 축구선수일 필요는 없어."

"음. 그래도 모르겠어요."

나는 이미 든 손을 다른 손으로 더 높이 들었다.

"그래, 데미안. 넌 누굴 존경하니?"

이때쯤 아이들 대부분은 선수파와 감독파로 갈라져 설전을 벌이고 있었다.

"성 로코입니다."

떠들던 아이들이 조용해졌다.

"어느 팀 소속인데?"

"아무 팀도 아닙니다. 성 로코는 성인입니다."

아이들이 다시 축구 얘기로 돌아갔다.

"성 로코는 흑사병에 걸리자 다른 사람들에게 병이 옮을까 봐 숲속에 숨었습니다. 그러자 개 한 마리가 나타나 성인에게 매일 먹을 것을 가져왔습니다. 그후 성 로코에게 놀라운 치유의 은사가 내렸고, 수많은 사람들이 성인이 사는 숲속 오두막으로 몰려왔습니다. 그리고 성 로코는 남에게 잘못된 말을 하는 게 두려워서 생애 마지막 10년 동안 단 한 마디도 하지 않았습니다."

"우리 반 친구들도 성 로코를 좀 본받았으면 좋겠구나. 잘 들었다, 데미안."

"성 로코는 흑사병과 콜레라와 피부질환의 수호성인입니다. 살아 있을 때 많은 기적을 행하셨습니다."

"그래, 덕분에 몰랐던 걸 알았다."

선생님은 다른 아이를 찾기 시작했다. 하지만 내 탁월함을 접기엔 아직 일렀다. 마침 알렉산드리아의 성녀 카타리나(4세기)가 떠올랐다.

"사람들이 카타리나를 왕과 결혼시키려 했을 때 카타리나는 자신은 이미 예수그리스도의 신부라며 거부했습니다. 그러자 왕은 그녀를 커다란 나무바퀴로 깔아뭉개서 죽이려고 했습니다. 그런데 처형 직전에 바퀴가 산산조각 났습니다. 날카로운 나무쪼가리들이 구경 온 군중에게 날아가서 많은 사람들이 죽거나 눈이 멀었습니다."

"그건 좀 끔찍하구나. 그야말로 무고한 희생이네. 어쨌든 잘 들었다, 데미안."

이때쯤 아이들은 선수냐 감독이냐의 논쟁을 멈추고 내 말에 귀를 기울이고 있었다.

"그후 왕은 카타리나의 목을 벴고, 카타리나는 이번엔 진짜로 죽었습니다. 하지만 목에서 피 대신 우유가 뿜어져 나왔습니다. 우유 피는 성녀 카타리나가 행한 기적 중 하나였습니다."

"잘 들었다, 데미안."

"성녀 카타리나는 간호사와 불꽃놀이와 바퀴 제작자와 던스터블 타운(베드퍼드셔)의 수호성인입니다. 캐서린 휠(회전폭죽)은 성녀 카타리나의 이름을 딴 것입니다. 성녀 카타리나는 동정 순교자입니다. 위대한 동정 순교자 중에는, 엘리 수도원의 성녀 섹스부르가(670~700)[•]도 있습니다."

아이들이 웃음을 터뜨렸다. 사람들은 섹스부르가라는 이름만 나오면 항상 웃는다. 그건 670~700년에도 마찬가지였을 거다.

"섹스부르가는 켄트 왕국의 왕비였습니다. 남매가 넷 있었는데 남매들도 모두 성인이 됐습니다. 그들의 이름은—"

내가 에텔부르가와 비트부르가를 대기도 전에 퀸 선생님이 말했다.

"데미안, 잘 들었다니까."

선생님은 나한테 세 번이나 잘 들었다고 했다. 이게 탁월한 게 아니면 뭐가 탁월한 거란 말인가.

그뿐 아니었다. 나는 반 아이들에게 예술적 영감이 됐다. 남자애들은 하나같이 성녀 카타리나 처형 당시의 '무고한 희생'을 그렸다. 그림마다 치명적인 나무조각들이 날아다니고, 잘린 목에서 우유가 치솟았다. 딱 한 명, 제이크만 웨인 루니를 그렸다.

이날 점심 때, 학교식당 특식 메뉴를 먹는 남자애 하나가 오더니, 자기 햄버거를 내 얼굴에 대고 흔들면서 깐족댔다.

"섹시버거, 섹시버거."

테이블에 앉아 있던 애들이 전부 웃어댔다.

[•] 성녀 섹스부르가는 동정녀가 아니라 과부였다. 데미안이 '동정(童貞)'의 뜻을 잘 모른다는 것을 알 수 있다.

이 미개하기 짝이 없는 짓거리에 내가 한 마디 하려는 찰나, 안소니 형이 와서 내 옆에 앉았고, 아이들은 웃음을 멈췄다.

형과 나는 햄&토마토 샌드위치와 스몰 사이즈 프링글스 두 통을 꺼냈다.

내가 말했다. "난 오늘 탁월했어. 형은 어땠어?"

형이 속삭였다. "너, 너무 나대고 있어. 있는 듯 없는 듯 행동해. 애들이 놀리잖아."

"난 놀림받는 거 아무렇지도 않아. 박해는 좋은 거야. 쿠페르티노의 성 요셉도 공중부양을 하기 전까지는 놀림받았어."

목에 주근깨가 깔린 덩치가 와서 앉았다. 녀석의 배가 테이블 가장자리에 걸리면서 테이블이 기우뚱했다. 내 프링글스 통이 녀석한테 데굴데굴 굴러갔다. 녀석이 통을 들어 뚜껑을 땄다.

"그거 얘 거야." 형이 나를 가리키며 말했다.

"그러는 넌 누군데?" 주근깨 목이 물었다.

"얘 큰형."

"그렇게 크진 않은데? 프링글스는 다 내 거야." 녀석의 입에서 프링글스 부스러기가 비듬처럼 떨어졌다. "그게 여기 교칙이야."

"이런 애 프링글스를 뺏어먹으면 안 돼. 엄마 없는 애야."

"어떻게 엄마가 없어? 세상에 엄마 없는 애가 어디 있어? 아빠 없는 애도 엄마는 있다구. 그나저나 이거 좀 맛있는데?"

"얘 엄마는 죽었어." 형이 말했다.

주근깨 목이 우적우적 씹기를 멈추고 프링글스를 나한테 돌려

줬다. 녀석은 자기 이름은 배리라고 했다.

"만나서 반갑다, 배리."

형이 녀석한테 손을 내밀었다. 둘은 악수했다. 안소니 형은 인맥을 중요시했다.

"집은 어디니?" 형이 물었다.

"인도교 건너편. 24시간 편의점 옆."

"그럼," 형이 말했다. "완전 노른자 땅이네. 투자 수요가 완전 높겠어."

형은 부동산에 관심이 많았다. 많아도 엄청 많았다.

운동장으로 나가는 길에 형이 말했다. "항상 먹힌다니까. 엄마가 죽었다고 하면 만사 오케이야."

나는 이날 오후에는 성 로코의 모범을 따르기로 작정했다. 특별한 이유는 없었다. 나는 산수 시간 내내 말하고 싶은 욕망을 꾹 눌러 참았다. 손도 들지 않았다. 구구단 외우기 때 지목당해도 입을 열지 않았다. 퀸 선생님이 괜찮냐고 물었을 때, 순간 대답할 뻔했지만, 잘 이겨내고 대신 고개만 끄덕였다. 수업에 도움을 준 건 아니지만, 나는 뭔가 다른 방법으로, 덜 튀는 방식으로, 탁월을 기하고 있었다.

나는 하굣길에도 성 로코의 묵언 수행을 이어갔다. 아빠가 냉장고 문에 캐릭터 자석으로 저녁 지령을 붙여놓았다.

사랑하는 아들들아,

오늘은 치킨&아스파라거스 파이다. 파이는 냉동고 맨 위 서랍에 있다. 오븐을 190도로 맞춰놓고, 〈카운트다운〉을 시청해라. 〈카운트다운〉이 끝나면 오븐이 충분히 예열됐을 거다. 파이를 오븐에 넣어라. 교복을 벗어서 각자 침대 끝에 걸쳐두고, 운동복으로 갈아입어. 그런 다음 오븐에 오븐 조리용 감자칩을 넣어라. 음식이 완성되기 전에 아빠가 도착할 거다.

아빠

'사랑하는'이란 말에 나는 마음이 뿌듯했다.

아빠가 집에 왔고, 우리는 파이를 먹었다. 식후에는 간에 수분을 공급해주기 위해 각자 과일 다섯 조각씩 먹고 물을 마셨다. 간에 수분이 충분히 보충되자 형과 나는 아빠와 한자리에 앉아서 숙제를 했다. 나는 이때까지도 묵언 수행을 완벽히 이어갔다. 그런데 갑자기 전화벨이 울렸고, 나도 모르게 받아버렸다. 성 로코는 이걸 어떻게 10년이나 했을까. 대단하다. 하긴 그 시대엔 전화가 없었으니 좀 수월했으려나. 그래도 보통 일이 아니었을 텐데. 그건 그렇고, 전화한 사람은 퀸 선생님이었다. 담임선생님이 우리 집에다 몸소 전화를 하셨다. 이 얼마나 탁월한 성과인가!
나중에 아빠가 와서 내 침대에 걸터앉았다.
"그러고 보니 너 오늘 유난히 조용하다? 왜 갑자기 꿀 먹은 벙

21

어리가 됐어?"

나는 고개만 흔들었다.

"학교에서도 말이 없었다며?"

나는 고개만 끄덕였다.

"아빠한테 하고 싶은 말 없어?"

나는 다시 고개를 흔들었다.

"알았다. 그럼 이만 자라."

아빠가 방문을 거의 닫았을 때, 말하고 싶은 충동이 결국 나를 이겼다.

"담임선생님이 뭐래요?"

"별 말씀 없었어. 그냥저냥 안부 전화. 사실 선생님이 말해서 알았어. 네가 오늘 학교에서 말이 없었던 거."

"오늘 선생님이 나한테 세 번이나 잘 들었다고 했어요. 엄청 탁월했다는 증거 아닌가요? 선생님이 나보고 탁월했대요?"

"선생님은… 그래, 탁월했대." 아빠가 내 머리를 헝클었다. "오늘 아빠가 고객 한 명한테 들었는데, 스노드롬이란 데가 있대. 나무썰매도 탈 수 있고, 스키도 탈 수 있대. 우리 거기 갈까?"

나는 별로 당기지 않았다.

"탁월한 데 대한 상으로."

"좋아요, 그럼."

"좋았어. 내일 학교 끝나자마자 바로 가자. 넌 탁월했으니까."

스노드롬은 정말 끝내줬다. 실내에 진짜 눈이 있었다. 거대한 기계가 얼음결정을 뿜어냈다. 우리는 거기서 주는 전용 방한복을 입었다. 썰매는 원래 한 명씩만 타게 돼 있는데, 안소니 형이 담당자한테 우리 엄마가 죽었다고 하자 둘이 타게 해줬다. 우리는 두 번은 한 썰매에 나란히 앉아서 내려가고, 한 번은 각자 배를 깔고 엎드려서 내려가고, 세 번은 드러누워서 거꾸로 내려갔다.

다음날 아침, 학교 애들 모두 스노드롬에 열띤 관심을 보였다. 나는 인공제설기가 어떻게 작동하는지 설명했다. 그리고 '나무썰매 타고 뒤로 내려가기' 시범을 보였다. 그러다 교실 문으로 들어서던 퀸 선생님과 정면으로 충돌했다. 선생님이 들고 있던 작문 공책들이 우르르 쏟아졌다.

"조심하지 못해!" 선생님이 꽥 소리쳤다.

나는 선생님이 작문 공책 줍는 걸 거들었다. 성녀 안나에 대해 쓴 내 공책이 보였다. 공책에 쪽지가 끼워져 있었다. 하지만 선생님은 나한테 공책을 줄 때 쪽지를 빼서 주머니에 넣었다.

"대체 무슨 장난을 하고 있었던 거야?"

"스노드롬요. 가족끼리 갔었어요. 재미있었어요."

그랬더니 선생님 얼굴에 화색이 돌았다.

"그럼 오늘 작문 시간에는 거기에 대해 쓰면 되겠다, 그치? 얼마나 재미있었는지 한번 근사하게 써봐. 스노드롬의 수호성인은 없겠지, 그치?"

스노드롬

퀸 선생님 반, 데미안 커닝엄

스노드롬은 한마디로 끝내준다. 스케이트도 탈 수 있고 나무썰매도 탈 수 있다. 스케이팅의 수호성인은 성녀 리드비나(동정 순교자, 1380~1433)다. 성녀 리드비나는 스케이트를 타다 당한 사고로 남은 평생을 침대에서 보냈다. 성녀는 이런 고행을 인내와 관용으로 견뎠고, 여러 기적을 행하셨다. 예를 들어 19년 동안 영성체 제병● 외에는 아무것도 먹지 않았다. 성녀 리드비나에 대한 자세한 이야기는 '모든 성인' 사이트(www.totallysaint.com/lidwina.html)에서 찾아볼 수 있다.

사실, 세상 거의 모든 것에 수호성인이 있다. 아시시의 성녀 클라라(1194~1253)가 나한테 친히 말했다.

"성인들은 텔레비전과 같단다. 온갖 곳에 다 성인이 있지. 우리에겐 단지 안테나가 필요할 뿐이란다."

● 가톨릭에서 성체 성사에 쓰는, 누룩 없이 만든 둥근 빵

2
파운드화여 안녕

나는 유럽통화연맹*에 대한 언급 한 마디 없이 여기까지 왔다.
안소니 형이라면 상상도 못 할 일이다.

유령통화연맹

6학년, 안소니 커닝엄

화폐는 기원전 1100년 중국에서 처음 발명됐다. 그전에는 중국 상인들이 거래에 칼과 삽을 이용했다. 하지만 칼과 삽은 가지고 다니기에 너무 무거워서, 나중에는 모형 칼과 삽을 이용했다. 이 모형들은 청동으로 주조됐다. 최초의 동전인 셈이다. 얼마 안 가 나라마다 고유의 동전을 만

● 유럽연합(EU) 소속 국가들이 결성한 통화 통합 체제. 이에 따라 2002년 7월 1일을 기해 각 국가의 지폐와 동전은 법적 통화로서의 효력을 상실하고, 유럽 단일 통화로서 유로 지폐와 동전만이 유통되었다. 그러나 영국은 덴마크, 스웨덴과 함께 이에 불참했다. 즉, 소설 속 상황은 이러한 현실에 착안한 허구다.

들기에 이르렀다. 유럽만 해도 묵직한 독일 마르크, 화려한 이탈리아 리라, 멋스러운 프랑스 프랑, 그리고 우리 영국의 파운드가 생겼다. 파운드화는 1489년에 처음 만들어졌다. 그때는 파운드가 아니라 소버린으로 불렀다. 오는 12월 17일이면 파운드화가 유로화로 통합된다.

은행에 모인 파운드화는 날마다 특별수송열차에 실려 비밀장소로 옮겨지고 폐기된다. 그리고 아침이면 기차가 새 화폐를 싣고 돌아온다. 현재 영국의 모든 돈은 기차에 실려 있다고 해도 과언이 아니다. 현행 동전들을 종류별로 잼병에 모아야 한다. 하나에는 5펜스●, 다른 하나에는 10펜스, 다른 하나에는 20펜스, 이런 식으로. 병이 가득 차면, 은행에 가져가서 환전해야 한다. 12월 17일은 '유로 데이'다. 그날이면 우리의 파운드화와는 영영 이별이다.

안소니 형은 매일같이 파운드화에 작별을 고했다. 하굣길에 형은 미친 사람처럼 인도교로 달려가 한복판에 섰다. 그리고 기차가 지나가기를 기다렸다. 기차가 굉음을 내며 밑을 통과할 때 형은 기차가 시야에서 사라질 때까지 손을 흔들며 악을 썼다.

"정들었던 파운드화야, 안녕! 안녕!"

'기찻길의 아이들'●●이 따로 없었다. 눈물 없이 못 볼 광경이었다. 형은 10파운드 지폐 한 장 한 장이 자기 친구인 것처럼 울부

● Pence. 영국 화폐 단위인 페니의 복수형으로, 1파운드=100펜스

●● 에디스 네스빗이 1905년에 발표한 아동 소설로, 한국에도 같은 제목으로 번역, 소개되었다.

짖었다. 가끔은 형이 정말로 우나 싶을 정도였다.

"생각해봐." 형이 말했다. "5백 년 역사가 연기 속에 사라지는 거야."

하지만 다른 때는 엄청 신나 보였다.

"생각해봐." 그런 때의 형이 말했다. "크리스마스 때면 아일랜드부터 그리스까지 모두 같은 돈을 쓰게 되는 거야."

우리 세 식구는 매일 밤 잠자리에 들기 전, 그날 생긴 동전들을 모두 꺼내 계단 밑에 놓아둔 커다란 위스키병에 담았다. 안소니 형은 방에 올라가면서 병에 5펜스 동전을 넣을 때는 서러움에 울기라도 할 태세였다가, 다음날 아침 먹으러 내려올 때는 병을 흐뭇하게 쓰다듬으며 "금방 차는 것 좀 봐. 장난 아닌데."라고 했다.

개인적으로 나는 이렇게 생각한다. 그게 뭐? 돈은 그저 물질일 뿐이고 물질은 변하기 마련이다. 내가 깨달은 건 그거다. 한때는 내 곁에 멀쩡히 있던 것도, 한때는 꼭 끌어안을 수 있었던 것도, 다음 순간 몰티저스 초코볼처럼 녹아 없어지고 만다.

3
은둔처

이사

6학년, 안소니 커닝엄

우리 가족은 얼마 전 크로머티 클로즈 개번지로 이사 왔다. 새 집은 도로에서 떨어진 침실 세 개짜리 주택이다. 18만 파운드에 매입했는데, 매입가 유지는 물론이고, 시세가 오를 확률도 높다. 지붕에 태양열 집열판이 설치돼 있고, 효율적인 중앙난방 시스템을 갖추고 있다. 큰 침실에 딸린 욕실을 비롯해 욕실은 모두 2개다. 앞뒤로 넉넉한 마당 공간을 확보하고 있어서, 전원풍 고급 신개발 주택단지의 완벽한 외관을 자랑한다. 마침내 나에게도 나만의 방이 생겼다. 내 방은 내가 직접 고른 축구선수 벽지로 도배했다.

하지만 나는, 건축적 관점에서, 새 집이 실망스러웠다.
끈으로만 이루어져 있던 시절의 크로머티 클로즈가 기억났다.

28

그때 아빠가 형과 나를 기찻길 옆 휑한 부지로 데려갔다. 가시덤불과 쐐기풀만 무성한 벌판이었다. 클립보드를 들고 체크 셔츠를 입은 남자가 덤불을 제거하고 풀을 짧게 자른 곳으로 우리를 안내했다. 땅에다 끈으로 바둑판처럼 구획을 짓고 길을 만들어놓은 곳이었다.

남자가 길 중 하나를 가리켰다. "도거."

남자는 다음 길의 모퉁이로 걸어갔다. "피니스테어."

다음에는 그 왼쪽을 가리켰다. "크로머티."

"어때?" 아빠가 물었다. "이리로 이사 오고 싶어?"

나는 열렬히 대답했다. "네! 꼭요!"

그렇게 해서 우리는 이사 왔다.

사실 내 열렬은 오해에서 비롯된 열렬이었다. 그때 나는 아빠가 우리한테 줄이 쳐진 벌판에서 살자고 말하는 줄 알았다. 성인들 대다수는 범상치 않은 곳에서 살았다. 성녀 우르술라(4세기)는 1만 1,000명의 다른 동정녀들과 함께 배에서 살았다. 성 시메온 (390~459)은 세속의 유혹에서 벗어나기 위해 3미터 높이의 기둥 꼭대기에서 살았는데, 구경꾼들이 기둥으로 와서 쳐다보자 사람들 말소리가 들리지 않는 10미터짜리 기둥으로 옮겨 갔고, 사람들이 고함을 질러대자 이번에는 20미터짜리 기둥으로 옮겨 갔다. 그리고 기둥 위에서 평화로운 명상 중에 세상을 떴다.

거기 대면 덤불과 끈으로 가득한 벌판에 사는 것은 나름대로 합리적이고 쾌적해 보였다. 나는 잔뜩 기대했다. 그런데 우리가 돌아왔을 때 덤불은 죄다 사라지고, '포틀랜드 메도스, 차별화된 맞춤형 혁신 주택지구'라고 쓰인 팻말이 서 있었다. 네 줄로 늘어선 집들은 지붕이 심하게 뾰족하고 요상한 모양의 창문들이 달려 있었다. 크로머티 클로즈의 7번지 집은 널찍한 마당과 태양열 집열판이 있는 침실 세 개짜리 단독주택이다.

안소니 형이 말했다. "단독형은 투자가치가 높아. 침실 세 개짜리 구조도 시중에서 가장 수요가 많지. 거기다 태양열 집열판이란 부가가치 요소까지 갖췄어."

1만 1,000명이 함께 사는 배나 20미터 높이 대리석 기둥에 비하면, 우리 집은 성자다운 것과는 거리가 있었다. 그래서 나는 직접 나만의 은둔처를 지었다.

아빠는 이삿짐 상자들을 풀어서 싹 정리하기로 했다. 우리는 마분지상자들을 뜯었다. 있는지도 몰랐던 별별 물건이 다 있었다. 상자 하나는 꽃병들로 가득했다. 다른 하나는 침구로 가득했다. 다른 하나에는 크리스마스 장식들과 모형 자동차 서킷 세트가 들어 있었다.(우리는 골방에다 서킷을 조립해놓았다.) 내가 뜯은 상자 중 하나에는 엄마 옷들과 화장품이 있었다.

나는 빈 상자들을 가지고 기찻길 옆 공터로 갔다. 그리고 상자들을 맞물려 끼워서 짜잔, 터널형 은둔처를 완성했다. 밖을 내다보는 용도로 작은 창들도 냈다.

기차가 지나가면 은둔처 전체가 흔들렸다. 해가 저물면 불 밝힌 기차들이 은둔처 안을 번쩍번쩍 비췄다. 뒷마당들과 철로 사이에 호랑가시나무 덤불이 길게 늘어서 있어서, 주택들에서는 은둔처가 거의 안 보였다. 나는 은둔처에다, 성 프란치스코 책갈피랑 엄마 화장품 상자에서 나온 튜브형 색조 수분크림 등등 몇 가지를 가져다놓았다. 많이는 아니고 그냥 몇 가지만 구비했다. 관건은 소박한 삶을 추구하는 거니까. 학교 때문에 상주하기는 어려웠다. 하지만 거기서 되도록 많은 시간을 보냈다. 호랑가시나무 덤불을 통과하느라 여기저기 긁혔지만 그건 상관없었다. 고통은 바람직하다.(그걸 고행이라고 한다.)

내 은둔처는 리마의 성녀 로사(1586~1617)에게서 얻은 아이디어였다. 성녀 로사는 어렸을 때부터 집 마당 구석에 은둔처를 짓고 살면서 여러 차례 경이로운 환시(幻視)를 경험했다. 성모 마리아와 성령을 보기도 했고, 여러 성인들을 만나기도 했다. 나로 말하자면, 추위를 무릅쓰고 늦게까지 은둔처에 붙어 있건만 환시는 한 번도 경험하지 못했다.

내 은둔처가 왜 환시에 효과가 없는지 알고 싶어서 구글을 검색해봤다. 하지만 답은 뻔했다. 고행 부족이었다. 리마의 성녀 로사 같은 분들은 은둔처에서 단순히 살기만 한 게 아니었다. 그들은 몇 주씩 단식했다. 어디든 맨발로 다녔다. 불편한 옷을 입었다. 스스로를 채찍으로 때렸다.

고행 중에는 정말 비현실적인 것들도 있다. 예컨대 7년씩 금식

하는 것은, 가족 모두가 하루에 과일 다섯 조각씩 먹는 걸 봐야 직성이 풀리는 아빠를 둔 사람에겐 그림의 떡이다. 채찍질도 그렇다. 포틀랜드 메도스에는 채찍을 구할 데가 없었다. 그래서 대신 나는 그날 밤 방바닥에서 잤다. 아빠 방에서 불을 끄는 소리가 들릴 때까지 기다렸다가, 침대에서 나와 창문 바로 밑에 드러누웠다. 불편했지만, 불편함이 포인트였다. 그리고 다음날 학교에 갈 때, 나는 안소니 형을 앞서 가게 하고 슬쩍 신발을 벗었다. 양말이 축축해지긴 했지만, 벌판을 가로지를 때까지는 그럭저럭 괜찮았다. 문제는 한길로 이어지는 자갈길이었다. 주택단지 건설업자가 사람을 시켜서 자갈들을 일일이 뾰족하게 갈아 땅에 꽂아놓은 게 분명했다. 자갈길은 진짜로, 진짜로 고행 길이었다. 길 가장자리 풀밭으로 걷고 싶은 마음이 굴뚝같았지만, 나는 꾹 참아냈다. 보도로 올라온 다음부터는 식은 죽 먹기였다.

교문 앞에서 퀸 선생님을 만났다.

선생님이 내 발을 보고 말했다. "신발에 무슨 문제 있니, 데미안?"

"고행 중이에요."

선생님은 감명받은 기색이 확연했다.

산수 시간에 제이크가 다가와 내 어깨를 두드리다가 갑자기 "아야!" 하고 비명을 질렀다.

"제이크, 무슨 장난이야?" 퀸 선생님이 야단쳤다.

"자 좀 빌리려고 했는데, 얘가 따끔따끔해요."

"뭐?"

반 아이들 모두 나를 쳐다봤다.

제이크가 말했다. "데미안 어깨를 살짝 건드렸을 뿐인데 엄청 아파요."

퀸 선생님이 다가와서 내 어깨를 만져봤다. 그러고는 나한테 몸을 숙이고 귓속말로 잠깐 따라오라고 했다.

"너희들은 하던 거 계속 하고 있어."

복도로 나오자 선생님이 셔츠 단추를 풀고 안에 있는 걸 꺼내 보라고 했다. '모든 성인' 사이트에 항상 쇠사슬을 몸에 감고 다녔던 매트 탤벗의 얘기가 나온다. 알겠지만 쇠사슬을 구하는 게 불가능해서, 나는 대신 셔츠 안에다 은둔처에서 따온 호랑가시나무 잎을 넣었다.

"누가 이랬니?"

"혼자 했어요."

"상처가 났잖아. 가시잎 다 꺼내. 선생님이 반창고 가져올게."

선생님이 반창고를 붙여주면서 말했다.

"하교 시간에 선생님한테 왔다 가라. 아버지께 드릴 편지가 있으니까. 널 혼내려는 건 아냐. 하지만 중요한 일이야, 알겠지?"

편지는 갈색 봉투에 담겨 있었다. 봉투는 꽤 두툼했다. 아빠는 내가 내밀자마자 봉투를 뜯었다. 아빠는 편지를 읽고 나서 주머니에 넣었다.

안소니 형이 말했다. "무슨 내용이에요? 수학여행 간대요?"

"아니," 아빠가 말했다. "몰라. 맞아. 어쩌면. 어떤 면에서는. 나중엔 가겠지. 손 씻고들 와."

내가 설거지하고 형이 정리하는 차례였다. 아빠는 바닥 청소 담당이었다. 그런데 빠뜨린 접시가 있나 해서 다시 가 보니, 아빠는 선생님의 편지를 다시 읽고 있었다. 아빠는 내가 들어오자 편지를 얼른 치웠다. 하지만 한발 늦었다. 나는 종이들 중 한 장이 노란색이고, 노란색 종이에 '특별평가'라고 쓰여 있는 걸 봤다. '특별'이란 말에 나는 마음이 뿌듯했다.

이날 아빠는 밤늦게까지 잠자리에 들지 않았다. 나는 아빠가 이를 닦으러 위층으로 올라오기 전에 침대에서 잠이 들었다. 그러다 한밤중에 꿈에서 깼고(어떤 꿈이었는지는 별로 말하고 싶지 않다) 침대에서 나와 전날처럼 창문 밑에 길게 드러누웠다. 따뜻한 침대에 있다가 맨바닥에 누우니 정말로 추웠다. 잠이 오지 않았다. 그러다 문득 누군가 문가에 서 있는 걸 깨달았다. 나는 생각했다. 드디어 나도 환영을 보는구나. 하지만 형체가 가까이 다가왔다. 환영이 아니라 그냥 아빠였다. 아빠가 몸을 굽혀 나를 안아 들면서 속삭였다.

"쉬잇, 데미안. 침대에서 떨어졌어. 아빠가 금방 다시 넣어줄게. 깨지 말고 계속 자."

아빠한테 벌써부터 깨어 있었다고 말하기는 좀 그랬다. 그래서 나는 아빠가 내 얼굴을 보지 못하게 옆으로 돌아누웠다.

아빠가 금방 갈 줄 알았는데 그러지 않았다. 아빠는 한동안 침대 가장자리에 걸터앉아 있었다. 그러다 내 잠옷 칼라를 어깨로 당겨 내리고 가시에 긁힌 상처들을 물끄러미 봤다.

아빠가 가려고 일어섰을 때, 나는 작은 소리로 물었다.

"아빠, 괜찮아요?"

"깼니?"

"네."

"자라."

"알았어요."

"데미안….."

"네?"

"등은 어쩌다 그랬니?"

"그냥, 호랑가시나무 잎에 찔렸어요."

"데미안, 착한 아들이 되자, 응? 꼭 그러자?"

"그럼요, 저도 그러려고 노력하고 있어요."

"아빠도 알지, 우리 아들. 알고말고."

아빠가 갔다. 얼마 후 화장실에서 물 내리는 소리가 들렸다. 나는 다시 바닥으로 내려갔다.

4
지역방범대

말을 잘 듣는 것도 막상 하려면 생각만큼 쉽지 않다. 예를 들어, 월요일 아침이 그랬다. 아빠가 출근하고 난 직후, 초인종이 울렸다. 문제는 아빠가 우리끼리만 있을 때 아무한테도 문을 열어주지 말라고 했다는 점이었다. 그런데 우리가 학교로 출발할 시간이기도 했다. 여기서 도덕적 딜레마가 생겼다. 현관문을 열고 (불복종) 제때 학교에 가느냐(바른 행동), 현관문을 열지 않고(복종) 학교에 늦느냐(나쁜 행동).

안소니 형은 원래 이런 것에 관심 없다. 형은 교복 윗도리를 팔에 꿰면서 곧장 현관으로 향했다. 나는 형을 막았다.

"아빠가 문 열어주지 말랬잖아."

"20분 전이야." 형이 말했다. "이러다 지각해."

그때 정체 모를 방문자가 또 초인종을 울렸다.

"하지만 아빠가 그러지 말랬잖아!"

나도 모르게 악을 썼다. 나는 공황상태가 됐다.

"아빠가 그러지 말랬잖아. 그리고 우린 말을 잘 들어야 한단 말이야!"

형이 심호흡을 한 뒤 말했다.

"좋아, 그럼 우리 이렇게 하자. 책가방 들어. 우린 학교로 출발한다. 현관 밖에 누가 있다면, 그건 그냥 우연의 일치인 거야. 우린 문을 열어주는 게 아니야. 학교 가는 거지. 됐어?"

"좋아."

안소니 형은 하려고만 들면 도덕적 딜레마 해결에 발군의 실력을 발휘한다.

우리가 현관에서 '우연히' 발견한 사람은 흰 셔츠에 '사우스파크'● 넥타이를 매고, 가슴에 '테리짱'이라는 플라스틱 명찰을 단 남자였다.

"난 저기 살아."

남자가 길모퉁이에 있는 집을 가리켰다.

형은 남자가 가리킨 집을 살폈다.

"모퉁이에 있어서 마당 면적이 더 넓은 건 이점이지만, 길가 주차가 불가능한 건 이쪽 시장에선 확실한 약점이겠네요."

"아빠 계시니?"

"출근하셨어요."

"엄마는?"

● Southpark. 아이들이 주인공이지만 폭력과 욕설이 난무하는 성인 취향의 미국 코미디 애니메이션

"돌아가셨어요." 형이 말했다.

"저런."

남자는 우리한테 뭔가 줄 것을 찾는 것처럼 두 손으로 주머니들을 더듬었다. 안소니 형이 기대에 찬 눈으로 남자의 주머니를 지켜봤다. 하지만 주머니들에선 딱히 나올 게 없는 쪽으로 분위기가 굳어졌다.

"아빠한테 말 좀 전해줄 수 있을까?"

"그럼요."

"아직 너네 아빠랑 제대로 인사한 적은 없어. 내가 사람들이 일어나기도 전에 출근하는 편이라. 아빠한테, 오늘 저녁 일곱 시쯤 우리 집에 오실 수 있는지, 오시면 짱이겠다고 전해드려. 동네 사람들 거의 다 올 거야."

"저희도 가도 되나요?"

"응. 그럼. 아참, 이거 볼래?"

남자가 넥타이를 만지작거리자 넥타이에서 '사우스파크' 주제가 가락이 흘러나왔다. 놀라웠다.

"테리가 대체 누군데?"

아빠가 격앙된 반응을 보였다.

"길 건너에 사는 테리짱요. 일곱 시에 오래요."

"뭐 하러 오래? 파티? 저녁식사? 모노폴리 게임 하러? 옷장 옮기는 거 도와주러?"

"노래가 나오는 넥타이를 맸어요. 그리고 짱일 거래요. 파티 하나 봐요."

"이웃 간 친목 도모의 밤, 뭐 이런 거 아니겠어요?"

"지금 몇 시냐? 나가서 술이라도 한 병 사와야겠다."

"그럴 필요 없어요. 우리가 케이크를 굽고 있어요. 그거면 되죠?"

"우와, 놀라운걸."

"왜요? 기뻐서요? 아님 실망스러워서요?"

"기뻐서지. 너희가 기회를 놓치지 않고 탁월한 행동을 했으니까."

케이크를 굽는 것은 내 아이디어였다. 학교를 마치고 집에 돌아와서 나는 형한테 말했다.

"탁월함을 보여줄 기회야. 케이크를 만들자."

형은 우리가 케이크 만드는 방법을 모른다는 이유로 반대했다. 하지만 예전에는 집에서 수없이 케이크를 구웠고, 지금도 그 기억이 생생했다. 케이크는 내가 가장 확실히 기억하는 것 중 하나였다. 가끔 케이크 만드는 꿈을 꿀 정도로.

"오븐을 200도에 맞춰."

우리는 서둘러 작업에 돌입했다. 밀가루 110그램에 마가린 50 그램과 물 두 스푼과 소금 한 자밤을 넣고 섞은 다음, 반죽을 냉장고에 20분간 넣어뒀다. 우리가 한 건 여기까지였다. 아참, 제빵사의 수호성인은 카타니아의 성녀 아가타(250년대)다.

아빠가 냉장고에서 반죽을 꺼내 보고 말했다.

"근사하긴 한데, 이건 케이크가 아니라 페이스트리 반죽이야."

그제야 나는 내 기억이 케이크 만드는 방법이 아니라 키슈● 만
드는 방법이라는 걸 깨달았다. 좋은 기억마저 조금씩 잊혀간다는
건 슬프고 심란한 일이다.

긍정적인 면도 있었다. 페이스트리 반죽은 케이크 반죽보다 활
용도가 높다. 타르트●●도 만들 수 있으니까. 우리는 저녁 후식
용 사과로 사과 타르트를 만들기로 했다. 사과를 잘라 설탕을 뿌
리고 페이스트리 반죽 위에 골고루 얹어서 오븐에 넣었다. 그리고
각자 머리 감으러 갔다. 사과 굽는 냄새가 집 안을 가득 채웠다.
우리는 계단 꼭대기에 앉아 그 냄새를 만끽했다. 아빠는 우리가
입고 갈 옷을 점검했다. 다행히 어제 입고 아직 세탁기에 들어가
지 않은 나들이옷이 있었다. 아빠는 다리미와 스펀지로 옷의 구김
을 폈다. 마지막으로 내 머리를 빗겨준 다음, 뒤로 물러서서 우리
둘의 매무새를 살렸다.

"훌륭해. 아주 훌륭해. 자, 파티 앞으로!"

"타르트 좀 먹고 가면 안 돼요? 아님 토스트라도. 배고파 죽겠
어요."

● Quiche. 프랑스 알자스로렌 지방에서 유래한 파이. 페이스트리 반죽에 고기, 채소, 햄 등을
넣어 만든다.

●● Tarte. 반죽 위에 과일 등을 올려 구운 파이

"시장기는 최상의 반찬이지. 거기 가면 음식이 많이 있을 거야."

나는 타르트를 들었다. 타르트는 아직도 따뜻했다. 우리는 동네 앞길을 가로질렀다. 테리 아저씨가 들어오라는 손짓과 함께 내 품에서 타르트를 훌렁 가져갔다.

아빠가 말했다. "노래 나오는 넥타이 얘기 많이 들었습니다."

테리 아저씨가 애니메이션 주제가를 다시 들려줬다. 우리 모두 웃었다. 그런데 음악 소리가 우리 웃음소리보다 오래가는 바람에, 우리 모두 음악을 들으며 한동안 어색하게 서 있어야 했다.

"뭐, 이 정도입니다, 여러분." 마침내 음악이 끝나자 아저씨가 말했다. "다른 분들은 거실에 계십니다."

다른 사람들이란, 흰 셔츠를 입은 심하게 말쑥한 남자 네 명과 낡은 양복을 입은 후줄근한 대머리 남자 한 명이었다. 그들은 종이를 들고 둥글게 둘러앉아 있었다. 거실에는 우리 타르트도, 다른 어떤 음식도 없었다.

양복 입은 남자가 아빠와 악수하며 말했다. "포틀랜드 메도스 지역방범대에 오신 것을 환영합니다. 저는 이 지역 담당 경찰입니다. 에디라고 부르세요. 물론 동네가 아직 지역이라고 부를 규모는 아닙니다만, 유비무환이니까요. 유사시 저를 기억하세요. 조언이든 도움이든, 아니면 그냥 담소 상대든, 필요하시면 언제든 달려갑니다."

아빠가 자리에 앉았다. 우리도 아빠 양옆에 앉았다.

"단도직입적으로 말씀드리겠습니다. 곧 크리스마스입니다. 여기는 모두 새 집이고요. 통계적으로 절도의 표적이 될 가능성이 큽니다. 도둑이 들면 저한테 전화 주세요. 제가 사건 번호를 드리니까 보험금 신청도 잊지 마시고요."

경찰은 사람들에게 자기 전화번호가 적힌 명함을 돌렸다.

안소니 형이 나를 쿡쿡 찔렀다. 형은 자기 배를 가리키고 이어 자기 머리를 가리켰다가 손가락으로 작게 가위질하는 시늉을 했다. '내 밥통은 내 목구멍이 끊어진 줄 알아'라는 뜻이었다. 나는 이해했다. 내 뱃가죽도 등허리에 들러붙는 중이었으니까. 우리를 더욱 괴롭히는 건 부엌에 덩그러니 놓여 있는 타르트에서 솔솔 풍기는 냄새였다.

테리 아저씨가 몸을 숙였다. 우리도 덩달아 몸을 숙였다. 이제 먹을 걸 주려나 보다. 그런데 이 아저씨는 음식을 권하는 대신 자기 스테레오에 대해 떠벌리기 시작했다.

"요 녀석을 업어오는 데 거금 3만 파운드가 깨졌어요."

아저씨는 거실에 사방으로 널리고 복잡하게 꼬여 있는 전선과 케이블을 가리켰다.

"혼자 조립했어요. 기기를 최종 선택하고 최저가를 물색하는 데 백만 년 걸렸죠. 내 일부예요. 누가 저걸 들고 튄다면 난 미쳐버릴 겁니다. 내 몸 일부를 잃는 거니까요. 물론 컴퓨터도 마찬가지예요. 내 모든 기억이 그 안에 있으니까요. 내 영혼이 거기 있어요. 그걸 잃는 건 가족을 잃는 거나 마찬가지죠. 저것들은 내 일부, 내 금쪽같은 재산이에요."

테리 아저씨는 먹는 것에 대해서는 한 마디도 없었다.

"보안장치를 달거나 개를 기르세요." 지역경찰이 말했다. "도둑은 여의치 않으면 옆집으로 가게 돼 있습니다. 그 경우 테리 씨의 이웃집이 되겠죠. 반사회적으로 들릴 수도 있겠습니다만, 어쩌겠어요."

"네, 하지만 제가 이 집에 들인 공인 얼만데요. 이 집은 나 자신이에요. 할 수만 있다면…."

젊고 말쑥한 남자들 중 한 명이 몸을 기울이며 말했다. "우리의 집들이 모래 위에 세워졌다는 것도 문제 아닐까요?"

아빠가 벌떡 일어섰다.

"모래요? 그럴 리가요. 아니에요, 아니에요. 지반 공사를 할 때 나도 와서 봤어요."

경찰이 말했다. "그냥 비유적인 표현 같은데요, 그렇죠? 왜, 성경에 나오지 않습니까? 너희가 모래 위에 집 짓지 말지어다, 너희 등불을 됫박으로 덮어두지 말지어다, 그런 거요."

"맞습니다." 말쑥한 남자들 중에서도 가장 말쑥한 남자가 말했다. "마태복음 7장 26절● 말씀이죠."

"죄송합니다만," 경찰이 테리 아저씨한테 말했다. "지금쯤 물이 끓지 않았을까요?"

테리 아저씨가 거실을 나가 부엌으로 갔다.

● 등불 부분은 마태복음 5장 15절

경찰이 말쑥한 젊은이들에게 물었다. "분위기를 보아하니 모르몬교이신가 봐요?"

"말일성도회●요." 남자 중 한 명이 대답했다. "흔히들 모르몬이라 부르지만, 우리는 말일성도로 불리길 원합니다. 저는 엘리고, 이쪽은 아모스, 저쪽은 존입니다."

나는 깜짝 놀라 외쳤다.

"그럼 성인들이란 말씀이세요?"

"성인이 아니라 성도."

"성도나 성인이나 그게 그거죠."

지역경찰이 문서들을 정리하면서 질문이 있냐고 물었다.

나는 손을 들고 물었다. "동정 순교자가 정확히 뭐예요?"

아빠가 헛기침을 하며 말했다. "학교에서 하는 과제예요. 데미안, 부엌에 가서 테리 아저씨 좀 도와드리지 그러니? 안소니, 너도."

부엌에 가니 테리 아저씨가 인스턴트커피를 떠서 머그컵에 넣고 있었다. 머그컵은 달랑 하나였다. 사과 타르트가 한옆에 있었다. 타르트 위에 계피가루도 뿌리고 건포도도 올렸기 때문에 크리스마스와 여름이 합쳐진 냄새가 났다. 우리 타르트가 아무의 관심도 받지 못하고 꿔다놓은 보릿자루 신세가 돼 있었다.

● 현재의 공식 명칭은 '예수그리스도 후기성도교회'. 초기 교회의 순수성 회복을 주장하며 19세기 초 미국에서 창시된 교파로, 〈모르몬경〉이라는 경전을 쓴다.

"아빠가 가서 도와드리라고 해서요."

"커피 한 컵인데 뭐. 아무것도 할 거 없어."

설마 했는데 정말 커피만, 그것도 달랑 한 컵이었다. 아저씨의 말을 알아들은 것처럼, 내 배가 꼬르륵 소리를 냈다.

"그럼 저 경찰 아저씨한테 가서 설탕을 넣을지 말지 물어봐줄 래?"

안소니 형은 움직이지 않았다.

"우리 엄마는 돌아가셨어요. 말씀드렸던가요?"

"그래, 그래. 말했지."

아저씨가 반응을 보였다. 아저씨는 찬장 쪽으로 갔다. 찬장은 파티용 대용량 감자칩으로 꽉 차 있었다. 아저씨는 감자칩 아래를 뒤적거리다 펭귄 크래커 두 봉지를 꺼냈다.

우리한테 크래커를 주면서 아저씨가 말했다.

"여기 받아라. 나중에 집에 가서 먹어. 우리 집 카펫에 부스러기 떨어지는 건 싫거든."

집으로 오는 길에, 안소니 형이 자기 크래커를 들이대며 말했다. "내가 뭐랬어. 수확이 있지? 언제나 먹힌다니까."

"그게 완전 떳떳한 일이라고 생각해?"

"우리 엄마는 완전 죽었어, 안 그래?"

그거야 그렇지만, 지금껏 이렇게까지 생물학적으로 딱 꼬집어 말한 사람은 없었다.

아빠가 우리를 따라잡고 말했다. "너희들, 오늘 저녁 아주 얌전했어. 그래서 아빠가 테이크아웃 중국집에서 원하는 건 뭐든지 사준다."

형은 춘권과 짜장 양념 닭고기를 골랐다. 하지만 나는 어쩐지 배가 고프지 않았다. 심지어 아빠가 나를 가게 안으로 데리고 들어가 메뉴를 보여줄 때도 전혀 식욕이 당기지 않았다. 허기가 싹 가셨다.

아빠와 형은 집에 도착하자마자, 폴리스티렌 용기에 담긴 음식을 꺼내놓고 그대로 먹기 시작했다. 나는 부엌에 가서 접시와 나이프와 포크를 가져왔다.

"데미안, 신경 꺼. 그러면 이 밤에 또 설거지해야 되잖아. 자, 여기 쌀밥."

그래도 나는 묵묵히 식탁을 차렸다.

"데미안…."

"뭐든 제대로 해야죠. 그게 핵심이에요."

"무슨 핵심?"

"아빠가 우리한테 뭐든 제대로 하라고 하셨잖아요. 탁월해야 한다고요. 아빠가 그랬잖아요. 그러면서 아빠는 1회용 용기로 먹어요? 전에는 이러지 않았잖아요."

나도 몰래 악을 썼다.

"다들 식탁에 앉아요!"

아빠가 나를 달랬다. "데미안, 왜 짜증이 났어? 하긴 배가 너무 고프면 그럴 수도 있지."

"배고프지 않아요. 난 그냥, 제대로 된 가족처럼 식탁에 앉아서 먹자는 거예요. 제대로 하자고요."

"너도 먹겠다면 그렇게 할게. 제대로 된 가족처럼."

"좋아요."

아빠가 와서 식탁에 앉았다. 그리고 나한테 볶음국수를 건넸다.

형이 말했다. "넌 왜 정상적으로 행동하지 못하냐?"

아빠가 말했다. "세상이 정상이 아닌데 어떻게 우리만 정상적으로 행동하겠니, 안 그래?"

아빠가 형의 춘권 하나를 집어서 나한테 줬다.

맛이 끔찍했다. 안에 콩나물 대신 양배추가 들어 있었다. 그래도 먹으니까 기분은 좀 나아졌다.

잠이 잘 오지 않았다. 아무래도 춘권이 얹힌 것 같았다. 나는 어수선한 꿈에서(어떤 꿈인지는 별로 말하고 싶지 않다) 깨기를 반복했다. 몸이 편하면 좀 나아질까 싶어 침대로 돌아가 눕기까지 했지만 효과가 없었다. 나는 동이 트자마자 슬그머니 집을 빠져나와 은둔처로 갔다.

은둔처 안에 누군가 있었다. 키가 크고 비쩍 마른 새파란 눈의 여인이었다. 나는 단박에 여인을 알아봤다.

"아시시의 성녀 클라라?"

성녀가 미소 지었다.

"맞아."

성녀가 주위를 둘러봤다.

"나도 은둔처를 좋아한단다. 나도 한때 은둔처가 있었지."

"알아요."

"거기 올라가 숨어 있곤 했지. 내 도움을 필요로 하는 사람들에
겐 내 환영을 보내서 해결했고."

"저도 그런 능력이 있으면 좋겠어요. 저는 종일 여기 박혀 있고,
학교엔 제 환영을 대신 보내게요."

"아무나 갖는 능력이 아니란다. 난 특별했지. 난 일종의 인간
텔레비전이었어. 그래서 내가 텔레비전의 수호성인이 된 거야. 내
가 뭔 죄로, 아니 뭔 덕으로 그걸 수호해야 하는지, 원. 요즘 텔레
비전엔 볼 것 못 볼 것 다 있더라. 뭐랄까, 이젠 어떤 걸 봐도 놀
랍지 않아. 바빠져서, 그게 문제야. 그래서 난 은둔처가 좋아."

"저희 집은 아시다시피 좀 부적절해서요. 성 시메온의 기둥이나
성 우르술라와 만천 명 동행자의 배에 비하면요."

성녀가 콧방귀를 뀌었다.

"동행자가 만천 명이었다는 건 번역상의 오류란다. 그런 부정확
한 사실에 목맬 필요 없어. 사실을 말하자면, 그때 동행한 처녀는
고작 열한 명이었단다."

"그래도 성녀님은 하늘나라에서 수천 명과 함께 사시죠?"

"수만 명, 수십만 명, 아니 수백만 명."

48

"제 말은, 혹시 성녀님이 성녀 모린도 만나셨을까 해서요."

성녀 모린? 성녀가 잠시 기억을 더듬었다. 대답은 부정적이었다. 하지만 성녀의 말마따나 하늘나라는 한없이 넓은 곳이니까.

"절대적으로 무한해. 내 아버지의 집에는 거처할 곳이 많도다. 요한복음 14장."

"2절." 내가 말했다.

"맞아."

그러고서 성녀는 사라졌다.

나한테 선택권이 있었다면 나의 첫 환시로 성녀 클라라를 고르지는 않았을 거다. 하지만 클라라도 나무랄 데 없는 성녀이고, 또 만나보니 나름대로 재미있는 성녀였다. 그리고 환시는 어떤 환시든 흥미진진하다. 그래서 나는, 철학적 관점에서, 행복했다.

5
더 좋은 곳

중세 이래 여자들에게 일어난 가장 큰 변화 중 하나는 피부 관리다. 성녀 클라라는 피부가 심한 건성이고 뺨에는 홍반 현상까지 있었다. 전에 우리 엄마는 피부색 보정 효과가 있는 수분크림을 꾸준히 사용했다. 피부에 영양을 주는 동시에, 색조화장을 위한 가벼우면서도 효과적인 기초 역할을 했다. 엄마는 맨체스터 도심의 켄덜 백화점 클리니크 화장품 코너에서 일했다. 다른 평범한 엄마들보다 예뻐 보이는 것도 엄마의 일 중 하나였다.

하교 시간이 되면 엄마는 학교 정문에서 우리를 기다렸다. 그리고 집에 오면 화장솜으로 수분크림을 닦아냈다. 엄마는 그걸 '한 꺼풀 벗기기'라고 불렀다. 어쨌든, 어느 날 정문 앞에 엄마가 보이지 않았다. 우리는 기다리고 기다렸다. 교장실 비서인 데어스 부인이 다른 평범한 엄마들 중 한 분에게 전화했고, 그 아줌마가 와서 우리를 자기 집으로 데려갔다. 얼마 후 아빠가 우리를 데리러 왔다. 아빠는 아줌마에게 감사하다는 말과 '엄마는 다행히 최상의 곳에 있다'는 말을 되풀이했다.

우리는 아빠와 함께 그 '최상의 곳'에 갔다. 솔직히 말해서 나는 거기가 왜 좋은 곳인지 이해가 가지 않았다. 엄마는 침대에 묶여 있다시피 했다. 텔레비전이 항상 켜져 있고, 거기 사람들은 하나같이 불쌍한 몰골이었다. 엄마는 그곳에 여러 달 있었다. 엄마는 우리가 보러 갈 때마다 눈에 띄게 수척해졌다. 엄마의 피부는 성녀 클라라처럼 칙칙해지고 건조해졌다. 얼굴에 작은 홍반까지 생겼다. 사실 내가 성인들에 관심을 갖게 된 것도 그때였다. 그때는 성인들 얘기가 많이 오갔다. 의사들은 성인으로 불리고, 간호사들은 천사로 불렸다. 아내들의 수호성인인 성녀 리타가 특히 자주 언급됐다. 엄마 침대에 만성질환자의 수호성인인 성 요셉이 그려진 카드가 붙어 있기도 했다. 심지어 그때 우리가 다녔던 학교 이름도 '올 세인츠(All Saints) 초등학교'였다.

엄마 없이 우리 셋만 있는 집에서 나는 구글로 성인들을 검색하기 시작했다. '모든 성인' 사이트(totallysaints.com)도 그렇게 알게 됐다. 나는 성인들이 행한 온갖 기적들을 읽었고, 세상일이 항상 기대하는 대로 풀리지 않는다는 것도 알았다. 유익한 시간이었다. 그러던 어느 날, 엄마가 '더 좋은 곳'으로 가셨다는 말을 들었다. 그 말은, 그 최상의 곳이 결국 전혀 최상의 곳이 아니라는 증거였다. 최상의 곳이면 더 좋은 곳이 있을 수가 없잖아. 하지만 이번에는 우리를 '더 좋은 곳'으로 데려가는 사람이 없었다. 우리가 물어봐도, 누구 하나 그곳의 위치를 확실히 말해주는 사람이 없었다. 사람들은 그냥 이렇게만 말했다. "엄마는 더 좋은 곳으로 가셨어. 이제 너희는 아빠 속 썩이지 않고 착한 아이들이 돼야 한다, 알겠니?" 우리가 조심하지 않았다간 아빠마저 더 좋은 곳으로 가버릴 수 있다는 언질처럼 들렸다. 그래서 우리는 조심했다. 항상. 언제나.

누군가 그랬다. 나중에 우리도 더 좋은 곳에서 엄마를 다시 만나게 될 거라고. 나는 그 말을 잊지 않았다. 그래서 크로머티 클로즈 얘기가 처음 나왔을 때, 아, 거기가 더 좋은 곳인가 보다고 생각했다. 야호, 드디어 우리도 그리로 가는구나. 하지만 뾰족지붕들을 본 순간, 내가 착각했다는 걸 깨달았다. 좋은 곳이었지만 그렇게까지 좋은 곳은 아니었다.

사람들이 말하는 '더 좋은 곳'이란 그저 비유적인 표현이라는 걸, 나는 나중에야 알았다.

6
마른하늘에 돈벼락

다음날 아침 집을 나서는데, 아빠가 나를 불러 세웠다.

"요 전날 소풍날 관련해서 학교에서 받아온 편지 있지? 오늘이 그 소풍날이야."

"응? 하지만 너무 늦지 않았어요?"

올 세인츠 초등학교에서 랭골렌으로 소풍 갈 때는 아침 7시 반까지 집합했었다.

"아냐, 아냐. 이번엔 학년 전체가 가는 게 아냐. 오늘 소풍은 아빠랑 너랑만 가는 거야. 자, 얼른 타."

우리는 차에 올라 출발했다. 평소 앞자리 조수석은 안소니 형차지지만, 이날은 아빠와 나뿐이라 나도 앞에 탔다. 기분이 달랐다. 아빠가 나한테 작게 복사한 지도를 내밀었다. 도로 하나에 노랑 형광펜으로 동그라미가 쳐져 있었다.

"필요할지 모르니까 잘 가지고 있어."

어쩐지 분위기가 심상치 않았다. 하지만 내가 뭐라고 물어볼 틈도 없이 아빠가 말했다.

"봐라. 이런 게 있더라. 이거 들어본 지가 언제냐."

아빠는 배우 마틴 자비스가 녹음한 '저스트 윌리엄'● 테이프를
틀었다. 정말 웃겼다. 시리즈 중에 '요통 걸린 아기' 편이었는데 정
말 배꼽 잡았다. 나는 웃느라 정신없어서, 아빠가 테이프를 듣고
있지 않다는 걸 도착할 때까지도 알아채지 못했다. 처음 가보는
곳이라 아빠가 길을 찾는 데 집중하고 있다고만 생각했을 뿐.

우리는 공원 옆 구불구불한 길가에 위치한 크고 오래된 집 앞에
멈춰 섰다.

"뭐 하는 데예요?"

"그냥 집이야."

우리는 현관으로 갔다. 황동 명판이 붙어 있었다.

"왜 허스키슨 하우스예요? 허스키슨 가족이 살아요?"

"모르겠는걸. 아빠도 모르는 사람들이야."

"그럼 여기 왜 온 건데요?"

나는 다급해졌다. 공황상태가 됐다.

"나 그동안 정말 착하게 살려고 했단 말이에요."

"아빠도 알아. 그리고 맞아, 넌 아주 착한 아들이야. 아주 탁월

● Just William. 영국의 여류 아동문학가 리치멀 크롬턴이 쓴 단편 시리즈로, BBC TV 영화로 제
작돼 인기를 모았다.

해. 네가 얼마나 탁월한지 보여주고 싶어서 그래."

우리는 거실로 들어갔다. 고리버들 의자가 있고, 테이블에 잡지가 한 무더기 있었다. 그중 스코틀랜드 캠핑카 전문지가 그나마 제일 흥미로워 보였다.

치렁치렁한 생머리에 치렁치렁한 귀걸이를 한 여자가 오더니 우리더러 따라오라고 했다. 복도까지 갔을 때 나는 무심코 잡지를 들고 온 걸 깨달았다. 훔치려 했다고 생각할까 봐 도로 가서 놓고 왔다. 다시 복도로 접어들었을 때는 아무도 없었다. 나는 도로 정문으로 걸어 나가 도망치고 싶은 강렬한 유혹에 휩싸였다. 하지만 그때 문들 중 하나에서 아빠가 얼굴을 내밀고 나를 불렀다.

내가 방에 들어갔을 때, 치렁치렁한 귀걸이의 여자가 이렇게 말하고 있었다.

"그러니까 아이가 자해를 한다는 말씀이죠?"

"그게, 긁힌 상처가 좀 났더라고요."

"어디 한번 볼까요? 데미안, 괜찮으면 셔츠 좀 벗어볼래?"

나는 셔츠를 벗었다. 여자는 내 등을 보고, 나는 벽에 걸려 있는 크고 슬픈 가면을 봤다. 아프리카 공예품 같았다.

여자가 말했다. "상처가 깊진 않지만 자잘하게 많이 났네요. 무엇으로 낸 상처인가요?"

아빠가 나를 봤다.

나는 당당하게 대답했다. "호랑가시나무 잎요."

"그러니까 네가 직접 그랬다?"

"음… 잎을 셔츠 안에 넣었어요."

아빠가 물었다. "왜?"

내가 설명하려 할 때, 여자가 손가락을 들고 말을 막았다.

"어떤 식이든 다그치는 건 좋지 않습니다."

여자는 나한테 이것저것 많은 것을 물었다. 밤에 잠은 어떻게
드는지, 악몽을 꾸지는 않는지 등등. 가장 황당했던 질문은 이거
였다. "있지도 않은 것들이 보이니?"

"뭔가 보인다면 거기 있는 거 아닌가요? 눈에 보이는데 어떻게
거기 없을 수 있어요?"

"그건 나중에 다시 얘기하자."

여자가 활짝 웃으며 말했다. 그리고 한쪽 귀걸이를 끌러서 만지
작대기 시작했다.

"내가 단어를 말하면, 그 단어를 듣고 가장 먼저 떠오르는 단어
를 말해주겠니? 할 수 있겠지?"

그렇게 어려울 것 같지는 않았다.

"좋았어. 그럼 시작한다. 첫 번째 단어는, 작다."

"꽃."

"으음." 여자는 조금 얼떨떨한 표정을 지었다. 그리고 뭔가를
적으며 말했다. "흥미로워. 특이해."

"왜, 있잖아요, 소화●."

● Little Flower. '예수의 작은 꽃'이란 뜻이며, 19세기 프랑스의 성녀 테레즈를 소화(小花) 테레
즈라고 부른다.

"굳이 설명할 필요는 없단다. 처음 생각나는 단어만 말하면 돼. 다음은, 케이크."

"비누."

"좋아. 종."

"나환자."

여자가 얼굴을 찡그렸다. "으음." 그러곤 잠깐 뜸 들였다가 말했다. "오케이."

"셔츠."

"헤어."

여자는 이번에는 오케이라고 하지 않았다. 여자가 말했다. "뭐라고?"

아빠가 말했다. "왜, 헤어셔츠라고 있지 않습니까. 옛날에 고행자들이 입었던…."

여자는 아빠한테 손사래를 치고, 눈으로는 계속 나를 응시하며 말했다. "날다."

"쿠페르티노의 성 요셉."

여자의 표정을 보아하니 전혀 못 알아들은 얼굴이었다. 그래서 나는 설명에 들어갔다.

"요셉은 수도승이었어요. 머리가 살짝 돈 사람으로 놀림받았지만, 공중부양을 하는 기적을 보였죠. 그로텔라에 성당을 지을 때, 성인은 성당 지붕으로 날아올라 일꾼들을 도왔어요. 미친 소리처럼 들리겠지만, 그분의 기적을 목격한 사람이 한둘이 아니었어요.

그중엔 냉소가로 유명한 철학자 볼테르도 있었고, 위대한 수학자 라이프니츠도 있었어요. 역사상 최고의 지성으로 불리는 라이프니츠가 바보로 불리는 남자한테 넋이 나갔다면 더 말할 필요 없는 거죠."

여자는 감명받은 눈치였다. 들고 있던 귀걸이까지 떨어뜨렸다. 그리고 그쯤에서 단어 대기를 끝냈다. 내 답이 더할 나위 없었던 게 분명했다.

아빠가 말했다. "어디서 그런 걸 주워들었는지 모르겠네요."

내가 말했다. "모든 성인 사이트에서요. 거기 들어가면 링크가 끝내주게 돼 있어서 누가 무엇의 수호성인인지 찾아볼 수 있어요. 예를 들어 아프리카 가면의 수호성인이 누군지 알고 싶다면…."

여자가 말했다. "별로 알고 싶지 않구나. 저건 내 것도 아니야."

여자는 공책을 덮고 귀걸이를 집어서 다시 귀에 끼웠다.

학교로 가는 내내 아빠는 걱정이 있는지 어두운 얼굴이었다. 나는 대화를 시도하기로 했다.

"아마 우간다의 순교자들 중 한 분일 거예요. 아프리카 성인들 중에서 그분들이 제일 인기 있어요. 그중 가장 높은 분은 참수됐는데, 나머지는…."

"데미안, 성인들 얘기는 제발 부탁인데 지금은 좀 집어치울 수 없겠니? 아니, 지금만이 아니라 다시는 꺼내지 마. 알았어? 그건… 자연스럽지 않아. 그건 탁월하지 않아, 알았어?"

"그게 무슨 말이에요!"

아빠의 말에 나는 경악했다.

"성인들이 탁월하지 않다뇨? 성인들은 탁월함 그 자체예요. 그
자체로…."

"데미안, 이건 경고야."

나는 참기로 했다. 대신 스코틀랜드 카라반과 캠핑카로 화제를
돌렸다. 카라반은 크게 두 가지가 있다. 차량형 이동식과 주택형
고정식. 고정식은 움직이지 않는다. 이동식 카라반은 머로더(약탈
자), 앰버서더(대사), 하이웨이맨(노상강도) 같은 이름을 달고 있다.

"그런데 왜 그런 거죠? 노상강도가 캠핑카를 몰고 다니진 않잖
아요. 대사(大使)도요. 아주, 아주 작은 나라의 대사라면 모를까."

아빠는 캠핑카 얘기에도 시큰둥했다. 하지만 내 의견은 흥미롭
다고 생각했는지, 차를 멈추고 특대형 초콜릿 바를 사줬다.

"자, 이걸로 입을 틀어막아." 아빠가 말했다.

나는 하교 시간에 이날 있었던 일을 안소니 형한테 자세히 털어
놓았다.

"착하게 살려고 그렇게 애썼는데, 사람들이 원하는 게 뭔지 모
르겠어."

형이 말했다. "사람들은 네가 맛이 갔다고 생각해."

그런 생각은 전혀 못 했다. 하지만 그렇다 한들 무슨 상관이
지? 사람들은 쿠페르티노의 성 요셉이 맛이 갔다고 생각했지만,

그는 공중에 뜰 수 있었다. 여차하면 새처럼 날 수도 있었다. 몇 킬로미터라도.

우리가 집에 도착했을 때는 해가 넘어가고 있었다. 말일성도들이 자전거를 타고 우리 옆을 지나갔다. 네 명 모두 헬멧에 야광띠를 붙였다. 야광띠들이 작은 후광처럼 빛났다. 잠자리에 들 때도 그 사람들이 내 머리에서 떠나지 않았다. 그 사람들이 정말로 성인들이면 얼마나 좋을까. 다만 다 좋은데 '말일'은 무슨 뜻인지, 그게 마음에 걸렸다.

아빠는 시사상식이라면 사족을 못 썼다. 예전 집에 살 때는 '만물박사'라는 펍퀴즈● 팀의 일원이기도 했다. '만물박사'는 백전백승이었다. 아빠는 잠든 우리를 깨워서 "뒤로 가야 이기는 스포츠는?" 따위를 묻곤 했다. 그래서 나는 아빠한테 가서 '말일'이 무슨 뜻인지 물어보기로 했다. 시간이 새벽 3시였다는 건 인정한다. 하지만 아빠가 "내가 그걸 어떻게 알아?" 하고 돌아누워 도로 잠들어버렸을 때는 솔직히 놀라지 않을 수 없었다. 나는 아빠 옆으로 기어 올라갔다. 아빠는 더 이상 만물박사가 아니었다.

도통 잠이 오지 않았다. 그래서 구글로 검색했다. 모르몬교. 그러다 말일성도회 홈페이지를 발견했다. 거기에 내가 알고 싶었던 모든 것이 있었다. 흔히 모르몬교로 불리는 말일성도회는 1827년

● pub quiz. 영국의 술집 문화 중 하나로, 술집에서 열리는 퀴즈 대회를 말한다. 주로 자선 활동과 연계된다.

조셉 스미스라는 사람이 미국 뉴욕 주에서 창시했다. 모로나이라는 천사가 그에게 요상한 문자가 가득 새겨진 금판을 주었다. 그는 특수 안경을 쓰고 금판의 글을 해독했다. 고대에 사라진 이스라엘 씨족이 기원전 600년 아메리카 대륙으로 이주했다는 내용이었다. 모로나이 천사는 스미스가 번역을 마치자 금판과 안경을 도로 가져갔다. 얘기가 어째, 전체적으로 유치했다.

밖이 아직도 어두웠지만, 나는 교복을 입고 은둔처로 내려가기로 작정했다. 하지만 문밖에 나서자마자 마음이 싹 달라졌다. 밖은 얼어붙게 추웠다. 더운물인 줄 알고 샤워기 밑에 섰는데 찬물벼락을 맞은 느낌이었다. 갑자기 침대가 절실히 그리워졌다. 그런데 등 뒤에서 현관문이 닫히는 바람에 안으로 들어갈 수가 없게 됐다.

말이 은둔처 안이지, 그냥 바깥에 있는 것과 마찬가지였다. 창문을 낸 게 후회막급이었다. 나는 구석에 웅크리고 앉아서, 색조 수분크림을 손등에 찍어 바르며 추위 생각을 떨치려 애썼다. 엄밀히 말해 색조 수분크림은 엄마의 살색이 아니지만 엄마가 선택한 피부색이었다. 나는 착한 아이가 되는 데 따른 고충을 주제로 명상을 시도했다. 착하게 행동한다고 생각했는데, 그게 문제적 행동이나 비정상적 행동으로 비춰질 때. 다음에는 성인들에 대해 생각했다. 아빠는 더 이상 성인들을 좋아하지 않는 듯했다. 애초에 성인들은 과대평가된 존재였던 걸까. 모든 것이 그저 하나의 거대한 오해였던 걸까. 하지만 이런 의혹 자체가 또 다른 유혹이라는 생각이 들었다. 그래서 기도를 올리기로 했다. 하지만 떠오르는 말이라곤 "성부와 성자와 성령의 이름으로 아멘. 엄마는 돌아가셨습니다. 아멘."밖에 없었다.

추위에 이가 딱딱 부딪혀서 그런 짧은 기도를 하는 데도 5분이나 걸렸다. 그래도 하느님이 내 기도를 들으신 게 분명했다. 하느님이 응답하셨기 때문이다. 정말 신기한 것은, 하느님이 다른 사람들과 같은 방식으로 응답하셨다는 거다. 나한테 뭔가를 주신 것이다.

내가 막 기도를 끝냈을 때 기차가 지나갔다. 기름 냄새 나는 느끼한 바람이 은둔처 안으로 훅 밀어닥쳤다. 마분지 창문들이 일제히 펄럭였다. 나는 밖을 내다봤다. 기차에는 창문이 하나도 없었다. 기차는 바퀴 달린 거대한 어둠 덩어리에 불과했다. 그 덩어리가 비명을 지르며 호랑가시나무 덤불들 옆을 쏜살같이 지나갔다.

그런데 그때, 거대한 어둠 덩어리에서 작은 어둠 뭉텅이 하나가 떨어져 나오는가 싶더니, 바람을 뚫고 내 쪽으로 데굴데굴 굴러왔다. 어둠 뭉텅이는 은둔처 앞면을 정통으로 들이받으며 마분지 상자들을 납작하게 깔아뭉갰다. 그 바람에 차가운 바람이 더 세게 밀어닥쳤다. 뭉텅이는 허물어진 마분지 위에 커다란 두꺼비처럼 납죽 올라앉아 있었다.

나는 다가가서 뭉텅이를 만져봤다. 가방이었다. 지퍼를 당겼더니 배가 쫙 갈라지면서 내용물이 쏟아져 나왔다. 돈이었다. 환시

나 환영이 아니었다. 굳이 말하자면 그건 계시였다. 엄청나게 요
란한 계시였다. 돈이었다. 지폐였다. 셀 수 없이 많은 지폐 다발들
이었다. 수천, 수만 파운드였다. 아니, 수백만 파운드였다.

7
지폐 젠가

정확히 말해서, 하늘에서 돈이 떨어진 게 역사적으로 이번이 처음은 아니다. 예를 들어 2세기 터키에서도 그런 적이 있었다. 당시 터키에서는 딸을 결혼시키려면 아버지가 사위에게 지참금이라는 돈을 줘야 했는데, 딸은 셋인데 무일푼인 아버지가 있었다. 아버지는 딸들을 사창가에 팔려고 했다. 당시에는 그게 가능했다. 그러던 어느 날 밤, 미라의 성 니콜라우스가 그 집 지붕으로 올라가 굴뚝을 통해 세 딸에게 각각 하나씩 돈보따리 세 개를 던져줬고, 그 덕분에 세 소녀는 정조를 지킬 수 있었다. 성 니콜라우스의 성인 행동은 갓난아기 때부터 시작됐다. 예를 들어, 그는 금식을 이유로 매주 금요일에는 엄마 젖 빠는 걸 거부했다. 성 니콜라우스는 뱃사람과 전당포업자와 미혼여성과 어린이와 향수상인의 수호성인이다.(그가 어린이의 수호성인이 된 것은 채소절임 통에 갇힌 소년들을 구해준 기이한 인연 때문이었다.) 성 니콜라우스는 산타클로스의 원조로 일컬어진다. 성인 중에 가장 성공한 성인이랄까.

돈가방이 내 앞에 떨어졌을 때, 나는 단박에 성 니콜라우스가 생각났다. 이때 곧바로 성 니콜라우스에게 가르침을 구했다면 일이 달라졌을까? 아니면 돈의 수호성인인 성 마태오에게라도. 그도 아니면 경찰에 신고했거나, 아빠한테 말했거나.

나는 그러지 않았다. 나는 벌판을 가로질러 달리며 외쳤다.

"형! 안소니 형! 와서 이것 좀 봐!"

나는 흥분상태여서 제정신이 아니었다.

지금 누가 나한테 "그게 최선이었어요?"라고 물어본다면 나는 할 말이 없다.

집에 도착했을 때도 날이 밝기 전이었다. 하지만 부엌에 불이 켜져 있었고, 안소니 형이 토스트를 굽는 게 보였다. 나는 창문을 두드렸다. 형이 놀라서 펄쩍 뛰었다.

"밖에서 뭐 하는 거야? 얼어 죽고 싶어? 어디 갔다 왔어? 설마 밤새 밖에 있었던 거야?"

이가 아직도 덜덜 떨렸다. 나는 간신히 말했다. "내가 바바바발견…."

"뭘?"

"와서 봐."

형이 코트를 입었다. 내 흥분상태에 놀라긴 했지만 그다지 미더워하는 기색은 아니었다.

"네 눈에만 보이는 거면 죽을 줄 알아."

형의 말에 허스키슨 하우스에서 만났던 여자가 한 말이 생각났다. 있지도 않은 것들이 내 눈에 보이는 거라면? 내 눈에 실제로 보이는 것이 실제가 아니라면? 하지만 우리가 은둔처에 다다랐을 때 가방은 거기 그대로 있었다. 나는 가방을 가리켰다.

형이 말했다. "뭐가 있다는 거야?"

"형이 엄마가 죽었다고 하면, 사람들이 안 주던 것도 줬잖아?"

형이 끄덕였다.

"나도 하느님한테 같은 말을 했어."

나는 상자를 젖혔다. 가방이 드러났다. 돈이 꽉꽉 들어찬 가방. 형의 얼굴이 순간 빛을 뿜었다. 형은 지금도 말한다. 자기가 태어나 본 것 중에 그렇게 아름다운 것은 없었다고. 형도 이때는 그만큼 행복해했다.

"그러니까 이게 하느님이 주신 거란 말이지?"

나는 고개를 끄덕였다.

"히야, 하느님 눈에 우리가 어지간히 안쓰러웠나 보다."

우리는 돈가방을 들고 벌판을 가로질러 집으로 향했다. 돈가방을 나르는 데 우리 둘의 힘을 꼬박 합쳐야 했다. 나르기도 버거운 돈이 있을 거라고 누가 상상이나 했을까? 나는 돈을 식탁 위에 죄다 널어놓고, 아빠가 퇴근해서 눈앞의 돈에 환호하는 모습을 보고 싶었다. 하지만 안소니 형은 절대로 아빠한테 말하면 안된다고 했다.

"왜?"

"세금."

세금이 뭔지 묻지 않을 수 없었다.

"만약 아빠가 알아봐. 그럼 아빠는 국세청에 신고해야 할 거고, 국세청이 이 돈에 대해 알게 되는 날에는 이 돈에 세금을 때릴 거야. 40퍼센트를 떼어 간다구. 그럼 거의 반밖에 안 남아. 일단 돈을 숨겨놓고 학교부터 가자."

하지만 그럴 수가 없었다. 가방에 든 돈이 대체 얼마인지부터 알아야 했다. 우리는 돈을 식탁 위에다 쏟아 부었다.

"생각해봐," 형이 말했다. "애초에 하느님이 이 돈을 아빠한테 주고 싶었으면, 우편환●으로 만들어서 집으로 부쳤겠지."

반박하기 어려운 논리였다.

형과 나는 돈을 세기 시작했다. 처음에는 10파운드 지폐를 열 장씩 모아서 셌다. 그러다 센 돈이 뭐고 안 센 돈이 뭔지 뒤죽박죽이 됐다. 방이 지폐로 뒤덮이다시피 했다. 형이 지폐를 백 장씩 묶어놓고, 묶음의 수를 세자는 아이디어를 냈다. 하지만 그 방법도 소용없었다. 10분이 지나자 바닥이 돈뭉치들로 발 디딜 틈 없을 지경이었다. 세는 건 고사하고 엉덩이 붙일 데도 없었다. 그래서 결국 천 장씩 쌓아놓기로 했다. 천 장짜리 다발이 229개 나왔다. 그리고 370파운드가 남았다. 모두 합해 22만 9,370파운드●●

● 우체국을 통해 부치는 현금 증서. 이 증서를 우체국에 갖고 가면 현금으로 교환해준다.

●● 파운드는 영국의 화폐 단위로, 1파운드는 100펜스. 22만 9,370파운드를 우리 돈으로 환산하면 대략 4억 원 내외다.

였다. 페니로 따지면 2천 200만 하고도 93만 7,000펜스였다.

우리는 한동안 멀뚱히 보기만 했다. 그러다 형이 천 파운드 다발을 하나 들어서 다른 다발 위에 십자형으로 포갰다. 그리고 또 하나 들어서 또 십자형으로 포갰다. 다음에는 내가 한 다발 집어서 형이 쌓은 세 다발 위에 올렸다. 다음에는 형, 그다음엔 나. 우리는 계속해서 번갈아가며 지폐 탑을 쌓았다. 탑은 내 키만 해졌을 때 더 이상 버티지 못하고 무너졌다. 우리는 웃음을 터뜨렸다.

이것이 우리의 첫 번째 지폐 젠가* 놀이였다. 우리는 그다음 주 내내 밤마다 지폐 젠가를 했다. 가장 높이 쌓았을 때는 탑이 형의 눈썹에 이르렀다. 하지만 처음 할 때만큼은 재미가 없었다. 흥에 받쳐서 없던 놀이가 자연발생 했던 순간만 못했다.

단언컨대, 지폐 젠가는 돈만 있으면 최고의 게임이다.

우리는 학교에 늦었다. 하지만 지각쯤이야 대수롭지 않았다. 형과 나는 운동장이나 복도에서 마주칠 때마다 서로 실실 웃었다. 비밀을 갖는 것은 윗도리 밑에 날개를 숨겨두고 있는 것과 같다. 나는 배리가 달라고 하기도 전에 내 프링글스(바비큐 맛)를 줬다. 놀이 시간이 끝나고 줄서 있을 때 그냥 턱! 건넸다.

"맛있게 먹어."

녀석은 황당하다는 표정이었다.

● Jenga. 나무 블록을 쌓아놓고 밑의 블록을 하나씩 빼서 맨 위에 도로 쌓는 게임

우리는 집에 오는 길에 가게에 들렀다. 안소니 형은 산소탱크만 한 써니 딜라이트 음료수를 샀다. 내 시선을 느낀 형이 점원에게 말했다.

"두 병 주세요."

점원이 내 것을 가지러 갈 때, 형네 반 여자애 한 명이 들어왔다. 레게 스타일로 머리를 땋은 여자애였다. 형이 말했다.

"세 병 주세요. 그리고 아저씨도 뭐 하나 드세요."

형은 점원에게 10파운드 지폐를 내밀고 여자애한테 음료수를 줬다. 그때, 배리가 가게로 들어왔다.

"이야, 요것 봐라. 너네 연애하냐? 왜 써니 딜라이트를 사주는 건데?"

"내가 얘한테 써니 딜라이트 좀 사주면 안 돼?"

"그럼 나한테도 써니 딜라이트 좀 사주면 안 돼?"

"좋아. 그러지 뭐."

형은 한 병 더 샀다. 이때쯤 배리의 단짝인 칼루도 가게에 들어와 있었다. 칼루가 지껄였다.

"배리가 무서우니까 사주는 거지?"

형은 다섯 병째 써니 딜라이트를 사서 칼루한테 줬다.

무슨 일인지 궁금한 아이들이 가게 안으로 밀려들기 시작했다. 칼루가 또 지껄였다.

"전학생이 우리한테 써니 딜라이트 사주면서 아부 떨고 있어."

"누구한테도 아부할 맘 없어."

형은 아이들 모두에게 써니 딜라이트를 한 병씩 돌리는 걸로 자기 말을 증명했다. 다 합해서 써니 딜라이트 스물세 병과 워커스 새우맛 감자칩 한 박스가 들었다. 한 봉지가 아니라 한 박스였다. 도매점에서 파는 커다란 박스로 한 박스.

"얘가 돈을 떨이 처분하듯 쓰네." 가게 점원이 말했다.

"떨이 맞아요." 형이 말했다.

가게 밖에서 아이들이 굶주린 하이에나 떼처럼 워커스 박스를 에워쌌다. 그중 몇몇은 보도 위에다 자전거까지 내팽개친 상태였다.

안소니 형이 소리쳤다. "우리한테 자전거 빌려줄 사람?"

몇몇이 몸을 펴고 형을 쳐다봤다.

"10파운드 줄게." 형이 말했다.

자전거 주인들이 앞 다퉈 우리 앞으로 몰려들었다. 우리는 테리와 프래니의 자전거를 골랐다. 자전거 빌린 값은 5시 이전에 우리집으로 자전거를 찾으러 오면 그때 주기로 했다. 5시는 아빠가 퇴근해 집에 도착하는 시각이었다.

죽은 사람을 들먹이지 않고도 원하는 것들을 턱턱 얻을 수 있다는 건 기분 째지는 일이었다. 테리와 프래니의 자전거 모두 서스펜션●이 죽여줬다. 그래서 우리는 도로 대신 기찻길 옆 벌판을 달려 집에 갔다. 안소니 형이 이제 우리는 뭐든 가질 수 있다고 했

● Suspension. 노면으로부터의 진동이 차체에 전달되는 것을 막아주는 충격 흡수 장치

다. 개인 자전거는 물론이고, 여차하면 사륜 오토바이도 문제없었다. 새 운동화, 새 옷, 핸드폰, 베이블레이드 팽이 등등. 아빠가 돈 낭비라고 말했던 모든 것들. 애완용 바다새우, 엑스박스, 게임 큐브, 유료 케이블 채널, 엑스레이 안경.

"엑스레이 안경, 별거 없어. 해골밖에 안 보여."

"해골 보이는 게 어디야."

우리는 집에 도착해서 오븐을 켜는 대신 피자가게에 전화해 피자를 시켰다. 나는 치즈와 페퍼로니가 두 배로 들어간 피자로 주문했다. 피자를 기다리는 동안 우리는 지폐 젠가를 했다. 내가 이겼다.

형이 모노폴리 게임을 진짜 돈으로 해보자고 했다.

"끝내줄 거야." 형이 말했다. "내가 은행가 할래."

하지만 우리가 모노폴리 게임판을 펼쳐놓기 무섭게 피자 배달원이 모터자전거를 타고 도착했다.

문을 열고 보니, 마침 아빠도 도착해서 차고에 차를 넣고 있었다.

"이게 다 뭐냐?" 아빠가 현관으로 오면서 물었다.

"요리하는 대신 피자 시켰어요. 간만에 먹으면 맛있을 것 같아서요."

"돈이 어디서 나서?"

"나한테 돈이 있어요." 형이 말했다.

"어디서? 생일 때 받은 거?"

"네, 뭐, 그런 거요. 파운드니까 어차피 유로 데이 전에 써야 하

71

잖아요. 아빠 것도 주문했어요."

"어떤 종류로?"

"안초비를 두 배로 넣은 씨푸드 피자요."

형이 상자를 열자 김이 촛불 연기처럼 모락모락 피어올랐다. 구운 치즈 냄새와 촉촉한 빵 냄새가 거실을 가득 채웠다.

"고맙다. 기특한 것들."

아빠는 한동안 말없이 피자만 내려다봤다.

"잘못 시켰어요?" 내가 물었다.

아빠가 갑자기 부엌으로 뚜벅뚜벅 가더니 코를 풀고 돌아왔다.

"아니, 잘 시켰어. 아주 잘 시켰어. 아주 그냥 제대로 골랐어."

"종이 상자가 폴리스티렌 용기보다 훨씬 나아요. 폴리스티렌 용기에 담으면 음식이 후줄근해져요." 내가 말했다.

"그래, 맞아."

아빠의 눈이 하도 반짝거려서 나는 잠시나마 아빠가 우는 줄 알았다. 하지만 설마? 피자 때문에 우는 사람이 어디 있겠나.

"이런 효자들을 봤나."

아빠가 피자를 한 조각 집어 들었다. 내가 본 것 중 가장 큼직한 조각이었다. 아빠는 피자 조각을 반으로 포개서 입속에 들이밀었다. 아빠 얼굴이 고릴라 괴물처럼 변해서 우리 모두 웃음이 터졌다.

"피자는 누가 발명했어요?" 내가 물었다.

정말로 궁금해서 물은 건 아니었다. 예전에 그랬던 것처럼 일반

상식 얘기를 하면 아빠가 좋아하지 않을까 해서였다. 전에 아빠는 책 한 권이 다 감자의 역사인 책을 읽기도 했다.

"피자는," 아빠가 말했다. "이탈리아의 항구도시 나폴리에서 유래했어. 원래는 시장에서 가난한 사람들이 사먹던 허브를 얹은 빵에 불과했어. 그런데 1889년에 마르게리타 왕비가 나폴리를 방문했다가 피자 맛에 홀딱 반해서, 당대 최고의 피자 요리사인 라파엘로 에스포지토를 시켜 특별히 피자를 만들어 바치게 했지. 피자 위에 바질과 토마토와 모짜렐라 치즈를 얹는 건 에스포지토의 아이디어였어. 초록색 바질, 빨간 토마토, 하얀 치즈. 바로 이탈리아 국기 색이지. 그때부터 그 피자에 마르게리타 피자란 이름이 붙었단다."

우리는 피자를 모조리 먹어치웠다. 죽여주는 하루였다.

8
남은 시간 17일

안소니 형이 나더러, 얘기를 좀 더 재정적인 측면에서 접근하라고 타박한다. 좋다, 재정적으로 말해서, 우리에겐 22만 9,370 파운드가 있었다. 12월 1일 오전 기준 환율 시세로 이 돈은 32만 3,056유로에 해당했다. 돈으로 사랑이나 행복을 살 수는 없다. 사실이다. 하지만 돈으로 살 수 있는 걸 알아보는 것도 흥미로운 일이다.

예를 들어 이 돈이면, 2대들이 1세트에 20.99유로인 원격조종 미니 자동차를 1만 5,390세트 살 수 있고, 한 대가 85.99유로인 급속 충전 고성능 원격조종 헬리콥터를 3,756대나 살 수 있다. 막강 화력을 자랑하는 공기대포 에어주카는 2만 2,937대 살 수 있고, 연으로 변신하는 열쇠고리는 4만 3,159개 살 수 있고, 가정용 솜사탕 제조기는 5,736대 살 수 있다. 쇼군 누드 BMX 자전거 1,434대를 살 수 있고, 게임보이 어드밴스 SP는 2,699개나 살 수 있다.

12월 1일 당시, 우리에게 남은 시간은 17일이었다. 그 안에 이 파운드화를 모두 써야 했다.

같은 날 아침, 우리가 현관문을 열었을 때, 남자애 여섯 명과 여자애 두 명이 각자 자전거에 앉아 문 앞에 대기하고 있었다. 안소니 형이 밖을 내다보기 무섭게 아이들이 외치기 시작했다.

"자전거 필요해? 안소니, 자전거 빌려줄까? 안소니? 안소니, 이거 한번 타봐!"

안소니 형은 각각의 자전거를 꼼꼼히 뜯어봤다.

"오늘은 누가 우릴 뒤에 태우고 갔으면 싶은데." 형이 말했다. "칼루랑 트리샤."

칼루와 트리샤의 자전거는 뒤축에 작은 받침대가 나와 있어서 그 위에 올라설 수 있는 BMX 자전거였다. 안소니 형은 칼루 자전거에 타고, 나는 트리샤 자전거에 탔다. 선택받지 못한 자전거들이 카퍼레이드처럼 우리 뒤를 따르는 가운데, 우리는 개선장군처럼 학교로 달렸다. 사람들 모두 우리를 쳐다봤다. 기분 최고였다. 교문 앞에 도착하자 안소니 형이 칼루와 트리샤한테 10파운드씩 줬다.

트리샤는 뭔가 께름한 표정이었다.

"겨우 1킬로미터 왔는데 10파운드는 너무 많아. 난 그냥 반짝이펜 세트를 살 만한 돈이면 돼."

문제는 우리가 가진 가장 작은 돈이 10파운드 지폐라는 거였다. 형한테 물어보면, 아마 이때부터 모든 게 꼬이기 시작했다고 할 거다. 형의 말에 따르면, 통화량 조절 실패가 학교 운동장에 인플레이션● 상황을 초래했다. 하지만 당시에는 그게 문제될 거란 생각조차 하지 못했다. 우리는 그저 22만 9,000파운드가 넘는 돈을 펑펑 쓸 생각밖에 없었다.

처음에는 돈 쓰기가 쉬워 보였다. 예를 들어 우리는 점심 때 샌드위치 대신 특식 메뉴를 사먹었다. 거기다 줄을 설 필요도 없었다. 피터가 우리 대신 줄을 서주고 웨이터처럼 우리 테이블까지 음식을 날라다 줬다. 트레이시는 포크와 나이프와 음료를 가져오고 우리가 먹은 다음엔 식판을 치웠다. 우리는 일한 애들한테 10파운드씩 돌렸다. 다음에는 애들을 시켜서 초콜릿 푸딩을 여러 번 가져다 먹었고, 그때마다 10파운드씩 줬다.

후식까지 다 먹었을 때, 배리가 와서 우리 테이블에 앉았다. 배리는 워키토키 손목시계 세트를 가져왔다.

"수신 범위가 반경 200미터야. 배터리도 새 거고, 보호용 덮개 포함이야. 어때?"

"10파운드." 안소니 형이 말했다.

"말도 안 돼! 재한테는 고작 포크 갖다 줬다고 10파운드 줬으면서. 40파운드."

"좋아, 40파운드."

● Inflation. 실제로 쓰이고 있는 돈의 양이 많아져서 돈의 가치가 떨어지고 물가가 계속 오르는 현상을 말한다.

그렇게 해서 우리는 이날 벌써 100파운드를 썼다.

운동장에 나가자, 다른 아이들도 집에서 가져온 물건을 줄줄이 들고 왔다. 게임보이, 야간용 고글, 초소형 장난감 자동차 여섯 개. 우리는 구름다리 철봉에서 남자화장실까지 걸어가는 사이에 150파운드를 썼다.

남자화장실에는 아마르라는 5학년 애가 기다리고 있었다. 아마르는 축구선수 사진으로 도배된 커다란 상자를 들고 있었다. 노란색 상자는 빛이 바랬고 네 귀퉁이가 뭉툭하게 닳아 있었다.

"이게 바로 수부테오●라는 거야. 들어는 봤지? 워낙 전설적인 거니까."

우리는 처음 듣는 물건이었다.

"축구 게임, 몰라? 게임계의 고전, 몰라? 우리 아빠가 옛날에 물려받은 거야. 집안의 가보랄까."

"그럼 중고네?"

"중고라니, 섭섭하게. 전설적인 골동품이지. 이 팀들을 봐. 축구 명문 중의 명문 아스널과 맨시티."

아마르가 상자 뚜껑을 열었다. 축구선수 모형 수십 개가 잠든 것처럼 줄줄이 누워 있었다. 미니어처 야간 조명등, 앰뷸런스, 주심, 선심, 대기석, TV 중계차, 광고판도 있었다. 없는 게 없었다. 세상이 통째로 있었다. 내 맘대로 쥐락펴락할 수 있는 세상. 사지

● Subbuteo. 1940년대 영국에서 처음 개발되고, 1970~80년대 전 세계에서 유행한 테이블 축구 게임

않을 수 없었다.

"40파운드."

"40파운드! 어이 친구, 장난해? 내가 연필을 깎아줘도 10파운드는 줄 거잖아. 100파운드 밑으론 안 돼."

"100파운드! 너야말로 장난해? 100파운드면 진짜 축구팀도 사겠다. 3부 리그 팀 정도는 사겠다."

"그럼 그러든가. 그런데 거기 감독까지 있으려나?"

아마르가 주머니에서 비닐 지퍼백을 하나 꺼냈다. 지퍼백 안에 양가죽 코트를 걸친 플라스틱 남자 모형 두 개가 있었다. 하나는 모자를 썼고, 다른 하나는 코트 깃을 세웠다. 형과 나는 숨을 꼴깍 삼켰다.

"절대 실망하지 않을 물건이야, 친구."

내가 말했다. "저걸 어떻게 집에 들고 가?"

안소니 형이 말했다. "운반비 포함 100파운드."

아마르가 자기 손에 침을 탁 뱉어서 안소니 형한테 내밀었다. 형은 손을 내려다보다가 녀석한테 휴지를 건넸다.

미개하기 짝이 없는 짓이었다.

학교가 파하자 자전거를 가진 애들이 죄다 교문 밖에 모여 우리를 기다리고 있었다. 애들이 악을 썼다.

"태워줄까? 태워줄까?"

우리는 보란 듯이 자전거들을 지나쳐 교문을 나갔다. 밖에 검정색 대형 세단이 대기 중이었다. 안소니 형이 부른 콜택시였다. 우리는 유유자적 차에 올라 애들한테 손을 흔들었다.

"굉장한 날이었어. 이런 식으로 가면 금세 다 쓸 수 있겠어."

"목소리 낮춰." 형이 낮게 쏴붙였다. 고갯짓으로 택시기사를 가리키더니 형이 속삭였다. "어제 조금 썼고, 오늘 350파운드 썼어. 이제 22만 9,000파운드 정도 남았어. 매일 이런 추세로 써도 돈을 다 쓰는 데 655일이 걸려."

"헐."

"오늘이 가면 우리한테 남은 시간은 16일뿐이야. 아참, 택시비는 아직 안 냈구나."

학교에서 집까지 오는 택시비는 4파운드였다. 생각해보니 푸딩 배달비보다도 쌌다. 안소니 형은 기사에게 10파운드를 주고 거스름돈은 됐다고 했다. 뼈아픈 실수였다. 잔돈을 만들기 시작할 절호의 기회였는데.

9
성인처럼 살기

다음날 아침, 우리는 학교 도착과 동시에 물건을 팔려는 아이들한테 에워싸였다. 이때 안소니 형의 구매 내역은 이렇다. 마이크로 스쿠터(케이스 포함) 2대, 레알 마드리드 원정경기 유니폼 상의 1벌, 진품 해리 포터 스와치 시계 1개, 〈블레어 위치〉 비디오테이프(이 영화를 보는 사람은 죽는다는 말이 있어서 절대 보지는 않았다), 맨체스터 유나이티드 98~99시즌 트레블● 기념 사인볼, 스페이스 아이스크림 1통, 물속에서 써지는 펜 1자루, 펜처럼 생긴 디지털 카메라 1대.(우리에겐 그걸로 찍은 이미지를 다운로드할 사양의 컴퓨터가 없다는 게 함정이었다.)

아이들이 들고 온 것들 중에는 쓰레기도 많았다. 예를 들어 맥도널드 해피밀 세트에 공짜로 나오는 장난감이나 DIY 정원 세트

● 유럽 프로축구에서 한 팀이 한 시즌 동안 자국 정규리그, FA컵, 유럽 챔피언스리그 3개 대회에서 우승하는 것을 말한다.

같은 거. 정원 세트는 다섯 명이나 수작을 붙였지만 나는 한 번도 넘어가지 않았다. 하지만 상관없었다. 우리가 사지 않으면 누군가 다른 애가 샀다. 이때쯤에는 우리한테 물건을 팔지 않은 애가 드물어서, 누구에게나 돈이 있었다. 사방에 돈이 굴러다녔다. 말하는 요요나 베이블레이드 팽이처럼, 돈이 유행이었다. 심지어 축구도 뒷전이었다. 운동장은 일대 잡동사니 시장판을 이뤘다.

퀸 선생님이 와서 말했다. "오늘따라 운동장이 아주 들썩들썩하구나, 데미안."

"미개하기 짝이 없는 일이죠."

선생님이 나를 의아하게 쳐다봤다.

집에 오는 길에 안소니 형이 비행접시를 사러 가자고 했다. 하지만 가게에 들어가니 선반들이 텅텅 비어 있었다. 애들이 벌써 가게를 휩쓸고 가서, 남은 거라곤 목캔디나 주방세제밖에 없었다.

점원이 말했다. "대체 무슨 일이냐? 다들 돈이 어디서 난 거야?"

안소니 형은 만약을 위해 당분간 그 가게엔 발길을 끊자고 했다.

형에 비하면 나는 별로 산 게 없었다. 하지만 세인트 마가렛 메리 성당 뒤에 있는 성물가게에는 잊지 않고 갔다. 나는 성 프란치스코 상, 성 마르티노 데 포레스 상, 소화(小花) 테레즈 상, 성 제라르도 마젤라 상, 그리고 프라하의 아기예수 상을 샀다. 성 베네딕토와 성 베르나데트와 성 안토니오의 기적의 메달도 샀다. 가게에 성 크리스토포로도 있었지만, 개인적으로 나는 그를 진짜 성인으로 보지 않는다. 가게에는 불타는 칼을 든 대천사 성 미카엘을 포함한 모든 성인의 총천연색 카드도 있었다. 성인카드들을 내 방 창틀에 끼워놓으니 딱이었다. 마이크로 스쿠터나 에어주카는 불행히도 그렇지 못했다. 안소니 형은 물건들을 죄다 침대 밑으로 쓸어 넣으려 했다. 하지만 수부테오와 돈가방이 자리를 다 차지해서 나머지는 들어갈 데가 없었다.

"네 소굴에다 좀 갖다 놓자."

"소굴이 아니라 은둔처야. 그리고 난 내 은둔처가 세속적인 물건들로 넘쳐나는 거 원치 않아. 원칙은 원칙이야."

"그럼 이건 어때? 잠금장치가 있는 임대 창고를 하나 얻는 거야."

"그러지 말고 아빠한테 그냥 말해버리면 안 돼? 가지고 놀지도 못할 걸 잔뜩 쟁여만 놓으면 뭐 해?"

"알았어, 알았어, 알았어. 수부테오 하면 될 거 아냐."

형은 진짜로 놀고 싶은 게 아니었다. 그저 내 입을 막고 싶을 뿐이었다. 우리는 방바닥에 천을 깔았다. 방에 진짜로 작은 잔디구장이 생긴 효과가 났다. 수부테오는 손가락으로 선수를 튕기면 선수가 공을 차는 방식이다. 공을 놓치면 차례가 상대에게 넘어간다. 안소니 형은 공을 연속으로 대여섯 번씩 찼다. 형이 찰 때 나는 선심을 사이드라인 아래위로 움직였다. 우리는 거의 말없이 게임만 했다. 천이 점점 더 커지고 초록색이 점점 더 짙어지는 것 같았다. 진짜 축구경기장에 있는 느낌이었다. 경기장이 쥐 죽

은 듯 조용하고, 모두들 시키는 대로 움직이는 걸 빼면. 형이 윙에
서 날린 공이 센터에 떨어졌다. 형과 내 골문 사이에는 아무것도
없었다. 상대가 킥을 할 때는 골키퍼를 움직일 수 있다. 형이 공을
찼다. 나는 재빨리 성 제라르도 마젤라 상을 골문에 세웠다. 공이
성 제라르도의 발치에 있는 해골에 맞고 튕겨져 나가 경기장을 가
로질러 형네 진영에 떨어졌다.

"야, 뭐 하는 거야?"

"기도."

"축구에서 무슨 기도?"

"무슨 소리야? 브라질 선수들이 하는 건 기도가 아니고 뭔데?
맨날 가슴에 성호 긋는 거 못 봤어?"

"그렇다고 성인들이 내려와서 공을 대신 차주진 않잖아."

"그걸 형이 어떻게 알아? 맨날 브라질이 이기는데."

"네가 성인을 쓰겠다면, 난 액션맨을 기용하겠어."

형이 자기 액션맨 피규어를 골문 앞에 들이세웠다.

"그러는 게 어디 있어? 무슨 논리로? 성인에게 기도하는 사람
은 있어도 인형한테 기도하는 사람은 없어."

"액션맨은 인형이 아냐."

"인형은 인형이고 액션맨도 미안하지만 인형일 뿐이야."●

● 19세기 미국 여류시인 거트루드 스타인의 시구 '장미가 장미인 것은 장미는 장미니까'를 패
러디한 것

"쇠갈고리를 휘두르는 인형도 있냐?"

"쇠갈고리를 휘두르는 바비 인형이지."

"무슨 개소리야? 바비? 액션맨은 남자야. 손도 그립액션 손이고."

"성 프란치스코는 동물들과 대화했어."

"멍청이 둘리틀 박사●도 동물들과 대화해. 그럼 닥터 둘리틀 박사를 레프트윙으로 쓸 거냐?"

우리는 논쟁에 몰두한 나머지 누군가 계단을 올라오는 소리도, 방문을 여는 소리도 듣지 못했다. 그걸 깨달았을 때는 너무 늦은 후였다. 우리는 아빠가 수부테오를 내려다보면서 "맙소사, 이게 다 뭐야?"라고 할 때에야 정신을 차렸다.

안소니 형은 전광석화 같은 거짓말의 달인이다. 참말도 그렇게 후딱 나오기는 쉽지 않다. 다만 좀 두루뭉술한 게 탈이었다.

"땄어요." 형이 말했다.

"따? 어디서 따?"

"미술 시간에요."

형이 슬슬 자기 페이스를 찾아갔다. 우리 형이지만 정말 대단했다.

"미술 시간에? 대체 뭘 했길래? 시스티나 예배당●●에 벽화라도

● Dr. Dolittle. 영국 아동문학가 휴 로프팅의 동화 시리즈로, 동물들과 대화하는 수의사 둘리틀 박사가 주인공이다.

●● Cappella Sistina. 로마 바티칸 궁전에 있는 예배당으로, 미켈란젤로의 〈천지창조〉 천장화와 〈최후의 만찬〉 벽화 등 걸작들로 가득하다.

그랬니?"

"모형을 만들었어요."

"무슨 모형?"

"그거 있잖아요. 이름이 뭐더라? 맞다, 트레이시 아일랜드●. 암튼 탁월한 솜씨를 보여줬죠. 일등 먹었어요."

"탁월한 솜씨, 일등이라."

아빠는 고소한 맛을 음미하듯 그 단어들을 천천히 곱씹었다. 결국 아빠는 넘어갔다. 이것이 안소니표 거짓말의 또 다른 강점이었다. 신속할 뿐 아니라 맛있기까지 했다. 사람들은 항상 그걸 꿀꺽 삼키고 싶어 했다.

아빠가 나를 봤다. 나는 성 로코의 모범을 따라 침묵했다. 거짓말의 수호성인은 없다. 거짓말은 혼자 힘으로 수호해야 한다.

당시의 상황을 항해에 비유하자면, 우리는 점점 위험 수역으로 빠져들고 있었다. 나는 기회가 오자마자 은둔처로 내뺐다. 지금 이 상황을 곰곰이 따져볼 필요가 있었다. 정신 집중을 위해 성 프란치스코 상을 가져갔다. 하지만 도착해 보니 놀랍게도 안소니 형이 한발 빨랐다. 은둔처는 물질적 소유의 소굴이 돼 있었다. 구체적으로 말하자면, 마이크로 스쿠터(케이스 포함) 2대와 에어주카가 은둔처를 떡하니 차지했다. 그것들이 거기 있는 한, 성인들의

● Tracy Island. 영국의 TV 공상과학 시리즈 〈썬더버드〉의 배경이 되는 섬

출현은 꿈도 꿀 수 없었다.

나는 도로 집으로 가서 자동차 트렁크에 있던 타탄 담요를 가져다가 물건들에 덮어씌웠다. 물건들은 이제 소파처럼 보였다. 쇼윈도처럼 보이는 것보다는 그편이 나았다. 나는 성 프란치스코 상이 나를 굽어보도록 가짜 소파 등받이에 그것을 올려놨다. 성 프란치스코가 새 둥지를 들고 있는 상이었다. 상을 올려놓는 순간, 아이디어 하나가 떠올랐다.

나는 침대 밑의 돈가방에서 돈뭉치를 하나 꺼냈다. 잊지 않고 가방 지퍼를 단단히 채운 뒤, 그 앞을 다시 수부테오로 막아놨다. 나는 돈을 들고 쇼핑센터로 향했다. 쇼핑센터 초입에, 원래 수영장이었지만 지금은 애완동물가게가 된 곳이 있었다. 어린이용 풀에는 거대한 메기가 있고, 어른용 풀에는 비단잉어가 있었다. 물에 손가락을 넣으면 물고기들이 다가왔다. 물고기들은 머리를 만져도 도망가지 않았다. 가게 직원 말로는 사람을 잘 따르는 물고기라지만, 거기서 나가고 싶어서 그러는 것 같기도 했다. 물고기 속마음을 누가 알겠는가.

풀을 둘러싸고 탈의실 라커가 있던 곳에는 조류 진열장이 즐비하게 들어섰다. 수백 마리의 새가 작은 새장에 갇혀 층층이 쌓여 있었다. 소리가 요란했다. 지저귀는 소리가 아니라 날개를 치는 소리였다. 나는 가게 직원에게 새를 사고 싶다고 했다.

"좋아. 어떤 새를 원해? 금화조도 있고…."

"주세요."

"카나리아는 짹짹 세일 중이야, 하하."

"그럼 그것도 몇 마리 주세요."

"앵무도 있고 왕관앵무도 있고."

"좋아요, 걔들도 주세요."

"어떤 새를 살지부터 정해."

돈이 많아서 좋은 점은 마음을 정할 필요가 없다는 거다.

"종류별로 몇 마리씩 살 생각이에요."

직원은 영 미덥지 않은 표정이었다. 나는 돈을 보여줬다. 그러자 그의 표정이 더 험악해졌다.

"엄마가 돌아가시면서 남겨주신 돈이에요."

그제야 직원은 나와 함께 쇼핑카트를 끌면서 가게를 돌았다. 내가 새를 고르면, 직원은 구멍이 숭숭 난 케이크 상자처럼 생긴 작은 상자에 새를 넣어줬다. 나는 새장마다 한 마리씩은 선택하려 애썼다. 고르는 것도 보통 일이 아니었다. 나는 열심히 물어봐가며 최선을 다했다. 풀 주변을 한 바퀴 돌자 카트에 스물네 상자가 모였고 돈은 바닥났다.

직원이 카트를 밀고 가게 문까지 배웅했다.

"카트는 반납해야 한다. 집까지 어떻게 가져갈 거니?"

"아, 멀리 가지는 않아요. 카트는 금방 반납할게요."

나는 카트를 밀고 한길로 나와서 비탈을 올라갔다. 언덕 꼭대기에서 새 상자들을 일렬로 늘어놓고, 첫 번째 상자를 열었다. 두 번째 상자도 열었다. 아무 일도 일어나지 않았다. 상자를 열면서 조금 기울여야 한다. 그래야 새가 날개를 펴고 목을 들고 날아간다. 나는 다음 상자를 열면서 기울였다. 다음 상자도, 그다음 상자도, 모두. 폭죽이 터지듯 새들이 상자에서 터져 나왔다. 앵무는 로켓처럼 날아갔다. 금화조는 불꽃 소나기처럼 날아올랐다. 왕관앵무는 날카롭게 울면서 하늘로 솟구쳐 오르더니, 둘씩 맞물려 빙글빙글 돌았다. 하늘 전체가 알록달록한 날개와 노랫소리로 가득 찼다.

모르는 사람이 있을까 봐 말하는데, 이 일은 성 프란치스코가 내 나이 때(1190년) 했던 일이다. 성 프란치스코는 시장에서 새들을 사서 놓아줬다. 따라서 나는 명실공히 성자다운 일을 한 셈이다. 성 프란치스코 때는 쇼핑카트가 없어서 나만큼 많은 새를 구해주지는 못했을 테니, 엄밀히 말하면 성 프란치스코보다 오히려 내가 더 성자다웠다고 할 수 있다.

앵무들이 내 머리 위로 낮게 날았다. 나한테 고맙다고 하는 것 같았다. 길고 붉은 꼬리들이 불꽃처럼 너울너울 나부꼈다.

나는 새들을 따라 몸을 돌렸다. 뒤에 어떤 남자가 있었다. 남자는 갈색 누더기 옷을 걸치고, 머리가 벗겨지고, 손등에 커다란 구멍이 하나씩 나 있었다.

"이야," 남자가 입을 열었다. "옛날 생각 나네."

"아시시의 성 프란치스코?"

"알다시피 이 일은 내가 원조란다."

"알아요, 알아요. 제가 따라 한 거예요."

"물론 내 경우는 주로 비둘기랑 금화조였어. 그때는 열대지방 새들이나 관상용 새들은 시장에 없을 때였거든."

"저기 혹시, 성녀 모린 아세요?"

"글쎄다, 못 들어본 이름이구나."

"아, 네…."

"이해해라, 내가 요즘 워낙 바빠야 말이지. 세월이 갈수록 나를 찾는 사람들이 늘어나서 문제라니까. 환경 문제에다, 동물의 권리에다, 제3세계 문제까지. 그뿐이냐. 중동 사태는 또 어쩌고. 알다시피 내가 술탄을 만난 이력이 있지 않니."

"알아요. 1219년 아크레에서요. 벌겋게 단 석탄 위를 걸으셨지만 조금도 다치지 않으셨죠."

"괜히 집에서 따라 하진 말거라."

앵무새들이 덮치듯 돌아와 우리 머리 위를 날더니 시내 쪽으로 향했다. 우리는 새들을 앞세우고 한가로이 걸었다. 눈앞에 탁하고 우중충한 강이 내려다보였다. 도시가 강 끄트머리에 올라앉아 있었다. 정유공장에서 샛노란 연기가 뭉게뭉게 피어올랐다. 위드너스-렁컨 다리의 아치가 천국으로 가는 거대한 발판사다리처럼 뻗어 있었다.

"난 유럽 최초의 토착 시인이었어. 최초의 환경운동가였고. 나도 방금 너처럼 시작했지. 새들을 풀어주는 일로."

"그다음엔 뭘 하셨어요?"

"음, 너도 알다시피…."

성인은 쇼핑센터를 향해 손을 흔들었다. 정류장에 도착하는 버스가 보였고, 거기 타려고 떼 지어 기다리는 사람들이 보였다.

"가난한 사람들을 도왔지."

"아, 맞아요, 맞아요, 그러셨죠. 좋은 생각이에요. 감사합니다."

나는 집까지 쉬지 않고 뛰어갔다.

10
가난한 사람들

위드너스–렁컨 다리의 정식 이름은 '주빌리 브리지'로, 1961년에 건설됐다. 물론 천국으로 가는 사다리는 아니다. 천국으로 가는 사다리가 존재하지 않는다는 뜻은 아니다. 엄연히 있다. 창세기 28장 12절에 나와 있다.

우리가 선행을 할 때마다 천국의 사다리를 한 단씩 올라가게 된다. 음, 22만 9,000파운드의 돈이면, 458명의 가난한 사람들에게 500파운드씩 나눠줄 수 있다. 선행 458번이면, 사다리 458단이다. 상당히 높이 올라가는 거다. 돈을 모두 나눠줄 때쯤, 형과 나는 천국 입성과 더불어 명실상부한 성인이 돼 있을 거다. 성인품에 오를 절호의 기회였다. 나는 형한테 말하기로 맘먹었다.

형은 텔레비전 뒤에서 디지털 위성방송 수신기를 연결하느라 정신없었다.

"형, 형은 저 돈이 공허하고 의미 없다고 느껴지진 않아?"

"저 돈이 어떻게 의미 없을 수 있냐? 우리가 부자라는 뜻인데."

"산더미 같은 물건들 말고, 저 돈이 우리한테 진짜로 해준 게 뭔데?"

형은 텔레비전을 켜고 전체 채널을 후루룩 돌려보면서, 새 채널들이 제대로 나오는지 확인했다.

"채널이 서른 개나 늘었어. 이게 돈의 힘이지."

형은 그대로 앉아서 '세계연맹 몬스터트럭 대항전'을 보기 시작했다.

"TV 채널이 서른 개나 늘었는데 아빠가 모를까?"

"그런 눈치가 있으면 우리 아빠가 아니지."

몬스터트럭 경기는 재미는 있었지만 의미 있지는 않았다.

"우린 성인이 될 수도 있어."

"뭐 하러?"

"난 저 돈을 가난한 사람들한테 나눠줘야 한다고 생각해. 저 돈이면 가난한 사람 458명한테 500파운드씩 줄 수 있어. 그럼 그 사람들은 더 이상 가난하지 않을 테고, 우린 성인이 되는 거야. 끝내주지 않아? 성인이 되면 불 속을 걸을 수도 있고, 기적을 행할 수도 있어. 성녀 빌제포르타처럼 수염을 수북이 기를 수도 있어."

"수염을 길러서 뭣에 쓰게?"

"빌제포르타는 여자야. 남자들이 귀찮게 찝쩍대는 걸 피하려고 수염을 길렀어."

참고로 말하자면, 성녀 빌제포르타에게 찝쩍댄 사람은 시칠리

아의 왕이었다. 빌제포르타의 아버지가 딸을 왕에게 시집보내려 했다. 그런데 그녀에게 수염이 났고, 시칠리아 왕은 마음을 바꿨다. 빌제포르타의 기도가 이루어진 거다. 그녀의 아버지는 딸을 십자가형에 처했다.

"그러자, 형. 환상적인 아이디어잖아."

형은 고개를 저었다.

"좋기는 한데 실용적인 아이디어는 아냐. 가난한 사람 458명을 어디서 찾을 건데?"

"세상은 가난한 사람들 천지야. 세상 전체가 가난하다고 보면 돼. 텔레비전만 봐도 알 수 있잖아."

"그래, 텔레비전엔 넘쳐나도 여기엔 없어. 이 동네에 가난한 사람이 어디 있냐. 가난한 사람은 집값 때문에 이 동네에 못 들어와."

형은 주택 시세와 사회적 지역화에 대해 설명했다.

"이 동네는 고급 주택단지야. 무슨 뜻이냐면, 여기엔 가난한 사람이 하나도 없다는 거야. 이런 데 살 정도면 다 살 만한 사람들이란 소리야. 눈이 있으면 너도 알 거 아냐. 여긴 우리가 예전에 살던 데랑 달라."

틀린 말은 아니었다. 성 프란치스코가 살던 시대에는 나환자들과 걸인들과 탁발승들과 고아들과 가난해서 몸 파는 여자들로 넘쳐났다. 하지만 오늘날은, 크로머티 클로즈에서 그레이트 디튼 초등학교까지 매일 평생을 걸어 다녀도, 가난해서 몸을 파는 젊은 여자는 한 명도 만나기 어렵다.

"나한테 제대로 실용적인 아이디어가 있어." 형이 말했다.

"말해봐."

"집을 한 채 사는 거야."

"그렇게 막 써버릴 순 없어. 저 돈은 더 가치 있는 목적을 위해 우리한테 주어진 거야."

"내 말이 그 말이야. 집을 사는 건, 돈을 없애는 게 아니라 돈을 보존하는 거거든. 그걸 투자라고 불러. 집값은 항상 오르게 돼 있어. 지금 15만 파운드짜리 집을 산다 치자. 10년 후에는 그 집이 30만 파운드가 돼. 그때 팔면 15만 파운드의 차익금이 생기는 거지. 그런 걸 재테크라고 하는 거야. 들어는 봤냐, 재테크?"

"난 재테크 싫어."

"재테크는 위대한 거야. 지금은 돈을 한꺼번에 처분할 수 있어서 좋고, 나중에 우리가 커서 집을 팔면 지금보다 더 많은 돈이 생겨서 좋고. 그뿐이냐, 우리 물건들을 거기에 간수하면 돼. 네가 만든 마분지 소굴보다 낫잖아."

나는 소굴과 은둔처의 차이를 설명했다. 하지만 쇠귀에 경 읽기였다.

우리는 부동산중개소에 갔다. 안소니 형은 과자점에 갈 때처럼 대뜸 카운터로 갔다.

"스윈던에 주택 매물 있나요?"

형은 스윈던에 환장했다. 거기가 집값이 가장 빠른 속도로 오르는 지역이라고 했다.

"음, 아니." 여자 중개인이 말했다. "우린 이 지역 부동산만 거래한단다. 부동산 고객들은 실제로 거주할 지역에 가서 집을 알아보거든."

"저희는 살 집이 아니라 투자 대상을 찾거든요."

"오호, 그래? 그렇구나. 학교에서 내준 과제인가 보네?"

안소니 형은 전광석화처럼 있지도 않은 과제를 만들어냈다. 유령 학교에서 유령 선생님이 내준 유령 과제. 우리 형이라서 하는 말이 아니라, 형이 한번 얘기를 지어냈다 하면, 누가 들어도 어디가 진실이고 어디가 거짓인지 구분하기 어렵게 감쪽같다.

여자 중개인은 매우 친절했다. 그녀는 형한테 주택담보대출에 대한 모든 것을 알려주고, 침실 3개짜리 신축 단독주택 위주로 부동산 매물들을 소개하면서 광고전단도 바리바리 챙겨줬다.

"만약 담보대출을 원하지 않으면요? 현금으로 한꺼번에 지불하고 싶다면요?"

"그럼 손수레와 경호원 여러 명이 필요하겠지."

형이 낄낄 웃었다. 뭐가 웃긴지 알 수 없었다. 나중에 형은 자기가 왜 웃었는지 말해줬다.

"부동산 여자는 집을 살 돈이면 나르기도 어려울 줄 아나 봐. 웃기지 않냐?"

그러더니 서글프게 덧붙였다.

"사람들은 22만 9,000파운드가 실은 얼마나 적은지 잘 몰라."

집에 도착하자마자 형은 받아온 전단들을 샅샅이 훑으며 우리 집에서 너무 가깝지도 않고(아빠의 의심을 사면 안 되니까), 너무 멀지도 않은(우리가 감시할 수 있어야 하니까) 집을 찾았다.

"형, 이건 옳지 않아. 우리한테 집이 왜 필요해. 집은 이미 있잖아. 집이 두 채나 있어서 뭐 하게? 생각해봐."

형이 나한테 전단지 하나를 내밀었다. 전에 우리가 살던 집이었다. 사진 아래에 이렇게 쓰여 있었다. '전통 건축양식이 살아 있는 특색 있는 주택. 벽난로 포함. 유서 깊은 주택가에 위치. 침실 2개, 응접실 2개, 부엌, 독립 다용도실.' 그뿐이었다. 우리 가족이나 그 집에서 있었던 일에 대한 말은 전혀 없었다. 주소가 없었으면 그게 우리 옛날 집인지도 몰랐을 거다.

"왜 아직도 안 팔렸지?"

"아무도 사는 사람이 없으니까. 내가 아빠한테 학생들에게 세를 놓자고 했어. 하지만 상관없어. 보험금 나온 걸로 대출금은 다 갚았으니까."

"무슨 보험금?"

"몰라도 돼. 이 집 어때? 배저스 레이크 17번지. 쇼핑센터에서 접근성 높음."

22만 9,000파운드로 천국 사다리에서 458단 상승할 수 있다면, 22만 9,000파운드를 집 사는 데 쓰는 건 분명 458단 하강이다. 부동산중개인의 수호성인은 없다. 부동산중개인이 성인이 된 적이 없으니까. 뱃사람이나 대장장이나 군인이나 제빵사나 교사나 주부나 돼지치기나 심지어 왕이었던 성인은 있지만, 인류 역사를 탈탈 털어도 부동산중개인이었다가 성자가 된 사람은 한 명도 없다. 심지어 부동산중개인 출신 복자(福者)도 없다. 한번 생각해볼 문제다.

가슴이 철렁했다는 말을 들을 때마다, 나는 그게 그저 비유적인 표현인 줄로만 알았다. 하지만 방과 후 학교로 택시가 왔을 때, 그리고 그 택시가 안소니 형이 배저스 레이크 17번지에 가보려고 예약한 택시란 걸 알았을 때, 나는 엘리베이터에 탔을 때처럼 실제로 속이 울렁거렸다.

우리를 태운 택시는 구시가지의 거리들을 따라 요리조리 한참을 내려갔다. 배저스 레이크의 집들은 지금 우리 집보다도 더 속물스러웠다. 집집마다 격자형 창살로 장식된 돌출창이 달리고, 사방에 전나무가 우거지고, 동네에서 고속도로로 바로 진입할 수 있었다. 17번지 현관 계단에 부동산중개소 여자가 미리 와서 기다리고 있었다.

안소니 형이 택시에서 뛰어내려 여자와 악수했다. "돈은 가져오지 못했어요. 하지만 저희 집으로 오시면 돈을 바로 내드릴게요."

"오호, 그래?" 여자가 말했다.

여자는 지난번처럼 친절한 얼굴이 아니었다.

"꼬마야, 내가 학교 숙제를 그만큼 도와줬으면 됐지, 이건 좀 도가 지나치지 않니? 건방지기 짝이 없구나. 너희 학교에 전화해서 교장선생님께 말해야겠다."

"안 돼요. 이거 학교 숙제 아니에요. 실은 우리 아빠의… 자산관리 때문이에요. 우린, 아니 우리 아빠는 정말로 이 집을 사고 싶어 하세요."

"그래? 아빠는 어디 계신데?"

"아빠가 아빠 없이 그냥 시작하라고 하셨어요."

"그냥 시작하라고? 구매자 없이 어떻게 시작하지? 여기 있지도 않은 분에게 어떻게 집을 보여드릴 수 있지?"

형이 펜 모양의 디지털 카메라를 꺼냈다.

"아빠가 이걸 주셨어요. 사진을 찍어다가 보여달라고 하셨어요."

중개소 여자는 손목시계를 흘깃 보고 현관문을 열었다.

"어차피 화장실에 가야 하니까. 너희도 일단 들어와."

형은 그녀에게 이 집의 투자가치가 확실한지 물었다.

"미안하지만 나 지금 오줌 누거든?" 여자가 화장실 안에서 소리쳤다.

우리는 여자가 나오기를 기다리면서 침실에 딸린 욕실을 보러 갔다. 바닥을 파고 만든 욕조가 있었다. 물 내리는 소리가 나더니 이어서 고함 소리가 났다.

"야, 너희 둘, 거기서 나와. 얼른!"

여자가 현관문을 붙들고 서서 우리를 재촉했다.

"현금으로 21만 파운드 어떠세요? 요즘은 매매도 통 없잖아요." 형이 말했다. "어때요? 콜?"

전에 형이 나한테, 세상에는 현금 박치기면 안 될 일이 없다고 했다. 그래서 나는 당연히 여자가 이렇게 말할 줄 알았다. "오오, 정말 고맙구나. 이제 이 집은 너희 집이다." 그런데 여자는 그러지 않았다. 여자는 형을 노려보며 이렇게 말했다.

"이런 건방진 꼴통 꼬마를 봤나."

여자는 차에 올라타고 쌩하니 가버렸다.

하늘이 도왔다고밖에는 설명이 불가능했다.

쇼핑센터로 걸어가는 길은 멀었다. 버스 한 대, 택시 하나 지나가지 않았다. 심지어 이렇다 할 보도도 없었다. 날까지 저물고 있었다. 하지만 나는 너무나 행복했다. 자동차가 다가올 때마다 전조등이 우리 뒤에서 너울댔다. 우리를 감싼 후광처럼 느껴졌다. 앵무새 한 마리가 우리 옆으로 날아갔다. 가로등 불빛을 받은 앵무새는 기다란 불꽃처럼 찬란했다. 형한테 뭐라도 위로의 말을 건네고 싶었지만, 생각나는 말이라곤 이것밖에 없었다.

"배고파 죽겠어. 또 피자 사먹을까?"

"원한다면 피자헛 가게를 통째로 살 수도 있어."

"일단은 피자 한 판만."

그때, 전자제품 매장 앞에서 또 다른 기적이 일어났다. 파카를 입은 여자애가 우리 앞으로 다가와 말했다.

"빅 이슈*입니다. 노숙자들을 도와주세요."

나는 여자애한테 10파운드를 주고 거스름돈은 됐다고 했다.

"고마워, 친구. 하루 종일 아무것도 못 먹었는데."

"그래? 우리 마침 피자 먹으러 가는 길인데, 같이 가자."

"정말?"

여자애가 잡지를 담은 가방을 집어 들었다. 정말로 우리를 따라올 모양이었다.

안소니 형은 여자애를 떼어버리려고 했다.

"쟤가 정말로 원하는 건 피자가 아냐. 돈을 더 우려내려는 거야. 우리한테 돈이 어디 있어?"

"아냐. 정말 피자가 먹고 싶어서 그래. 내 친구도 데려가도 돼?"

여자애는 개를 데리고 매장 문간에 쭈그리고 있는 남자애 쪽에 고갯짓을 했다.

"그럼, 되고말고." 내가 말했다. "많으면 많을수록 좋아."

전자제품 매장과 피자헛 사이에 여자애의 친구가 다섯 명이나 있었다. 웨이터가 테이블 두 개를 붙여서 다 같이 앉을 자리를 만들어줬다. 메뉴판도 모자라서 두 명씩 하나를 함께 봤다. 피자헛

● Big Issue. 노숙자 후원을 목적으로 영국에서 창간된 잡지. 노숙자들이 직접 잡지를 팔고, 잡지의 판매수익금도 노숙자 자활에 쓰인다.

은 피자 가장자리까지 다 토핑으로 덮은 피자를 판다. 보통 피자보다 지름이 2.5센티미터 더 큰 셈이다. 그런 피자를 '엣지'라고 부른다. 나는 하와이언 엣지를 시켰다. 파카 여자애도 같은 걸 시켰다. 여자애 친구 중 둘은 팜하우스 엣지를 시켰고, 다른 한 명은 스파이시 비프 피자를 시켰다. 안소니 형과 다른 둘은 미트 피스트 피자를 시켰다. 마늘을 추가로 넣은 마늘빵은 모두가 먹었다. 거기다 모두가 샐러드 바를 이용했다. 굉장했다. 한자리에서 그렇게 많은 음식을 본 건 첫 영성체 때 빼고 생전 처음이었다.

밥을 여섯 번 사면 선행 여섯 번이고, 선행 여섯 번이면 사다리 여섯 단이다.

"굉장해. 우리 형은 이 근처엔 집값 때문에 가난한 사람들이 없다고 했지만, 이렇게 한가득일 줄이야."

모두들 푸딩을 원했지만 안소니 형이 반대했다. 그런데 반갑게도 가게 안에 아이스크림 팩토리가 있었다. 아이스크림 팩토리는 손님이 직접 아이스크림을 뽑아 먹는 노란색 기계다. 아이스크림을 뽑아서, 입맛대로 초콜릿 조각을 얹거나 꼬마 마시멜로를 잔뜩 뿌린다. 소스도 세 종류나 된다. 끝내줬다. 완전히 끝내줬다. 나는 생각했다. 후식은 본식과 별도의 선행으로 쳐도 되지 않을까. 그렇다면 우리는 사다리 열두 단을 번 셈이었다.

"있잖아, 형," 버스에 타면서 내가 말했다. "우리 오늘 가난한 사람들도 돕고 꼬마 마시멜로도 잔뜩 먹었잖아. 우리, 앞으로 매일같이 이렇게 하자."

피자헛에서 우리는 175파운드어치나 먹었다. 안소니 형은 계산기를 꺼내서, 돈을 모두 없애려면 몇 번이나 이렇게 해야 하는지 계산했다.

"1,303.517번. 소수점 아래는 팁이라 쳐도, 앞으로 피자헛에 1,300번이나 더 가야 한단 뜻이야. 이 돈을 쓸 수 있는 날이 며칠 남았는지는 알지?"

답은 12일이었다.

하지만 아이디어만 있으면 12일은 충분한 시간이었다. 나한테 기막힌 아이디어가 있었다. 그 사람들만 아니었어도 제대로 먹혔을 텐데.

말일성도 남자들은 똑같이 흰색 셔츠와 검정 재킷을 입고 다녔다. 그리고 똑같이 검정 서류가방을 들고 다녔다. 그들은 늘 함께 집을 나섰고, 한 줄로 서서 걸었다. 걷다가 이웃과 마주치면, 사격연습장의 오리들처럼, 한 사람씩 차례대로 고개를 까딱였다.

안소니 형은 말일성도들이 너무 튀게 행동한다고 흉봤다.

"저 꼴 좀 봐." 형은 늘 말했다. "운동장에 풀린 펭귄들 같잖아. 저렇게 서류가방 들고 결국 가는 데가 어딘 줄 알아?"

"알지 그럼! 가난한 사람들을 도우러?"

왜 진작 이런 생각을 못 했을까. 저 사람들은 스스로를 성도라고 불렀다. 그러는 데는 다 이유가 있지 않겠어? 저 사람들은 가

102

난한 사람들을 도우러 가는 거야.

"빨래방 가는 거야. 봐."

정말이었다. 자세히 보면 검정 서류가방 밖으로 항상 속옷 귀퉁이가 삐져나와 있었다. 말일성도의 집에는 세탁기가 없고, 자동차도 없다는 뜻이었다. 그들은 한 집에 모여 살고, 낮에는 예수님의 열두 제자처럼 함께 길을 나섰다. 그들은 무엇일까? 바로 내가 딛고 올라갈 사다리 발판이었다. 여기서 기막힌 아이디어가 나왔다. 돈을 몽땅 말일성도들에게 줘버리자.

다음날 학교에서 돌아와서 나는 말일성도들 집 담장에 앉아 기다렸다. 첫 번째 성도가 귀가했다.

"실례지만, 아저씨들은 혹시 가난한 사람들을 도우시나요?"

"어떤 가난한 사람? 무슨 말이야?"

남자는 축구선수처럼 외국 억양이 강했다. 스웨덴이나 네덜란드 출신 같았다.

"아무나요."

"돈을 달라는 거니?"

"아뇨."

"우린 현금을 갖고 있진 않아. 우리가 잘 입고 다닌다고 엉뚱한 생각을 하면 곤란해. 우린 소박하게 산단다. 식기세척기도 없어. 케이블 TV도 없고, 전자레인지도 없어. 개인적으로 그 정도는 있어도 되지 않나 하는 생각이지만. 그리고 봐라, 그 흔한 자동차도 없어."

"그럼 가난하신 거네요?"

"그런 셈이지, 어떤 면에서는."

내가 쓰레기를 내놓으러 나가는 차례가 왔다. 나는 그날 밤을 틈타 말일성도들 집 우편함에 7,000파운드를 우겨 넣기로 작정했다. 하지만 쉽지 않았다. 처음 몇 백 파운드를 넣고 나서 맥이 탁 빠졌다. 시간이 한도 끝도 없이 걸릴 기세였다. 그래서 도와달라는 기도를 올렸더니 성 니콜라우스가 나타났다. 성 니콜라우스는 그것보다 굴뚝으로 떨어뜨리는 게 쉽다고 했다. 나는 태양열 난방을 하기 때문에 집에 굴뚝이 없다고 했다. 꾸역꾸역 4,000파운드까지 넣었을 때 성 니콜라우스도 지겨워하면서 짜증을 냈다. 자기는 1년 중 이맘때가 가장 바쁠 때라고 했다.

성 니콜라우스가 말했다. "놀리 솔리시툼 에세. 파우페레스 셈페르 노비스쿰 에룬트.(조급해하지 마라. 가난한 사람들이 어디 가는 건 아니니까.)"

그래서 우리는 다시 집으로 걸어갔다.

나는 성 니콜라우스에게 혹시 성녀 모린을 만난 적이 있는지 물었다.

"퀴스(누구라고)?"

"모린요."

"두비토, 에트시 라로 인 푸블리쿰 프로데오.(없는 것 같은데. 하긴, 내가 나돌아 다니는 편이 아니라서.)"

"1년 중 요맘때를 빼면요."

"사네.(그렇긴 해.)"

500파운드를 사다리 발판 한 단으로 치면, 4,000파운드는 발판 여덟 단이다. 거기다 산타가 선물 배달하는 일까지 도와드렸으니 금상첨화다!

나는 천국의 사다리 프로젝트를 일사천리로 진행했다. 수업 시작 전부터 나는 운동장에서 사다리 한 단을 추가할 건수를 포착했다. 두 번째 호각이 울리자 우리는 잽싸게 줄을 섰다. 배리가 내 바로 뒤에 붙었다.

배리가 내 귀에 얼굴을 들이밀고 말했다. "프링글스."

나는 배리한테 프링글스를 내줬다.

근사한 레게머리의 여자애가 옆줄에 있었다. 그 애가 배리한테 말했다. "프링글스를 먹고 싶으면 네가 직접 사먹지 그래?"

"뭐 하러? 얘들 게 다 내 건데."

배리가 내 프링글스 뚜껑을 팡! 따면서 나한테 윙크를 날렸다.

그 윙크를 보자 어떤 생각이 머리를 스쳤다. 나는 생각했다. 아싸, 사다리 한 단 추가요.

"배리, 너희 집 가난해?"

배리의 왼쪽 눈꺼풀이 윙크를 마치고 마저 올라가기도 전이었다. 그 눈꺼풀이 파르르 떨리더니 부릅뜬 눈이 됐다. 사납게 부릅

뜨고 내 눈을 노려보는 눈.

"뭐라고?"

"너희 집 가난하냐고."

배리의 주먹이 내 얼굴로 날아왔다. 그 와중에도 나는 다른 쪽 뺨까지 내미는 걸 잊지 않았다. 녀석이 내 배를 가격했다. 나는 바닥에 주저앉아 숨을 골랐다. 녀석이 발을 내 얼굴에 바싹 들이대고 말했다.

"이 신발 보이냐? 뭐라고 쓰여 있지?"

신발에는 락포트●라고 쓰여 있었다.

"우리 집이 가난하면 내가 락포트를 신겠냐?"

이 말과 함께 녀석이 나를 걷어찼다. 나는 숨을 쉴 수가 없었다. 주말연휴 같은 긴 순간이 흘렀다.

여기까지만 보면 이 일은 실패한 건수 같지만, 관점에 따라서는 꼭 그런 것만도 아니었다. 가난한 친구 돕기에는 실패했지만, 그래도 시도는 했다. 그러니까 사다리 한 단의 가치가 있는 거다. 더 중요한 건, 내가 박해를 받았다는 거다. 박해는 그 자체로 환상 특급이다. 다시 말해 적어도 사다리 발판 다섯 개의 가치가 있다. 실제로 나는 그때 운동장 바닥에 널브러진 채로 몸이 둥실 뜨는 느낌을 받았다. 천국에 들려 올라가는 것 같았다. 나중에 안소니 형은 그건 코를 통한 과다 출혈과 그에 따른 머릿속 공기압 변

● Rockport, 미국의 기능성 캐주얼화 브랜드

화로 생긴 현상이라고 했다.

레게머리 여자애가 내 코피를 보고 비명을 질렀다. 퀸 선생님이 달려왔다. 배리는 "얘가 저한테 뭐랬는지 아세요? 얘가 뭐랬는지 아세요?"를 되풀이했다.

퀸 선생님은 배리를 교장실로 보내고, 레게머리 여자애한테 나를 조용한 구석으로 데려가서 내가 균형감각을 회복할 때까지 지켜보라고 했다. 여자애는 나한테 물을 갖다 주고 내 옆에 앉아 수다를 떨었다. 그 애는 자기 이름이 젬마라고 했다. 그리고 수없이 질문을 퍼부었다. "너희 형 안소니는 어떤 팀을 응원해?", "너희 형 안소니는 어떤 음악을 좋아해?", "너희 형 안소니는 토요일에 수영장 새벽반 안 가? 회원증 있으면 무료 입장이거든. 형한테 말해봐." 등등.

집에 오는 길에 안소니 형한테 물었다.

"락포트가 그렇게 대단해?"

"락포트! 그거 좋은 생각이다. 우리 한 켤레씩 사자."

"왜?"

"끝내줘. 구두끈을 묶는 대신 옆으로 넣을 수 있거든. 죽여줘. 알지? 최첨단이야."

"그리고 그거 신은 애한테 차이면 무지 아프더라."

"맞아. 우리도 사자."

놀랍게도 젬마라는 성녀도 있었다. 젬마 갈가니(1878~1903). 성녀 젬마는 수없이 영적 체험을 했고, 참담한 극빈을 영웅적으로 이겨냈다. 성 젬마 축일은 4월 11일이다. 내가 은둔처에서 '영웅적 극빈'에 대해 찾아보고 있을 때, 어떤 목소리가 들렸다.

"여기 누구 있어요?"

나는 밖을 내다봤다. 타미 힐피거 재킷을 입고 얼굴에 수염이 까칠하게 깔린 남자가 있었다. 까칠한 수염을 보고 혹시 몰로카이의 성 다미안이 아닐까 생각했다. 성 다미안은 마음이 비단결이었지만 얼굴은 좀 험악했다. 하지만 타미 힐피거 재킷과 성인은 잘 연결이 되지 않았다. 아무튼 그가 성녀 젬마 갈가니가 아닌 건 확실했다.

나는 솔직히 말했다. "누구신지 모르겠어요."

남자가 말했다. "피차일반이야."

나는 남자와 눈을 맞추려 했다. 그런데 그게 쉽지가 않았다. 남자의 한쪽 눈은 나를 똑바로 보고 있었지만, 다른 쪽 눈은 왼쪽을 보고 있었다.* 어느 눈을 쳐다봐야 할지 난감했다.

"이거 네 거냐?" 남자가 은둔처를 가리키며 물었다.

나는 고개를 끄덕였다.

"아주 좋아. 기찻길에 바싹 붙어 있네? 안엔 뭐가 있지?"

남자가 몸을 굽히고 은둔처 안을 들여다봤다. 타탄 담요로 덮

---

* 한쪽 눈이 의안(義眼), 즉 유리 따위로 만들어 박은 인공적인 눈알임을 암시한다.

어놓은 덕분에 마이크로 스쿠터도 에어주카도 눈에 띄지 않았다.
남자는 안으로 손을 넣어 여기저기 헤집었다. 남자의 손에 튜브가
걸렸다.

"뭐냐, 이건?"

"색조 수분크림요."

남자가 고개를 끄덕이며 멀리 허공을 봤다. 그리고 나한테 튜브
를 던졌다.

"뭘 찾고 계신데요?"

"돈. 뭐 아는 거 없냐?"

놀라웠다. 기회가 하루에 두 번씩 날아들다니.

"가난하세요?"

"뭐?"

바로 그때, 치직 전파 튀는 소리가 났다. 이어서 타닥거리는 목
소리가 울렸다. "데미안, 데미안…."

나조차 움찔 놀랐다. 까칠 수염 남자는 놀라서 펄쩍 뛰었다.

"젠장. 뭐야, 저거?"

나는 남자에게 워키토키 손목시계를 보여줬다.

"우리 형이에요. 제가 식탁을 차릴 차례거든요. 여기서 기다리세
요."

"야, 임마, 기다려…."

"걱정 마세요. 믿으세요. 갖다 드릴게요."

"뭘?"

"돈요. 저한테 엄청 많아요."

나는 집으로 내달렸다.

안소니 형이 마당에 나와 있었다. 워키토키 손목시계가 벽을 뚫지는 못했다. 벽을 뚫기는 하는데, 집 안에서 하면 라디오방송과 혼선이 됐다. 형은 울타리 너머로 몸을 잔뜩 내밀고 기찻길 쪽을 지켜보고 있었다. 철도 제방 위에 남자의 모습이 보였다.

"저 사람 누구야?"

"가난한 사람. 또 다른 가난한 사람. 형은 한 명도 없다고 했지?"

"왜 저러고 서 있는 거야?"

"내가 돈을 좀 갖다 주기로 했어."

집으로 들어가려는데 형이 도로 잡아당겼다.

"뭐라고 했는데?"

"우리한테 돈이 엄청 많다고 했어."

"젠장, 데미안."

"왜?"

"아무것도 아냐. 신경 쓰지 마. 나한테 맡겨."

형은 집에 들어가서 잔돈을 모아두는 커다란 병을 들고 나왔다. 무게가 장난 아니었다.

"저 남자한테 이걸 주자."

"몇 백 파운드쯤 같이 주면 안 돼? 500파운드 정도?"

"안 돼."

"왜 안 돼?"

"왜 안 되는지는 나중에 말해줄게. 가자."

형과 나는 기찻길로 올라갔다. 남자가 기다리고 있었다. 형이 병을 내밀자 남자는 병을 노려보기만 했다. 나를 노려보는 것 같기도 했다.

"많죠?" 형이 말했다. "많이 모았죠? 굉장히 오래 모은 거예요. 불우 이웃 돕기 하려고요. 착한 어린이가 되려고요. 받으세요."

남자는 움직이지 않았다. 형은 병을 풀밭에 내려놓았다.

"저희는 이만 가봐야 해요. 티타임 시간이라."

남자는 아무 말도 하지 않았다. 병을 건드리지도 않았다. 남자는 벌판을 가로질러 내려가는 우리 뒤통수만 지켜보고 있었다.

"돈을 충분히 준 것 같지 않아."

"줄 만큼 줬어. 앞길로 돌아가자." 형이 말했다. "저 남자가 우리 집이 어느 집인지 알면 안 돼."

"왜?"

"위험하니까. 조심해야 하니까. 세상엔 탐욕스런 인간들이 많아, 데미안. 그런 인간들은 돈 냄새를 맡으면 환장해. 돈 얘기를 또 누구한테 떠벌렸어?"

"안 했어. 아무한테도 안 했어."

"넌 대체 왜 그러고 다니냐?"

"착한 일을 하려는 것뿐이야."

"데미안…."

형은 거기서 입을 다물었다.

우리가 막 동네 앞길로 접어들 때, 택시 한 대가 우리 옆을 지나 멈춰 섰다. 말일성도들이 줄줄이 내렸다. 말일성도들만 내린 게 아니라 새로 산 물건들도 줄줄이 내렸다. 한 명은 전자레인지를 들었고, 한 명은 믹서를 들었고, 한 명은 족욕기를 들었다. 형은 울화가 치민 나머지 담장에 털썩 앉았다.

그때 형이 털썩 주저앉지 않았다면, 그냥 곧바로 집에 들어갔다 면, 가전제품 배달 트럭이 뒤따라 멈춰 서고, DVD 플레이어와 식 기세척기와 게임큐브와 최신형 텔레비전 두 대를 내려놓는 걸 보 지 못했을 텐데. 형의 속을 뒤집은 건 내가 말일성도들에게 돈을 줬다는 사실이 아니라, 그들이 그 돈을 썼다는 사실이었다.

"저 사람들이 가진 물건들을 봐! 우리한텐 있는 게 뭐야? 폐품 뿐이야. 어차피 옥스팜●에 내버릴 물건들. 그런데 저기는 텔레비전 두 대에, 식기세척기…."

형은 말일성도들이 사들인 물건들을 하나도 빠짐없이 열거했 다. 그걸 열 번 되풀이했다. 묵주신공 올리듯이. 묘기 대행진에 나 가도 될 법한 암기력이었다.

"저 사람들이 텔레비전을 살 줄은 몰랐어. 성도니까 성도 노릇 을 할 줄 알았어. 돈을 주면 가난한 사람들한테 줄 거라고 생각

● Oxfam. 영국의 빈민 구호 단체. 기증받은 물건들을 팔아서 자선 기금을 모은다.

했지. 난 저 사람들이 가난한 줄 알았어."

"야, 데미안. 가난한 사람들한테 돈을 주면 어떻게 되는지 알아? 그 사람들이 더는 가난한 게 아닌 게 되는 거야, 안 그래? 더는 가난한 게 아니면 그럼 그게 뭐겠냐? 다른 사람들하고 똑같아지는 거라구."

형의 말을 듣고, 나는 새로운 걱정이 생겼다. 사람들에게 돈을 줄수록 사람들이 점점 더 돈독이 오른다면? 만약 그렇다면 저 돈이 다 무슨 소용이란 말인가? 저 돈을 어떻게 한단 말인가?

저녁을 먹고 났을 때, 현관에서 노크 소리가 났다. 아빠가 문을 열었다. 말일성도 중 엘리라는 사람이었다. 그는 몹시 근심 어린 얼굴로 작은 상자를 들고 있었다.

형과 나는 설거지 중이었다. 우리는 불안한 눈빛을 주고받았다.

"보나마나 돈을 더 달라고 하겠지." 형이 이를 갈았다.

엘리 씨는 우리 집에 협조를 구할 일이 있다고 했다. 그는 들고 온 상자에서 소형 카메라를 꺼냈다.

"감시카메라입니다. CCTV요. 여기 이 고정쇠를 이용하면 문틀에 쉽게 부착하실 수 있습니다. 댁에 있는 텔레비전에 접속하는 것도 간단하고요."

형이 아니꼽다는 듯 콧방귀를 뀌었다. "텔레비전, 아니면 텔레비전들?"

엘리 씨는 형의 말에 박힌 가시를 알아채지 못했다.

"여기가 절도 우범지역인 점이 너무 마음에 걸려서요. 테리 씨가 그러는데, 근처에서 수상한 사람을 봤다는군요. 우리 재산은 우리가 지켜야죠. 이 카메라가 아주 유용할 겁니다. 감시카메라를 전부 세 개 샀는데, 하나는 동네 길목이 훤히 보이는 지점에 설치됐으면 해서요. 그러니까 댁의 정문에서 3번지 차고까지 시야가 확보돼야 하는데, 가장 이상적인 위치가 댁의 현관이더라구요. 지역 안전을 위해 협조해주시겠습니까?"

"아저씨들은 도둑 걱정 없이 사시는 줄 알았는데요. 세속적 소유물엔 관심 없지 않으셨나요?" 내가 말했다.

"음, 물론, 그렇기는 한데, 그렇다고 보안 대책을 세우지 않으면, 동네로 도둑을 불러들이는 꼴이 되지 않겠니? 그건 죄를 부추기는 일이고, 그럼 우린 죄인의 하수인이 되는 거지. 저기, 이 카메라는 동작감응 할로겐 조명이 달려 있어서 접근 방지 효과도 있습니다."

"좋습니다." 아빠가 말했다.

나는 관심 끄고 자러 올라갔다.

나는 아빠가 사다리를 오르내리며 드릴로 CCTV 고정쇠용 구멍을 뚫는 소리를 들으며 누워 있었다. 그러다 까무룩 잠이 들었다. 몇 시간이나 지났을까, 아빠가 우리를 부르는 소리에 깼다. 안소니 형과 나는 무슨 일인가 해서 부리나케 아래층으로 내려갔다. 아빠는 몹시 흥분한 상태였다.

"다들 여기 앉아봐."

아빠가 소파를 가리켰다.

우리는 앉았다. 아빠가 텔레비전을 켜고 채널들을 획획 돌렸다.

"하나, 둘, 셋, 넷, 다섯, 그리고 다음은…"

여섯 번째 채널에 3번지의 차고 화면이 떴다. 차고 바깥에 실물 크기의 산타 모형이 휘황하게 앉아 있었다.

"여기까지는 기본 지상파 TV 채널이랑 새로 들어온 CCTV야. 여기까지는 당연해. 그런데 이제 봐라~ 일곱, 여덟, 아홉, 열…."

아빠는 새 채널들을 몽땅 훑었다. 싱글벙글 좋아 죽겠다는 얼굴이었다.

안소니 형이 시침 뚝 떼고 웃으며 말했다. "우와, 대단해요, 아빠. 어떻게 하신 거예요?"

"몰라. CCTV를 달았을 뿐인데, 이렇게 됐구나. 어쩌다 케이블과 연결됐나 봐. CCTV가 일종의 안테나 역할을 하나? 아니면 기적이 일어났나?"

아빠가 이렇게 웃는 걸 보기는 정말 오랜만이었다.

"하느님이 도우셨나 보다."

나는 텔레비전의 수호성인은 성녀 클라라라고 설명했다.

"이게 기적이면 성녀 클라라가 하신 게 분명해요."

"아무렴. 너희들, 어떤 채널 볼래?"

우리 셋은 함께 '몬스터트럭 대항전' 재방송을 시청했다. 그러다 아빠가 잠이 들었다. 아빠를 어떻게 할지 난감했다. 우리 힘으로 아빠를 위층으로 옮기는 건 무리였다. 우리는 아빠의 신발을 벗기고, 아빠 다리를 소파 위에 올리고, 누비이불을 덮어줬다. 텔레비전은 끌지 말지 판단이 안 섰다.

"아빠한테 돈 얘기 하면 안 돼? 아빠가 얼마나 신나 하시겠어?"

형이 말했다. "아빠를 웃기고 싶으면 차라리 개그를 해."

현관 밖에서는 동작감응 할로겐 전등이 계속 꺼졌다 켜졌다 했다. 그 물건은 길고양이들의 접근을 막는 효과는 전혀 없었다.

11
아프리카에선 우물 하나에 천 파운드

논리적으로 따져보자. 사람들에게 돈을 주는 게 그른 일이라면, 사람들에게서 돈을 빼앗는 일은 옳은 일이 된다. 사람들에게서 돈을 빼앗는 일이 옳은 일이라면, 도둑이나 은행강도도 좋은 사람이어야 하는데, 그건 그렇지 않다. 따라서 사람들에게 돈을 주는 일은 나쁜 일이 아니다. 다만, 줘도 좋을 사람들을 찾는 게 중요하다.

나는 열흘 이내에 그런 사람들을 찾아야 했다.

매주 미술 시간이 오면 퀸 선생님이 칠판에 제목을 적는다. 우리는 제목에 맞는 그림을 그리거나 콜라주를 하거나 모형을 만든다. 뭘 하든 자유다. 이번 주에는 선생님이 칠판에 '크리스마스에 백만 유로가 생긴다면'이라고 썼다.

선생님까지 왜 이러세요.

다들 '구부러지는 빨대' 박스로 달려갔다. 이번 학기에는 구부러지는 빨대를 이용한 공작품이 대유행이었다. 아이들은 빨대로 요트, 자동차, 집 등등 온갖 것을 만들기 시작했다. 하지만 나는 빈 도화지만 멍하니 보고 있었다. 한참을 보고 있었더니, 그 속으로 추락해서 얼음처럼 차가운 백색 허공에 잡아먹힐 것만 같았다.

"생각 안 나면 내가 그려줄까?"

우리 중에 미술을 가장 잘하는 트리샤였다.

"그래줄래? 정말?"

"그럼. 뭘 그려줄까? 말만 해. 요트? 아니면 자동차? 아니면 집? 그게 애들이 가장 많이 하는 거니까. 아니면 아예 독창적으로 나가서, 로켓이나 말이나 너른 벌판도 괜찮고."

"아무 생각도 안 나. 네 생각은 어떤데?"

"내가 상상력을 발휘해서 말을 그려줄게. 한 마리당 50파운드."

"무슨 뜻이야?"

"말 한 마리면 50파운드, 두 마리면 100파운드. 말 떼를 원하면 음, 300파운드에 해줄게. 뭐든 여섯 개 이상이면 할인해주잖아. 거기다, 말을 여러 마리 그리다 보면 겹치는 발은 다 그릴 필요가 없으니까."

"뭐가 그렇게 비싸?"

"비싼 거 아냐. 요 전날 어떤 애한테는 고작 점심 날라다 준 대가로 10파운드 줬잖아. 네가 지금 사려는 건 내 재능이야. 미술에서는 내 재능이 최고야."

"나를 자전거 뒤에 태워줬을 때는 10파운드도 너무 많다고 했으면서."

"시절이 바뀌었어. 지금 우리 학교에서 10파운드로 할 수 있는 게 뭔데? 키건의 게임큐브를 10분만 가지고 놀아도 10파운드야. 이게 다 너희 형제가 시작한 일이야."

나는 트리샤한테 말 두 마리를 그려주는 대가로 100파운드를 줬다. 안장은 없는 대신 배경에 산을 좀 넣어주기로 했다.

나는 놀이터에서 안소니 형을 만나 이런 문제를 얘기했다.

"보통 문제가 아냐. 다들 돈이 생겼지만 전보다 부자가 된 애는 없어. 다들 더 비싼 값을 부르니까. 생각해봐, 그림 한 장에 100파운드라니. 그것도 사인펜으로 그린 게. 물감으로 그려달라니까 돈을 더 달래."

"걔, 실력은 있디?"

"그게 중요한 게 아니잖아."

"나한텐 중요해. 곧 학기가 끝나. 아빠가 내 트레이시 아일랜드 모형을 보자고 할 거야. 내가 수부테오를 상으로 받은 작품."

"미술은 트리샤가 최고야."

"어떤 애가 트리샤야?"

나는 트리샤를 가리켰다. 결국 형은 모형을 만들어주는 대가로 트리샤한테 100파운드를 주기로 했다. 트리샤는 50파운드를 선불로 요구했다. 그런데 납품은 학기 마지막 주에나 가능하다고 했다.

"돈값을 하겠지 뭐." 형이 말했다. "내 락포트 어때?"

형이 새 신발을 보였다. 빨간색이고, 구두끈을 옆으로 집어넣는 방식이었다.

"형이 새 신발 산 거, 아빠가 눈치채지 않을까?"

"그런 눈치가 있으면 우리 아빠가 아니지. 문제는 아빠가 아니라 이 신발이야. 전처럼 고급스러운 느낌이 없어. 이젠 개나 소나 신는 바람에 락포트의 가치가 떨어졌어."

"난 조용히 생각 좀 해봐야겠어."

나는 눈을 땅에 박고 운동장을 가로질렀다. 땅만 보고 가니까 운동장에 락포트를 신지 않은 애는 정말 나뿐이었다.

학교가 끝나고, 집에 가기 전에 은둔처에 들르기로 했다. 나는 호랑가시나무 덤불 사이로 몸을 디밀다가 놀라 멈춰 섰다. 내 은둔처가 납작해져 있었다. 은둔처가 바람에 엎어졌거나 비에 무너졌다는 뜻이 아니다. 누군가 접착테이프를 남김없이 뜯고 상자를 낱낱이 해체해서 납작하게 접어놓았다. 심지어 여행용 타탄 담요까지 개켜놓았다. 마이크로 스쿠터를 포장상자 밖으로 꺼내놓고, 그 상자들마저 납작하게 접어서 다른 상자들 위에 차곡차곡 쌓아놓았다. 그야말로 모든 게 깔끔하게 정리돼 있었다. 성 프란치스코 상만 빼고. 성 프란치스코 상은 날카롭게 박살나서 진흙 위에 흩어져 있었다.

안 그래도 섬찟한데 등 뒤에서 인기척이 났다. 나는 기겁해서 돌아봤다. 하늘색 옷을 입은 키 큰 남자가 서 있었다.

"우간다의 순교자 성 카롤루스 르왕가?"

"맞아." 성인이 손을 내밀어 악수를 청했다. 손이 피투성이였다. "미안하다. 내가 참수되는 바람에. 알지?"

"알아요. 성인님이 이러신 거예요?"

"아니. 하지만 우리가 도로 세우는 걸 도와주마. 머릿수가 좀 되니까."

그제야 나는 우간다의 순교자 전원이 다 왔다는 걸 깨달았다. 스물두 명의 순교자들이 나한테 손을 흔들고 있었다. 의상들이 환상적이었다.

"당시 우간다에서는 참수가 유행이었단다. 우리 중 몇몇은 순교하기 전에 건축 일을 했어. 최선을 다해보겠다만 장담은 못 하겠다. 여기도 박해자들이 있더구나."

"누가 이랬는지 아세요?"

르왕가 성인이 멀리 허공을 응시했다.

"난 손을 빌려줄 순 있지만 손가락으로 짚어줄 순 없단다. 그건 너 혼자 알아내야 해."

순교자들은 일제히 은둔처 재건 작업에 돌입했다. 성인들은 일을 하면서 내가 들어본 것 중 가장 아름다운 노래를 불렀다. 노래는 바다의 파도처럼 아래위로 일렁였고, 어떤 때는 석양이 지는 하늘에 새가 날아가듯 한 목소리가 다른 목소리들 위로 솟아오르곤 했다. 성인들이 노래할 때, 아프리카가 원산지인 회색앵무 두

121

마리가 나타나 기찻길 울타리에 앉았다. 마치 노래를 듣는 것 같았다.

"참 보기 좋다. 저 새들 보니 고향 생각이 나는구나. 네가 풀어 줬니?"

"네. 성 프란치스코처럼요. 그거, 무슨 노래예요?"

"물을 노래하는 노래란다. 지금 우간다 사람들은 물도 비싸게 사먹어야 해. 수입의 10퍼센트가 물값으로 나갈 정도야. 빌어먹을 사유화 때문이지. 제3세계 착취의 앞잡이 IMF랑 세계은행 얘기는 짜증나니까 꺼내지도 마라."

"네, 안 꺼낼게요."

"사람들이 손 씻을 물이 없어 병에 걸리는 형편이야. 최신식 병원과 첨단 약은 바라지도 않아. 싸고 깨끗한 물만 공급돼도 병들어 죽는 사람들이 없어질 거다. 단돈 천 파운드면 우물 하나를 팔수 있는 거, 아니?"

"아뇨, 몰랐어요. 듣던 중 반가운 소식이네요! 정말이에요?"

"정말이고말고."

그 얘기를 할 때, 안소니 형도 나만큼 흥분된 얼굴이었다. 형은 givemeoneofthose.com 사이트 화면에 뜬 스쿠버 스쿠터(배송비 포함 325파운드) 사진을 뚫어져라 바라봤다.

형이 화면에 눈을 박은 채 말했다. "그거, 환상적인데? 우물 하나에 천 파운드라. 두 개쯤 살까."

"난 220개를 살 생각이었는데."

형이 입술을 깨물었다. "음, 그래?"

"그래. 그런 자선단체가 있어. 아프리카에 우물을 파주는 자선단체. 거기에 돈을 보내면 돼. 그럼 거기 사람들이 우물을 파. 정말 간단해."

"돈은 어떻게 보낼 건데? 22만 파운드를 우편으로 부쳐? 무게가 얼마나 나갈지 생각해봤어? 형이 뭐 하나 알려줄까? 이 사이트 좀 봐. 여기서 사륜 오토바이를 살 수 있어. 스쿠버 스쿠터도 살 수 있어. 스쿠버 스쿠터는 물속을 달리는 오토바이야. 우리 돈이면 이런 거 한 트럭 살 수 있어. 그런데 과연 우리가 살 수 있을까? 아니, 못 사. 왜냐, 신용카드로 결제해야 하거든. 아니면 직접 가게로 가야 하는데, 우린 그렇게 못 해. 우린 애들이니까. 아까 말한 자선단체 이름이 뭐라고?"

우물을 파는 자선단체의 이름은 워터에이드●였다. 구글 검색으로 알아냈는데, 워터에이드의 영국 본부는 슈롭셔 주 슈루즈버리에 있었다.

"자, 그럼, 저 돈가방을 들고 어떻게 슈루즈버리까지 갈지 말해 봐."

"그쪽에서 가지러 올 거야. 이사하면서 헌옷 기부할 때도 옥스

● Water Aid. 전 세계의 오지에 깨끗한 물과 위생시설을 제공하는 것을 목적으로 하는 국제 비영리기구

팜에서 받으러 왔잖아. 워터에이드 사람들도 직접 와서 현금을 받아갈 게 분명해."

형은 나를 그저 쳐다보기만 했다. 내 말을 반박할 수 없었던 거다. 형은 구글 검색으로 돌아갔다.

"그럼 내가 지금 바로 전화한다?"

"네 맘대로 해. 그게 네가 하고 싶은 거라면, 그렇게 해."

"그럼, 물론이지. 아프리카 마을 하나당 우물 하나씩만 생겨도 상황이 얼마나 달라지는지 알아?"

"물론 엄청나게 달라지겠지. 그런데 말이야, 너 인도는 은근히 무시한다?"

"무슨 말이야?"

"내 말은 인도도 우물이 필요하다는 거지. 아프가니스탄도 그렇고. 아프가니스탄 상황도 얼마나 절박한데. 하지만 뭐, 네가 굳이 그렇게 아프리카를 편애한다면…."

형은 구글에서 머리에 흙을 뒤집어쓰고 폐허 속에 서 있는 이라크 소녀 사진을 찾아내 화면에 띄웠다. 다음에는 전쟁통에 다리 하나를 잃은 코소보 소년 사진을 띄웠다. 다음에는 기아로 뼈만 남고 복수가 찬 배만 볼록한 모잠비크 아기 사진을 띄웠다.

"하지만 데미안, 네 말마따나, 우리가 이런 애까지 신경 쓸 필요는 없지."

"그렇게 말한 적 없어. 그럼 돈을 쪼개서… 여러 나라에…."

"근데 너 이거 알아? 시력상실까지 초래하는 사상충증 예방접

종 주사는 한 방에 1파운드밖에 안 한다는 거? 25만 파운드면 세상에서 사상충증을 거의 쓸어버릴 수도 있단 얘기야."

"그래? 그것도 좋겠다. 하지만….'

"하지만 뭐?"

"뭘 할지 모르겠어."

"잘 생각해봐."

나는 침대에 걸터앉아 카펫을 멍하니 내려다봤다. 얼마나 오래 내려다봤는지 침대가 움직이는 느낌이 나기 시작했다.

"지금 당장 생각해보라는 건 아냐. 하룻밤 자면서 찬찬히 생각해봐."

나는 눈을 들었다. 형이 컴퓨터 화면에 뜬 여자 사진을 보고 있었다. 형은 여전히 구글 검색 중이었다.

"뭐 하는 거야?"

"이 여자들 보여? 여자를 파나 봐. 여자 이름은 빅토리아●래. 가격은 39.99파운드."

"어디 봐. 정말이야?"

형이 나를 밀쳐냈다.

"뭐야, 스팸 광고잖아. 속옷 사이트였어, 봐."

형이 레이스 브라 하나를 찍고 확대했다. 검정색과 분홍색 픽셀들이 화면 가득 번졌다.

● 여성 란제리 브랜드인 빅토리아 시크릿(Victoria's Secret)을 말한다.

"보여? 튀어나온 부분 보여? 유두야."

나한테는 픽셀이 뭉친 것처럼 보였다.

"그게 뭔데?"

"음, 아기들 젖 먹이는 거?"

"그럼 엄마한테도 있었어?"

"두 개 있었지. 다 두 개씩이야."

"엄마가 그걸로 우리한테 젖을 먹였어?"

"그럼. 기억나."

"젖 먹던 기억이 난다고?"

"네가 젖 먹던 기억이 난다고. 엄마가 너한테 젖 주던 게 기억난
다고."

나는 화면 속 빅토리아를 한참 바라봤다. 안소니 형이 컴퓨터를
꺼버린 뒤에도, 잠자리에 누운 내 머릿속에 빅토리아의 모습이 계
속 어른거렸다. 나는 39.99파운드를 주고 주문하면 정말로 빅토
리아가 오고, 그러면 빅토리아가 운전해서 함께 슈루즈버리로 가
서 탁월한 행동을 하고, 그래서 단숨에 사다리 꼭대기로 올라가
는 상상을 했다.

12
열차강도

자연과학적 관점에서, 물은 정말 놀랍다. 우선, 인체의 80퍼센트 이상이 물이다. 지구 표면도 70퍼센트가량이 물로 덮여 있다. 멀리 우주에서 보면 지구는 커다란 물방울이나 다름없다. 경제학적 관점에서, 금이나 보석이 귀한 이유는 그것들이 드물기 때문이다. 지구에서 물은 그 어느 것보다 흔하다. 그런데도 물은 금보다 귀하다. 너무나 귀해서, 건조지역 사람들은 물을 길어오는 데 하루의 대부분을 쓰기도 한다. 어떤 나라에서는 여자들이 물을 길으러 매일 새벽 서너 시에 집을 나선다. 그러지 않으면 하루를 제때 시작할 수가 없다. 금 때문에 그러고 사는 사람은 없다. 그리고 금이나 보석은 좀 흠이 있더라도 그럭저럭 가치가 있지만, 물은 그렇지 않다. 화학적 관점에서, 만약 물에 염분 함유량이 일정 수준 이상이거나 독소가 포함돼 있으면, 물로 가득한 바다를 코앞에 두고도 갈증으로 죽을 수 있다. 물만 충분히 공급해도 많은 사람의 삶이 바뀐다. 생각해보라. 여자들이 꼭두새벽에 마을을 나설 필요가 없으면, 아이들 돌보는 데 훨씬 많은 시간을 할애할 수 있다. 하다못해 그 시간에 잠이라도 더 잘 수 있다. 농장에 물을 조금이라도 대면, 옥수수 심고 닭을 길러서 입에 풀칠을 할 수 있다. 거기서 한발 더 나아가 물을 풍족하게 대면, 같은 농장이라도 완두콩, 바나나, 파인애플, 망고, 고구마, 유칼립투스 나무 등등, 원하는 것은 뭐든 재배해서 돈도 벌고, 아이들도 학교 보내고, 다시는 가난하게 살지 않아도 된다.

나는 물줄기가 사막을 가로질러 흐르는 꿈을 꿨다. 물줄기 주변으로 새순이 나고, 잎이 푸르게 우거지고, 풀이 일렁이고, 과일이 영글어서, 사막 전체가 색칠 공부 그림책처럼 오색찬란하게 피어나는 꿈. 그러다 잠에서 깼다. 그리고 내가 이불에 오줌 싼 걸 깨달았다.

엄마가 '최상의 곳'에 간 이후로 한 번도 없었던 일이다. 다행히 아빠는 이미 출근한 후였고, 안소니 형은 일어나기 전이었다. 나는 얼른 침대보를 벗겨서, 내 잠옷과 수건들과 함께 세탁기에 넣고, 세탁기를 40도(물빠짐 없는 면)로 설정해서 돌렸다. 이 모든 것을 고행으로 받아들이려 했지만, 시작 버튼을 누르고 나자 다시 침대로 돌아가고 싶어졌다. 하지만 침대에 침대보가 없었다. 그리고 어쨌든 학교 가는 날이었다. 지금 생각하면 침대로 돌아가지 않아서 다행이었다. 이날이 내가 도로시 아줌마를 처음 본 날이었으니까.

학교에서 도로시 아줌마를 가장 먼저 본 애가 아마 나일 거다. 내가 복도에 코트를 걸고 있을 때, 어떤 숙녀가 퀸 선생님과 얘기하며 지나갔다. 숙녀는 젬마처럼 레게 스타일 머리에, 백화점 화장품 코너 직원들처럼 말쑥한 재킷을 입고 있었다. 그리고 뚜껑이 훌렁 열리는 작은 통을 들고 있었다.

호각 소리가 울렸다. 교실로 가는 대신 강당에 집합하라는 지시가 떨어졌다. 누군가 우리 학교에 특강을 왔다고 했다.

"반별로 정렬하고 정숙."

교장선생님이 말했다. 교장선생님은 루돌프 사슴 넥타이를 매고 있었다.

전교생이 정렬 중일 때, 5학년 줄에서 갑자기 비명 소리가 났다. 무슨 일인지 보려고 다들 까치발로 서서 우르르 앞으로 몰렸다.

교장선생님이 강단에서 말했다. "여러분… 여러분… 각자 한 발짝씩 뒤로. 그럼 다 볼 수 있어요."

교장선생님이 자기 옆에 서 있는 말쑥한 숙녀에게 눈짓했다.

모두들 뒤로 물러나 커다란 원을 만들었다. 원 한가운데에 슈미타라는 애랑, 아까 봤던 작은 통만 남았다. 대단한 구경거리가 있을 것 같지 않았다. 그런데 통 뚜껑이 벌컥 열리면서 목소리가 나왔다.

통이 말했다. "그래, 네 이름이 뭐니?"

"깜짝이야." 슈미타가 말했다.

"안녕, 깜짝이야." 통이 말했다.

모두들 왁자하게 웃었다.

"슈미타. 내 이름은 슈미타야."

"갈래머리 예쁘다, 슈미타." 통이 말했다.

"헐, 웬일이야. 보이나 봐. 어떻게 보는 거지?"

"놀라지 마. 난 평화주의자니까." 통이 상냥한 소리로 말했다.

6학년 한 명이 자세히 보려고 슈미타를 밀치고 나왔다.

통이 말했다. "밀기 없기, 밀기 없기."

"햐, 이거 신기한데." 6학년이 말했다.

"네 이름은 뭐니?" 통이 물었다.

"이거 어떻게 하는 거지?"

"이거 어떻게 하는 거지야, 반갑다."

나는 고개를 돌려 강단을 봤다. 교장선생님은 혼자 벌쭉벌쭉 웃고 있었다. 말쑥한 여자는 나직이 혼잣말을 하는 모습이었다. 여자는 펜처럼 보이는 물건을 입 근처에 대고 있었다.

김새는 말을 하긴 싫지만, 통을 조종하는 것도 여자고, 통에서 나오는 소리도 여자의 목소리였다. 여자는 펜 모양의 물건을 주머니에 찔러 넣고, 슈미타한테 통을 갖다 달라고 부탁했다.

모두들 여자의 설명을 기대하며 숨을 죽였다.

여자는 설명 대신 대뜸 이렇게 외쳤다.

"가난한 사람들을 돕고 싶은 사람?"

이게 꿈이야, 생시야.

나는 손을 번쩍 들었다. 다른 애들도 모두 손을 들었다. 모두가 정직하지는 않다는 걸 보여주는 장면이었다.

여자는 파운드화의 유로화 전환에 대해 말했다. 그러면서 1파운드가 유로로 얼마인지 아냐고 물었다. 모르는 애가 없었다. 그러자 여자는 2펜스는 유로로 얼마인지 아냐고 물었다. 한동안 아무의 손도 올라가지 않았다.

여자가 말했다. "내가 말해줄게요. 2펜스는… 푼돈이에요. 하지만 여기 모인 친구들이 몇 명이죠? 한번 세어볼까요?"

여자는 아이들을 한 명 한 명 짚어가며 세기 시작했다. 열셋에 이르렀을 때 여자가 말했다.

"이런, 같은 친구를 두 번 셌네."

그러자 교장선생님이 말했다. "모두 368명입니다. 오늘 조회 참석 인원은 368명입니다."

"감사합니다, 교장선생님. 그럼 368 곱하기 2는 얼마일까요?"

나는 손을 들었다. 꼭 내가 말하고 싶었다. 여자가 나를 지목했다. 그 순간 내가 답을 모른다는 걸 깨달았다.

"736."

대답한 사람은 안소니 형이었다.

"정답이에요. 돈으로 하면 7파운드 36펜스, 유로로 환산하면… 10유로 37센트. 영국에서는 별로 큰돈이 아니죠. 하지만 에티오피아에서는 그 돈이면 옥수수 씨앗 한 포대를 살 수 있고, 그거면 한 가족이 가을을 날 수 있어요. 상상해보세요. 한 사람당 2펜스씩만 내도 그런 돈이 돼요. 그럼 여러분이 4펜스씩 낸다면 어떻게 될까요? 얼마나 모일까요?"

나는 다시 손을 들었다.

"20유로 74센트요."

"맞았어요. 여기, 상이에요."

여자가 오리 모양의 노란색 플라스틱 환율계산기를 내밀었다. 나는 강단으로 가서 받아왔다. 여자는 연설을 멈추지 않았지만, 내가 자리로 돌아갈 때 내 머리를 쓰다듬었다.

"그런데 만약 여러분이 지금부터 학기 마지막 날까지 7유로 50센트씩 기부하면 어떨까요? 그 돈으로 어떤 일을 할 수 있을까요? 그 돈이면, 우물을 만들 수가 있어요."

나는 냅다 외쳤다. "맞아요!"

여자가 내 쪽을 보며 미소 지었다.

"그렇죠? 여러분이 생각해도 그렇죠?"

여자는 내 옆을 지나갈 때 다시 내 머리를 쓰다듬었다. 여자는 전교생에게 나는 이미 다 아는 우물 얘기를 시작했다. 나는 여자가 말하는 동안 줄기차게 고개를 끄덕였다.

"통화가 바뀌면 지금 있는 잔돈은 환전해봐야 푼돈이에요. 하지만 다른 사람들에겐 엄청난 도움이 될 수 있어요. 자자, 여러분에겐 쓸데없는 거니까… 모두 이 휴지통에 넣어주세요!!!"

아이들은 여자의 통에 경쟁하듯 5펜스와 2펜스 동전들을 넣었다. 동전이 들어갈 때마다 통이 "고마워." 또는 "그게 다야? 왜 이러셔, 더 있는 거 다 알아." 하고 익살을 떨었다. 그게 재미있어서 돈이 연신 떨어졌다.

통이 내 앞으로 와서 물었다. "넌 어때? 이름이 뭐니?"

"데미안."

"돈 좀 있니, 데미안?"

나는 고개를 끄덕이며 여자를 올려다봤다. 여자도 나를 마주
보고 있었다. 나는 눈에 띄지 않게 조심하면서 주머니에 있던 돈
을 몽땅 통에 넣었다. 그리고 다시 여자를 쳐다봤다. 여자가 나한
테 윙크했다. 통이 옆으로 옮겨 갔다.

안소니 형이 내 뒤로 와서 속삭였다. "너 방금 무슨 짓 했어?"

"애들 다 하는 거. 통에 돈 넣었어."

"얼마나 넣었는데?"

"가지고 있던 거 다."

"그게 얼만데?"

"2천 파운드 정도. 어쩌면 3천."

"3천 파운드! 왜 학교에 3천 파운드나 들고 와?"

"그냥. 혹시나 해서. 형은 말해도 몰라."

"수상한 행동이란 거 몰라?"

"그게 왜 수상해? 드문 일이지 수상한 일은 아냐. 그게 어떻게
수상해? 우리 돈인데."

안소니 형은 나를 한참 노려보다가 말했다.

"좋아. 이제 너도 진실을 알 때가 됐어."

집에 돌아와서 안소니 형은 자기가 즐겨찾기 해둔 사이트를 하나 보여줬다. 형이 뻔질나게 드나드는 사이트였다. 세계의 각종 뉴스가 올라오는 사이트인데, 뉴스 성향은 경제금융 쪽으로 편향돼 있었다. 예를 들어 올림픽 관련 뉴스라면, 금메달의 실제 값어치 같은 기사들이 올라왔다. 자료실 섹션으로 갔더니 기차를 찍은 사진이 있었다. 사진 아래에 '떼돈'이라고 쓰여 있었다.

"클릭해봐." 형이 말했다.

"왜?"

"하면 알아."

클릭하자 이런 기사가 떴다.

안타깝게도 대다수 국민에게 '떼돈'이라는 말은 실체가 없는, 그저 비유적 표현에 불과하다. 하지만 어제, 대규모 강도단이 그야말로 '떼돈'을 탈취해서 달아났다. 강도단이 훔친 돈은 시중에서 유통되던 파운드화 고액권 지폐로, 유로화 전환을 앞두고 폐기 처분되기 위해 워링턴 근교 공립 소각장으로 향하던 길이었다. 이번 강도사건은 군사작전을 뺨치는 치밀함과, 범행 규모에 비해 상대적으로 적은 경비로 계획됐다. 피해 금액은 6,000,000파운드에 육박할 것으로 최종 집계됐다.

관련 링크: 역사에 남은 기발한 강도사건을 보시려면 여기를 클릭하세요.
나에게 '떼돈'이 생긴다면? 독자의견 게시판, 클릭.

"이게 우리랑 무슨 상관이야?"

"계속 읽어봐."

6,000,000파운드 탈취 과정
초특급 급습까지 시간대별 상세기록
최종 업데이트 일시: 12월 1일 오전 7시

16:00부터 '트랙파인더' 운송회사 지원반과 수송경찰대가 킹스크로스 역의 1번 플랫폼을 엄중 경비하는 가운데, 12.5톤에 달하는 파운드화 지폐가 화물열차에 적재되기 시작. 해당 지폐는 12월 17일의 유로화 전환, 이른바 '대전환'을 앞두고 소각될 예정.

18:55 적재가 마무리되고 열차 출발 준비 완료. 선로 운영반, 20:00시까지 해당구간에 레일트랙 열차 운행이 없을 거라는 연락을 접수함(킹스크로스−워링턴 구간 선로 독점 사용 비용: 70,000유로).

19:05 레일트랙 철도회사 공식 외장을 갖춘 밴 한 대가 플랫폼 한쪽 끝에 나타남. 차종은 출고된 지 3년 된 포드 라스칼(권장소매가 9,000유로).

클릭하세요! 밴과 세단에 대한 최상급 거래 정보는 www. ford.co.uk

19:07 밴이 보안요원들을 향해 전속력으로 돌진. 보안요원들이 흩어진

틈을 타서, 뉴캐슬 유나이티드 유니폼 상의(권장소매가 49.99유로)를 입고
방한용 복면을 쓴 남자 10명이 밴에서 뛰어내려 야구방망이를 휘두르며
열차로 접근.

클릭하세요! 뉴캐슬 유나이티드 공식 판촉물, 복제품, 프로그램 선도
판매업체 toonarmyshop.com
클릭하세요! 이 습격사건의 CCTV 녹화 영상 재생용 '퀵타임' 무비 파
일 다운로드(퀵타임 5.0 이상 설치 필요)

19:12까지 수송경찰대, 탐지견, 무장 긴급대응 기동대가 현장에 출동.
강도들이 다시 밴에 올라 전속력으로 목숨을 건 도주 감행. 강도들이 열
차 안에 머물렀던 시간은 90초에 불과. 보안요원들이 밀봉된 지폐 꾸러미
들 중 하나만 없어진 것을 확인함.

관련 링크: 경찰 발표 TV 보도 영상(퀵타임 5.0 이상 설치 필요)을 보시
려면 여기를 클릭하세요.

19:16부터 경찰이 밴에 대한 추격에 나섬. 강도들은 곧바로 거리 옆길에
밴을 버리고 도보로 도주. 경찰이 노퍽 로드까지 추격함. 이 시점에서, 강
도들이 범행 날짜와 장소로 이날, 이곳을 택한 이유가 드러남. 범행 전날
은 아스널과 뉴캐슬 유나이티드가 프리미어리그 우승컵을 놓고 대격전을
벌인 날이었음(동원 관객 수 39,000명, 1인당 평균 40.00유로 소비). 거리는

온통 강도들이 입은 것과 똑같은 유니폼 상의를 입은 수천 명의 뉴캐슬 팬들로 넘쳐남. 강도들은 인파 속으로 유유히 사라짐.

19:40 수송경찰대는 강도단이 유기한 차량 뒤편에서, 도단당했던 지폐 꾸러미(50,000파운드)를 발견. 지폐 꾸러미는 킹스크로스 역으로 반환됨.

23:50 마침내 열차 출발 준비 완료. 강도 시도는 이쯤에서 좌절된 것으로 보였음.

여기까지 읽으니 화면 끝이었다.
"그래, 다 읽었어. 그래서?"
그러자 안소니 형이 화면을 좀 더 밑으로 내렸다.

12월 1일 열차가 목적지에 도착하고 나서야 비로소 이 강도사건의 전모가 드러났다. 킹스크로스 역에서 있었던 충돌은 진짜 강도사건이 아니었으며, 순전히 눈속임을 위한 쇼에 불과했다. 역에서 열차에 뛰어올랐던 강도는 10명이었고, 도로 내려서 밴을 타고 도주한 강도는 9명이었다. 열차 안에 남은 한 명은 현금을 적재한 팔레트 사이에 숨어 있다가, 열차가 움직이기 시작함과 동시에 계획대로 일에 착수했다. 그는 밀봉 포장된 지폐더미들을 뜯어서 돈다발들을 JJB 스포츠가방(권장소매가 42.99유로) 수십 개에 나눠 담았다. 그리고 열차가 커브 지점에서 속도를 줄일 때마다 돈가방을 하나씩 밖으로 던졌다. 각각의 가방에는 평균 250,000파운드의 현금이 담겨 있었다. 커브 지점마다 강도단의 멤버가 기다리고 있다가 가방을 회수했다. 킹스크로스 역을 출발해 워링턴 역에 도착하는 동안 약 6,000,000파운드에 달하는 현금이 열차 밖으로 던져졌다. 임무를 완수한 강도는 열차 안에서 뉴캐슬 유니폼을 트랙파인더 운송회사 작업복으로 갈아입었고, 열차가 역에 도착하자 화물을 내리는 포터들과 지게차 기사들 사이에 감쪽같이 섞였다. 그리고 기회를 틈타 기차역을 빠져나갔다. 강도단이 돈을 상대적으로 적은 액수로 분할한 이유는, 그편이 '대전환' 이전에 유로로 환전(현재 환율은 1유로당 71펜스)하기에 편리하기 때문으로 보인다. 너니턴 근처에서 강도단이 회수하지 못한 돈가방이 오늘 아침 발견됐고, 그것이 이번 사건을 재구성하는 데 결정적 단서를 제공했다. 다른 돈가방들은 크루, 스태퍼드, 펜크리지, 왓퍼드를 포함한 여러 곳에 떨어졌을 것으로 추정됐다.

관련 링크: 감속 커브 지점이 표시된 강도단의 범행루트 지도
현금 가방을 찾을 기회를 클릭하세요.

안소니 형도 내 어깨 너머로 읽고 있었다. 형이 실실 웃었다.
"인정할 건 인정해야지, 그치?"
"뭘 인정해?"
"기똥차지 않아? 600만 파운드. 그것도 아무 표시 없는 현금으로. 추적이 원천적으로 불가능해. 거기다 다친 사람 하나 없었어. 그리고 어차피 태워버릴 돈이었잖아. 그러니까 어떤 면에선 강도도 아닌 거야. 그보다는 재활용에 가깝지."

대꾸할 말이 떠오르지 않았다.

"닥쳐!" 내가 말했다.

"뭐?"

"왜 이런 걸 나한테 보여주는 건데? 형 혼자 알고 있지 왜 알려
줘?"

"데미안…."

"내가 봤어. 분명히 하늘에서 떨어졌어."

"기차 꽁무니에서 떨어지는 걸 봤겠지."

"닥쳐! 닥쳐! 닥쳐! 왜 나한테 말하고 난리야?"

"네가 알아야 하니까. 이런 일을 벌인 사람들은 위험한 사람들
이니까. 온 나라에 돈을 던져놨어. 한두 명이 아니란 뜻이야. 수십
명이란 뜻이야. 그런데, 가방을 줍기로 한 사람 중 한 명이 해당
장소에 늦게 도착했다면? 그럼 어떤 일이 생길까? 엉뚱한 사람
이, 너 같은 사람이, 가방을 발견할 수도 있겠지? 그럼 그 사람들
이 '어머나! 할 수 없지 뭐' 하면서 돌아설 거 같아? 그보다는 돈
가방을 찾아 나서지 않겠냐? 이리로 찾으러 오지 않겠어? 널 찾
으러 오지 않겠냐고? 누가 강도인지 어떻게 알아? 유리눈알을 한
남자일지, 레게머리를 한 여자일지, 아니면 괴상한 억양에다 더럽
게 하얀 셔츠를 입고 다니는 인간들일지. 그러니까 조심하라는 거
야. 강도들은 지들 돈을 돌려받길 원해. 그것도 **빠른** 시일 내에.
환전할 수 있는 날이 며칠 안 남았거든."

139

"난 하느님이 주신 돈인 줄 알았어."

"뭐?"

"아니면 누가 그렇게 돈이 많겠어?"

"영 틀린 소리도 아니다. 어쨌거나 하느님의 역사하심은 신비롭기 짝이 없으니까."

"하느님은 은행을 털지 않아. 하느님은 은행강도가 아냐, 됐어?"

얘기가 신학 쪽으로 흐르기만 하면 안소니 형은 귀를 막았다.

형은 이렇게 말하고 입을 닫았다.

"그러니까, 하느님이 아니면 누굴지 한번 생각해보라고."

월요일 오전 산수 시간에, 교장선생님이 우리 반에 들어왔다. 평소에는 없던 일이었다. 교장선생님은 연필을 내려놓고 모두 주목하라고 했다. 아주 엄한 표정이었다.

교장선생님이 말했다. "지난주에 '잔돈 기부 운동'을 위해 우리 학교에 오셨던 여성 분, 다들 기억하지? 그분이 오늘 다시 오셨다. 여러분에게 물어볼 게 있다고 하시니까, 공손히 듣고 정직하게 대답했으면 좋겠구나."

교장선생님이 문을 열자 전에 봤던 말쑥한 숙녀가 교실에 들어왔다. 교장선생님은 여자가 말하는 동안 그 옆에 버티고 서서 우리를 한 명씩 차례로 노려봤다.

여자가 말했다. "금요일에 제가 여기 와서 여러분에게 동전을 기부해달라고 했죠? 여러분은 통 크게 기부했고요. 통 크게. 그런데 그때 여러분 중 한 명이 정말 큰돈을 냈어요. 솔직히 걱정될 만큼 큰돈을요. 누가 그런 돈을 기부했는지 물어보지 않을 수 없어서 왔어요. 그게 말이죠… 법적으로 받아도 되는 돈인지 알아야 하거든요. 그러니까 누가 그런 기부를 했는지, 앞으로 나와주면 고맙겠어요."

내가 손을 번쩍 들고 "저예요." 하고 말하려는 찰나, 트리샤가 자리에서 벌떡 일어나 자기가 그랬다고 했다.

교장선생님의 시선이 트리샤를 향했다.

"이런 질문 미안한데, 트리샤, 그날 통에다 얼마를 넣었니?"

"10파운드요."

"아유," 말쑥한 숙녀가 말했다. "정말 착하네. 하지만…."

교장선생님이 끼어들었다. "10파운드나 어디서 났지, 트리샤?"

트리샤가 내 쪽으로 고개를 살짝 꼬며 대답했다.

"뭘 좀 팔았어요. 그런데 저 숙녀 분이 식수 얘기를 하셨고, 저는 그냥 돕고 싶은 마음에… 죄송합니다."

"죄송하긴. 네 행동은 탁월한 행동이었어. 정말이야. 잘했어."

트리샤는 배경에 산만 조금 있고 안장은 없는 말 두 마리를 그려주고 100파운드나 받아먹은 일에 대해서는 찍소리 없었다.

"그런데 지금 우리가 찾는 기부금은 그 정도가 아냐." 교장선생님이 교실을 둘러보며 말했다. "아무래도 이게 낫겠다. 누군지 모르지만 큰돈을 기부한 사람은 오늘 중으로 아무 때나 교장실로 오도록, 알았지? 아까도 말했지만 그냥 어디서 난 돈인지만 알려는 거니까."

교장선생님이 교실을 나갔다.

나는 산수 시간 내내, 교장실에 가서 무슨 말을 어떻게 할지 궁리했다. 놀이 시간을 알리는 종이 울릴 때쯤에는 머릿속에 확실한 생각이 섰다. 나는 속으로 할 말을 연습하면서 곧장 교장실로 향했다. 이렇게 말할 작정이었다.

"저희는 그 돈이 훔친 돈인지 몰랐어요. 가난한 사람들한테 주고 싶어요. 낡은 돈이라고 정부에서 태워버리겠다는데, 못된 생각 아닌가요? 맞아요, 일부는 좀 너덜너덜해요. 하지만 셀로판테이프로 붙여서 쓰면 되는데, 그리고 가난한 사람들은 돈의 겉모양에 신경 안 쓰는데…."

셀로판테이프 얘기까지 필요할지는 확신이 안 섰다. 그 부분을 넣을지 뺄지 망설이던 중, 나보다 먼저 온 학생을 발견했다. 생각지도 못한 인물이었다. 안소니 형이었다.

나는 속삭였다. "형, 여기 왜 왔어?"

"네가 다 말할 거잖아. 네 맘대로 처리하게 놔둘 순 없지. 내 이해관계도 걸려 있는 일이니까."

내가 뭐라 반박할 틈도 없이, 교장선생님이 문을 열고 우리를 안으로 불러서 앉으라고 했다.

교장실에 들어와본 건 이번이 처음이었다. 웬만큼 잘못하지 않고서는 구경하기 어려운 곳이니까. 벽에 숫자판이 거꾸로 그려진

142

시계가 있었다. 시곗바늘들도 거꾸로 돌아갔다. 그런 시계를 오래 쳐다보고 있으면 시간마저 거꾸로 가는 느낌이 들지 않을까? 그런데 그렇지가 않았다. 그보다는 시간이 나를 향해 사방에서 덤비는 느낌이 들었다.

"어디 보자," 교장선생님이 운을 뗐다. "커닝엄 형제가 오셨다? 나한테 하고 싶은 말이 뭐지?"

내가 먼저 입을 열었다. "제가 통에…."

안소니 형이 끼어들었다. "저희가 고액 기부를 했습니다. '잔돈 기부 운동'에요."

"제가 그랬어요. 형이 아니라 제가 한 거예요."

"하지만 저희 둘의 돈이었어요."

"물론 그렇겠지. 그런데 말이다… 이런 걸 물어도 될지 모르겠다만, 정확히 어디서 그런 돈이 생겼지?"

내가 앞질러 입을 열었다. "그게요, 처음엔 하늘에서 떨어진 줄…."

하지만 형이 내 말허리를 뚝 잘랐다. "훔쳤습니다."

교장선생님이 형을 봤다.

형이 말했다. "저희가 이웃집에서 훔쳤습니다."

이웃집?

교장선생님이 형의 말을 막았다. "됐다, 더는 말하지 마."

교장선생님은 한 손을 들어 우리가 떠들지 못하게 막고, 다른 손으로는 아빠한테 전화를 걸었다.

143

"커닝엄 씨? 가능하면 지금 학교로 와주셨으면 합니다. 문제가 좀 생겼습니다."

아빠가 학교에 도착하기까지 17분이 거꾸로 흘렀다. 교장선생님은 아빠가 오기 전까지는 아무 말도 듣지 않겠다고, 그게 정해진 절차라고 설명했다. 우리가 입 다물고 앉아 있는 동안, 교장선생님은 전화를 몇 통 하고, 책 몇 권에 표시를 했다. 나는 안소니형한테 악을 쓰고 싶었다. 하지만 그럴 용기가 없었다.

아빠가 교장실에 들어왔다. 아빠 머리가 죄다 앞으로 쏠려 있었다. 아빠는 당황하거나 긴장하면 머리에 손가락을 박고 앞으로 미는 버릇이 있다. 그 바람에 머리가 삐죽삐죽 선다. 지금도 운전하는 동안 머리를 엄청나게 쑤셔댄 게 분명했다.

"아빠가 그렇게 가르쳤어?"

아빠는 나를 노려봤다가, 형을 노려봤다가, 다시 나를 노려봤다.

"아빠가 그렇게 말했는데도, 너흰 아빠한테 거짓말을 했어. 그게 가장 나빠. 절도보다 그게, 거짓말이 더 나빠."

교장선생님이 헛기침했다.

"사실 절도도 못지않게 나쁘지. 도둑질 말이야. 도둑질도 엄청 나쁜 거야. 너희가 정말로 돈을 훔쳤다면 말이야. 정말로 훔쳤니?"

교장선생님이 나를 봤다. 나는 깨달았다. 지금이야말로 진실을 말할 때였다. 진실만이 통한다. 사실대로 말하면 어른들이 돈을

144

맡을 테고, 그러면 모든 것이 제자리로 돌아간다. 그래서 나는 입을 열었다.

"아뇨. 훔치지 않았어요. 저희는….“

안소니 형이 말했다. "저희가 그 돈을 훔쳤어요. 사람들한테서 훔쳤어요."

"어떤 사람들?"

"흰색 셔츠 입고 다니는 사람들요. 있잖아요, 우리 동네에 사는 모르몬교도요."

"모르몬교도!"

아빠의 얼굴이 시뻘게졌다.

"모르몬교도한테서 훔쳤다고?"

나는 "아뇨." 하고 대답하고 형은 "네." 하고 대답했다. 왠지 형의 대답이 더 확신을 줬다. 나도 믿겨질 정도였다.

아빠는 손가락으로 머리를 앞으로 쓸어댈 뿐, 아무 말도 하지 않았다.

교장선생님이 몸을 앞으로 숙이더니 다독이는 목소리로 안소니 형한테 왜 그랬는지 말해보라고 했다.

형은 교장선생님을 보다가 아빠를 봤다. 그러다 느닷없이 강렬하게 훌쩍이며 내뱉었다.

"엄마가 돌아가셨어요!"

형은 엉엉 울기 시작했다.

형이 울음을 터뜨리는 동시에 어른들은 허둥대기 시작했다. 화재경보가 울린 꼴이었다. 아빠는 우리를 데리고 도망치듯 교장실을 나갔고, 교장선생님은 "그럼, 알지… 알고말고… 알다마다…"만 되풀이했다. 교장실을 나와서도 아빠는 우리를 계속 떠밀며 건물 밖으로 향했다. 우리는 그 길로 학교 꽃밭을 가로질러 주차장으로 갔다. 형은 가는 동안에도 계속 훌쩍훌쩍 울었다.

주차장에 다다랐다. 레게머리의 여자가 막 차에서 내리고 있었다. 여자가 나를 보자 생글 웃더니 걸음을 멈추고 아빠를 불렀다.

"실례지만, 혹시 이 아이들이…."

"네, 돈을 훔쳤어요."

"아, 그게 훔친 돈이었군요. 저는 그냥 부유한 아이들이 다니는 학교인가 했죠. 부유하고 인심 좋은 아이들요. 교장선생님께 말한 사람이 저예요. 물의를 일으켰다면 죄송합니다. 저는 그냥…."

"마땅히 할 일을 하신 겁니다. 잘하셨어요. 녀석들이 돈을 훔쳤는데 가만둘 수 있나요."

"그래도 좋은 곳에 쓰려고 했잖아요. 저라면 저 나이 때 못 그랬을 거예요. 장한 아들들을 두셨어요."

"사회복지사세요?"

"저요? 아뇨! 전 그냥 방문객이에요. 학교마다 돌아다니면서 유로 전환에 대해 설명하고 모금 활동을 해요."

안소니 형이 다시 한 번 요란하게 훌쩍였다. 아빠가 형과 나를 차 뒷자리에 밀어 넣고 차문을 쾅 닫았다. 차문이 닫히자마자 형이 나를 보고 히죽 웃었다.

"봤지? 검증된 방법은 배신하지 않아, 그치?"

형의 말 따윈 귀에 들어오지 않았다. 나는 레게머리 여자가 기적을 행하는 장면을 보고 있었다. 아빠가 여자와 얘기하면서 웃고 있었다. 미소만 짓는 게 아니었다. 예의상의 김빠진 웃음도 아니었다. 아빠는 진짜로 소리 내어 웃고 있었다. 그리고 솟은 머리를 툭툭 쳐서 수습하고 있었다. 아빠는 차에 올라탈 때까지도 얼굴에서 미소가 걷히지 않았다.

나는 앞좌석으로 몸을 내밀고 아빠한테 여자가 무슨 말을 했는지 물었다.

"너희 둘 다 가둬두래."

우리는 다리를 건넜다. 선루프 밖으로 다리 아치들이 휙휙 지나갔다.

"아빠, 운반교가 뭐예요?"

한때 아빠는 다리 얘기를 좋아했다. 시드니 하버 브리지, 험버 브리지, 탄식의 다리 등등. 그래서 나는 다리 얘기를 꺼내면 아빠가 좋아할 줄 알았다.

아빠가 말했다. "입 좀 다물어, 제발."

입 다무는 건 성 로코의 특기였다. 그래서 나도 그러기로 했다.

집에 도착하니 나쁜 소식이 기다리고 있었다. 경찰이 우리가 기부한 돈을 모르몬교도에게 돌려줄 것이며, 우리는 모르몬교도에게 가서 사과해야 한다는 내용이었다. 안소니 형은 절망했다. 훔치지도 않은 돈을 훔쳤다고 사과하라니! 우리는 자기 함정에 빠

147

지는 치명적 위험이자 고행의 순간을 맞게 됐다. 내가 이 점을 언급했을 때 형의 입에서 튀어나온 말은 너무도 미개해서, 차마 글로 옮기기도 힘들다.

지역경찰이 우리를 데리고 말일성도의 집으로 갔다.

경찰이 말했다. "아이들이 사과드리고 싶답니다. 그리고 댁에서 훔친 돈 3천 파운드도 돌려드린답니다."

말일성도들이 서로를 봤다.

"3천 파운드 분실하셨죠?"

성도들이 입술을 깨무는 게 보였다.

그들은 당연히 "아뇨."라고 해야 했다. 그중 한 명은 실제로 그러려고 했다. 하지만 그 순간 아빠가 말했다.

"괜찮습니다. 애들이 모두 털어났습니다."

"아, 네, 뭐, 그렇다면, 감사합니다." 엘리 씨가 말했다.

"그런데 신고를 안 하셨더라고요?" 경찰이 말했다.

"네, 그게, 좀," 엘리 씨가 말했다. "세상엔 별일이 다 있으니까요."

형의 눈썹이 치켜 올라가는 게 보였다.

경찰이 말했다. "어떻게 집에 이 많은 현금을 가지고 계셨는지 궁금합니다."

"기부금이었어요. 익명의 기부자가 놓고 간 기부금."

"기부금의 출처에 대해 수상하다는 생각은 안 드셨습니까?"

"아뇨, 그걸 왜 수상해하나요? 저희는 기도를 엄청나게 합니다.

기도에 대한 응답이라고 생각했죠."

"재미있군요. 그런데 말이죠, 제보에 따르면 일전에 가전제품 매장에서 현금으로 4천 파운드나 쓰셨다던데?"

경찰이 영수증 뭉치를 꺼내 구매 내역을 읽기 시작했다.

"최신형 텔레비전, 식기세척기, 전자레인지, 족욕기… 구체적으로 이런 물건들을 달라고 기도하셨나요?"

"저희는 위로와 격려를 주십사 기도했습니다. 그리고 위로와 격려가 됐습니다."

"식기세척기가요?"

"족욕기도 도움이 됐죠."

어쨌거나 결과적으로 말일성도들이 안소니 형의 말을 사실로 입증해준 셈이었다. 거짓말쟁이들은 따로 수호성인이 없어도 지들끼리 아주 쿵짝이 잘 맞는 듯했다.

집으로 돌아오는 길에, 금화조들이 무리지어 코를 스칠 듯 날아갔다. 영어에서 금화조의 복수형에 붙는 관용어는 매혹(charm)이다. 떼로 있는 금화조는 그야말로 매혹적이다.

나는 안소니 형한테, 우리가 이번 세속적 난리판에서 용케 화를 면한 건 하늘이 굽어살핀 기적이라고 했다. 하지만 형의 해석은 달랐다.

"저자들이야. 저자들이 범인이야. 생각해봐. 우리가 훔쳐 간 돈 돌려준다니까 저자들이 어떻게 나오디? 우리가 훔치지 않았다는 걸 뻔히 알면서 군소리 없이 덥석 받잖아. 수상해. 진짜 수상해. 그게 첫 번째 이유야. 두 번째 이유는, 저자들이 기찻길 옆에 있는 집을 사서 이사 왔다는 거야. 돈가방이 떨어지기로 돼 있던 지점에. 이게 과연 우연일까? 혹시 다른 내막이 있는 건 아닐까?"

"우리 아빠도 기찻길 옆에 있는 집을 샀잖아? 이 동네 사람들 다 마찬가지잖아?"

"우리 아빠가 똑같은 셔츠를 입고 다니면서 가짜 외국 말씨로 주절대는 3인조 양아치냐? 아니잖아. 수상한 건 저자들이야. 우리한테 딱 걸렸어. 딱 길목에 자리 잡은 것도 모자라… 그래… 감시카메라까지 설치했어! 왤까?"

"도둑 드나 감시하려고."

"아니면 우리를 감시하고 싶었거나."

"우리를 왜 감시해?"

"저자들은 동네 사람 중 하나가 돈가방을 주웠다는 걸 알아. 그게 누군지 알아내려는 거야. 저자들이 열차강도단이야. 못 찾은 돈가방을 찾으려고 혈안이 된 강도단. 확실해."

"정말 그럴까?"

"저자들은 돈을 주운 게 우리란 걸 알았어."

"어떻게?"

"멍청아, 우리가 방금 3천 파운드를 줬으니까. 지들 돈을 가로챈 게 우리란 걸 알았으니, 이제 곧 우리한테 본색을 드러낼 거야."

"1857년에 존 도일 리가 이끄는 모르몬교도들이 자기들 영역을 침범했다는 이유로 137명의 무고한 이주민들을 학살했어. 그런 사람들과 꼬이면 안 돼."

"좋은 지적이야, 데미안. 저자들은 진짜 모르몬교도가 아냐. 변장한 강도들이지."

"강도단이든 모르몬교도든, 위험한 건 마찬가지야. 그냥 돈을 쥐버리면 안 될까?"

"그러기엔 우리가 너무 많은 걸 알아. 저자들이 찾지 못할 곳에 돈을 감추고 우린 아무것도 모르는 척하고 있어야 돼."

"그게 어딘데?"

답은 뻔했다. 은행.

다음날 아침, 우리는 등교하는 대신 위드너스로 가는 버스에 올랐다.

버스기사가 물었다. "오늘 학교 안 가는 날이니?"

의심하는 말투였다.

안소니 형이 말했다. "치과 가요."

형은 입을 있는 대로 벌리고 어금니를 가리켰다.

"보세요."

"됐다. 내 문제만으로도 벅차다." 버스기사가 말했다.

우리는 이렇게 학교를 땡땡이 치고, 공공장소에서 거짓말까지 했다. 순전히 돈 때문에.

유로 데이까지 닷새 남았다. 은행마다 동전으로 가득한 쇼핑백과 상자와 양말과 비닐봉지를 든 사람들로 북새통을 이뤘다. 파운드 동전을 유로화로 바꾸려는 사람들이었다. 창구 직원들은 동전을 계량기에 부었다가 카운터 밑에 있는 커다란 통에 쓸어 담았다. 어찌나 시끄러운지, 우박폭풍이 몰아칠 때 거대한 깡통 속에 들어와 있는 기분이었다. 은행 직원들은 소음으로부터 귀를 보호하려고 유로 마크가 그려진 주황색 귀마개를 끼고 있었다. 30분이나 기다린 끝에 우리 차례가 됐다.

"예금계좌 개설하러 왔어요." 안소니 형이 말했다.

"뭐라고?" 주황색 귀마개를 한 여자가 물었다.

형이 귀를 가리켰다. 여자가 귀마개를 뺐다.

"계좌를 개설하러 왔다고요."

"그래. 엄마랑 같이 왔니? 아니면 아빠랑?"

"아뇨."

"어른 서명이 있어야 해. 신분증도 필요하고."

이 점을 예상하지 못할 안소니 형이 아니었다. 형은 여자에게 수영장 회원증을 내밀었다. 회원증에 사진도 있고 주소도 있었지만, 회원증은 신분증이 아니었다.

"그러지 말고 엄마 모셔와."

"못 해요." 형이 여자의 눈을 바라보며 말했다. "돌아가셨거든요."

여자가 형을 봤다. 다음에는 나를 봤다. 나는 심하게 슬퍼 보이지 않으려고 노력했다. 형의 수작에 동참하고 싶은 마음은 없었다. 그렇다고 이 와중에 행복한 얼굴을 하기도 쉽지 않았다. 그런데 은행 여자도 남들과 똑같은 행동을 했다. 여자는 유로 마크 모양을 한 저금통 하나와 공짜 2유로를 줬다.

우리는 현금 가방을 끌고 은행을 나왔다. 가방은 무거웠고, 우리는 가방에 무슨 일이 생길까 봐 전전긍긍했다. 꼴좋게 됐다. 돈이 있으면 그게 모든 걸 해결해줄 줄 알았는데, 웬걸, 우리가 돈을 해결해야 할 판이었다. 돈은 애물단지였다. 우리는 밤낮으로 걱정하면서 밤마다 꼭꼭 덮어주고 무사한지 들여다봤다. 커다란 아기나 다름없었다. 그런데 이제는 이걸 숫제 포대기에 싸안고 거리를 돌아다니는 신세였다.

안소니 형이 말했다. "내가 뭐랬어. 집을 사쟀잖아."

우리는 돈을 끌고 토이저러스● 매장으로 갔다. 형은 돈을 감출 수 없다면 차라리 써 없앨 작정이었다.

우리는 돈가방을 카트에 싣고 첫 번째 통로로 갔다. 매대 처음 부분은 '바비' 인형이었다. 우리는 그냥 통과했다. 매대 반대편 끝은 '액션맨'이었다. 안소니 형은 신이 났다.

내가 말했다. "인형을 다른 이름으로 부른다고 인형이 아닌가."●●

"뭐?"

● Toys "R" Us. 미국에 본사를 둔 장난감 전문 유통업체

●● 셰익스피어 희곡 〈로미오와 줄리엣〉에서 줄리엣의 대사 '장미를 다른 이름으로 부른다고 향기가 사라지나요'를 패러디한 것

"액션맨도 인형이야."

"또 시작이냐? 작작 해."

"바비랑 같은 줄에 있잖아. 그럼 얘기 끝난 거 아냐? 봐, 액션맨도 옷을 갈아입힐 수 있어. 바비처럼. 옷도 팔고 핸드백도 팔아."

"저게 핸드백이냐, 키트지."

"알았어. 사, 그럼."

"필요 없어."

우리는 액션맨 통로를 나와 게임보이 통로로 들어갔다. 게임 상자들이 첩첩이 쌓여 있었다. 상자들은 요괴와 여자들 그림으로 도배돼 있었다. 하나같이 눈이 튀어나오고 팔을 뻗친 모습이었다. 상자들은 서로 읽어달라고 아우성이었다. 그렇게 많은 느낌표는 생전 처음 봤다.

형은 상자들을 훑고 또 훑었다.

"갖고 싶은 건 뭐든 가질 수 있어." 형이 말했다. "뭐든. 모두 다." 그러더니 이렇게 말했다. "그런데 갖고 싶은 게 하나도 없네."

형은 카트를 밀고 무기 통로로 들어갔다. 없는 게 없었다. 보통 총, 레이저 총, 수류탄, 단도, 장도, 창, 박격포 등등.

형이 말했다. "진짜 무기라면 또 몰라."

형은 계속 갔다. 형은 점점 이성을 잃고 허둥거렸다.

"우울해. 여기 어딘가 우리 기분을 띄워줄 게 반드시 있을 거야."

우리는 매대 전체가 도시락통으로 뒤덮인 통로에 와 있었다. 갖가지 과일향의 젤펜으로 가득한 통로도 있었다. 종류가 100가지도 넘었다. 털 색깔과 모양이 각기 다르고, 각각 출생증명서까지 딸린 플라스틱 푸들 강아지들도 있었다.

형이 환상적으로 생각하는 물건이 마침내 나왔다. 무시무시한 해골 모양을 한 커다란 성이었다. 해골 눈이 떴다 감았다 했다. 해골 눈이 열릴 때 날개 달린 흑마를 탄 기사들이 튀어나왔다.

"저거야, 저거. 완전 쩐다." 형이 말했다. "저것 봐, 저런 건 가져 줘야 돼."

해골성의 가격은 166.99유로였다.

우리는 주차장 풀밭 위에서 게걸스레 포장을 벗겼다. 해골성은 상자 사진으로 볼 때보다 작은 데다 허접해 보이는 회색 플라스틱이었다. 기사들을 발사시켜도, 대개는 해골 콧구멍으로 떨어졌다. 세게 누르지 않으면 작동도 되지 않았다. 그러다 용수철이 끊어졌다. 둘이서 고치려고 해보다가 괜히 내 손가락만 피를 봤다.

"온 세상이 쓰레기야." 안소니 형이 말했다. "세상 뭐든 가질 수 있으면 뭐 해. 세상 모든 게 쓰레긴데."

집에 돌아오는 길에 우리는 해골성을 쓰레기통에 버리고, 카폰 웨어하우스*에 들러 비디오폰을 두 개 사고, 각각 200유로 상당

---

* Carphone Warehouse. 영국의 최대 핸드폰 전문 유통업체

의 통신 포인트를 구매했다. 우리는 버스에서 포인트를 몽땅 폰에 입력하고 서로에게 전화를 걸었다. 내 벨소리는 '해리 포터' 주제가였다. 화면으로 서로의 얼굴을 볼 수 있는 건 좋았지만 딱히 할 말은 없었다.

집에 들어갔더니, 계단 아래에 뭔가 놓여 있었다. 말하는 통이었다.

"안녕 데미안, 안녕 안소니." 통이 말했다. "우와, 웬 가방이 그렇게 커?"

13
도로시 아줌마

안소니 형은 가방을 황급히 등 뒤로 감췄다. 하지만 그건 등짝으로 학교를 가리겠다는 것과 같았다. 그리고 어차피 눈이 통에 달린 게 아니기 때문에 그 위치에서 감춰봐야 바보짓이었다. 우리를 보고 있는 사람이 누구일지는 뻔했다. 학교에서 봤던 말쑥한 숙녀였다.

내가 쳐다보자 여자는 한 손을 들고 새끼손가락만 까딱거렸다. 그런 방식으로 인사하는 사람은 이전에도, 이후로도 본 적이 없다. 독특했다.

여자가 말했다. "안녕, 데미안."

내가 말했다. "안녕, 말하는 통."

"웬 책가방이 그렇게 크니? 그런 거 메고 다니다가 탈장되겠다." 말쑥한 숙녀가 말했다.

이 말에 천하의 안소니 형도 움찔했다. 다행히 여자는 형의 침묵을 질문으로 받아들였다.

여자가 말했다. "통에 달린 스피커가 고장 났는데, 너희 아빠가 고쳐주겠다고 하셔서."

"이미 고쳤는데요." 형이 말했다.

형은 나가는 사람을 기다리듯 현관문을 계속 붙들고 있었다.

"인사가 늦었네. 난 도로시라고 해." 여자가 말했다. "맞아, 너희 아빠가 말짱하게 고쳐주셨어."

도로시 아줌마가 옷걸이에서 코트를 내렸다. 아빠가 부엌에서 나왔다. 손에 여전히 십자드라이버를 들고 있었다.

아빠가 말했다. "왜요, 차라도 한 잔 하고 가시죠."

"그럼 그럴까요."

도로시 아줌마는 아빠를 따라 부엌으로 들어가며 안소니 형을 힐끔 돌아봤다. 형은 오만상을 쓰다가 가방을 끌고 위층으로 올라갔다.

아빠는 찻주전자를 불에 올리고, 냉장고에서 다진 고기가 든 비닐 백을 꺼냈다.

아줌마가 말했다. "물이 끓는 동안, 뭐 다지거나 다듬을 거 있으면 좀 도와드릴게요."

"괜찮습니다. 솔직히 이런 건 우리가 전문이거든요." 아빠가 말했다.

"몇 주 동안 컵라면으로 때웠더니 칼질이 좀 고파서요."

아빠는 아줌마한테 양파 하나와 식칼을 건넸다. 아줌마는 양파를 반으로 잘라서 나한테 한 쪽을 줬다.

"내가 하는 대로 따라 해." 아줌마가 말했다.

아줌마는 양파 반쪽을 이글루처럼 엎어놓고 가운데를 자르고 나를 봤다. 나는 그대로 따라 했다.

"잘했어."

아줌마가 다시 양파를 잘랐다. 이번에는 세 번 잘랐다. 나도 그 대로 했다.

"좋아, 좋아, 좋아."

아줌마가 양파를 수백 개의 작은 조각으로 자르기 시작했다.

"좋아, 좋아, 좋아, 좋아, 좋아, 좋아…."

나도 똑같이 했다. 나중에는 둘 다 숨이 턱에 찼다.

아줌마가 아빠를 보며 말했다. "팬은요?"

아빠가 말했다. "차 준비됐어요. 이제부턴 우리가…."

하지만 아줌마는 혼자 프라이팬을 찾아내 팬에 기름을 두르고 불에 달궜다. 우리 둘은 다진 양파를 한 움큼씩 들어서 팬에 넣 었다.

아줌마가 나한테 나무주걱을 주면서 말했다. "계속 휘저어."

이사 오기 전까지 각종 휘젓는 일은 내 담당이었다. 예를 들어, 온 가족이 오트밀 죽에 꽂혔을 때는 오트밀을 저었고, 젤리를 만 들 때는 끓는 물에 젤라틴을 넣고 형체가 없어질 때까지 저었다. 다시 말해 나는 젓기라면 일가견이 있었다.

차를 마시고 나서 아줌마가 말했다. "즐거웠어요. 이제 정말 가 봐야겠어요."

159

아빠가 말했다. "더 있다 가세요. 기껏 저녁을 지어주시고 그냥 가시면 안 되죠."

"아뇨, 말씀만으로도 감사해요. 혹시 토마토 캔이 두어 개 있다면 모를까."

아빠는 얼떨떨한 표정을 지었다. 하지만 토마토 캔은 있었다. 아줌마는 볶은 양파에 다진 고기를 넣고 그 위에 토마토 페이스트를 쏟아 부었다. 그리고 팬을 하나 더 달라고 했다. 다른 팬을 찾는 데 엄청 걸렸다. 평소 우리가 팬을 쓸 일은 콩을 익힐 때 외에는 없었다. 그러다 아빠가 차곡차곡 쌓여 있는 팬을 한 무더기 찾아냈다. 아빠는 팬들을 한옆에 놓았다.

"우리 인생에 이런 호강을 누릴 줄이야."

아줌마는 다음에는 우유를, 다음에는 법랑냄비를, 다음에는 치즈를, 다음에는 치즈 강판을, 다음에는 파스타를 달라고 했다.

아빠가 물었다. "파스타? 있으려나… 그런데 정확히 어떤 요리를 하시는 건지?"

도로시 아줌마는 진짜 라자냐를 만드는 중이었다. 라자냐가 이렇게 복잡한 요리인 줄 예전엔 미처 몰랐다. 오븐을 켜놓고 속 편히 TV나 보고 있어도 되는 음식이 아니었다. 미트소스 라자냐는 다진 고기와 토마토 페이스트에 허브를 넣고 자작해질 때까지 오래 뭉근하게 끓여야 소스가 완성된다. 그냥 첨부터 걸쭉하게 만들어도 괜찮지만, 졸이는 방식으로 해야 풍미가 강해진다.

크림소스 라자냐는 모든 게 타이밍에 달렸다. 밀가루와 버터를

섞고, 거기다 우유를 정말 천천히, 한 번에 한 방울씩 넣는다. 천천히 해야지, 안 그러면 소스에 멍울이 생긴다. 그러면서 계속 저어줘야 한다. 나는 도로시 아줌마가 우유를 방울방울 붓는 동안 팬 두 개를 동시에 저었다.

이런 민감한 순간에 현관에서 초인종이 울렸다. 아줌마가 부르짖었다.

"아악, 안 돼!"

다행히 안소니 형이 현관으로 나가는 소리가 났다. 냄비 안으로 마지막 우유 방울이 떨어졌다. 나는 규칙적으로 꾸준히 소스를 저었다. 아빠가 강판에 간 치즈 가루를 넣었다. 나는 치즈가 모두 녹을 때까지 계속 저었다.

아줌마가 와서 내 어깨 너머로 보고 웃었다.

"이것 좀 봐요. 멍울 하나 없어요. 체에 걸러도 걸리는 거 하나 없겠는데요. 잔에 따라 마셔도 되겠어요."

아줌마가 내 쪽으로 몸을 굽히자 샴푸 냄새가 풍겼다. 오렌지 향 같았다. 그때 노랫소리가 들렸다. 초인종을 누른 방문객은 캐럴 합창단●이었다. 우리 모두 현관으로 나가 노래를 들었다. 캐럴 합창단은 엄마아빠, 아들딸로 구성된 가족이었다. 딸은 우리 학교 5학년 트리샤였다. 트리샤는 노래하면서 나한테 살짝 손을 흔들었다.

● 크리스마스 무렵에 주로 아이들이 집집마다 방문해 캐럴을 부르며 자선기금을 모은다.

합창단이 '고요한 밤 거룩한 밤'을 부르자 아빠가 따라 불렀다. 노래는 같았지만 음정은 같지 않았다.

도로시 아줌마가 웃으며 말했다. "'호랑가시나무와 담쟁이덩굴' 도 아세요?"

안소니 형이 "신청곡 안 받아요." 하고 현관을 닫아버리려 했다. 하지만 아줌마는 형을 막고 합창단에게 2유로를 기부했다.

우리는 부엌으로 달려가 라자냐를 조합했다. 조합 방법은 이렇다. 오븐용 냄비에 먼저 고기소스를 붓고 그 위에 라자냐 파스타를 깐다. 파스타 사이사이로 소스가 붉은 이끼처럼 배어 올라온다. 그 위에 나머지 고기소스와 크림소스 반을 붓고 다시 라자냐를 깐다. 그 위에 나머지 크림소스를 붓고 치즈 가루를 뿌린다.

안소니 형이 들어와서 짜증을 냈다. "부엌이 왜 이렇게 난장판이야?"

아빠가 말했다. "요리를 하고 있으니까 그렇지."

형이 말했다. "내가 요리할 땐 이러지 않았어요."

"요리는 무슨 요리. 그냥 데운 거지. 그렇게 난장판이 싫으면 라자냐 익는 동안 치우는 걸 거들든가."

라자냐 소리를 듣자 형도 눈이 빛났다.

나는 팬들을 씻었다. 부엌에 군침 도는 냄새가 퍼졌다. 오븐 안에서 치즈가 지글지글 탁탁 익어가는 소리가 났다.

"파스타, 이탈리아 음식 맞죠? 그럼 성 프란치스코도 이런 걸 만들어 먹었겠네요?"

162

아빠가 말했다. "아니, 성 프란치스코는 이탈리아 북부 사람이야. 북부에선 쌀을 먹어. 리소토 같은 거. 파스타는 남부 음식이야. 그리고 마르코 폴로가 1295년 중국에서 들여오기 전까지 이탈리아엔 파스타가 없었어. 사실 파스타는 중국 발명품이야."

그러자 아줌마가 말했다. "말도 안 돼요. 어떻게 포크를 쓰지 않는 사람들이 파스타를 발명해요?"

아빠가 이번에는 포크 설명에 들어갔다. 아빠 말에 따르면 포크를 영국에 처음 들여온 사람은 토머스 베케트였다.

내가 말했다. "토머스 베케트(1118~1170)는 캔터베리 대주교였고, 대성당 성소에서 순교했어요."

"뭐예요, 두 사람. 부자 펍퀴즈 팀?"

그런 생각은 한 번도 못 해봤다. 언젠가 나도 어른이 돼서 아빠와 펍퀴즈 팀을 결성한다는 생각.

"저는 성인들만 알아요. 카파도키아의 성녀 도로시는 304년에 순교했어요. 맞죠?"

도로시 아줌마는 맞을 거라고 했다. 나는 아줌마한테, 성녀 도로시가 처형을 앞두고 자신은 천국에 간다고 하자 간수가 비웃은 일화를 들려줬다. 간수가 "거기 도착하면 꽃이나 보내주쇼." 하고 집에 돌아가 보니 방이 장미로 가득했다.

"왜 처형됐는데?" 아줌마가 물었다.

"성녀 도로시는 동정 순교자였어요."

"아, 그랬구나."

"동정 순교자가 정확히 뭐예요?"

"아차차, 라자냐."

우리는 라자냐를 오븐에서 꺼냈다. 모양부터 냉동 라자냐와는 차원이 달랐다. 마치 살아 있는 것처럼 거품이 버글대며 짝짝 소리를 냈다. 치즈로 두껍게 덮인 표면은 파삭파삭했다. 표면을 가르자 안쪽 깊은 곳에서 고기소스 냄새와 하얀 김이 마치 기도처럼 폴폴 피어올랐다.

바로 그때였다. 아빠가 갑자기, 드디어, 우리에게 운반교가 뭔지 설명하기 시작했다. 운반교란 다리 아래에 동물우리처럼 생긴 하물대가 달려 있어서, 자동차를 타고 그리로 들어가면 모터레일이 하물대를 강 건너로 운반하는 다리였다. 나는 아무 말 없이 그저 이 순간을 마음속에 깊이 간직했다. 아빠의 일반 상식이 맹렬한 기세로 돌아온 순간이었다.

"그거 환상적이겠다." 아줌마가 말했다. "자기 차를 타고 하늘을 나는 기분이겠어요. 요즘도 그런 다리를 만들었으면 좋겠다."

내가 물었다. "혹시 색조 크림 쓰세요?"

"데미안!" 아빠가 말했다.

"놔두세요. 묻지 않으면 배우는 것도 없죠. 맞아. 솔직히 좀 발랐어. 지금 내가 하는 일을 하려면 자신감이 필요하거든. 너희 학교는 괜찮아. 너희 학교는 착하지. 하지만 중학교, 고등학교는 좀 달라서… 얼굴에 철판을 좀 깔아줘야 해. 그걸 알아보다니 예리한 걸."

식사를 마치자 아줌마가 손목시계를 보며 말했다.

"계획보다 오래 지체했네요. 하지만 설거지도 돕지 않고 내뺄 순 없죠."

"아뇨, 설거지는 우리한테 맡기세요. 우린 설거지 좋아해요. 매일 저녁 하는걸요. 그러니까 가셔야 하면 얼른⋯." 형이 말했다.

"안소니!" 아빠가 말렸다.

"왜요?"

아빠가 뭔가 궁리하듯 잠시 형을 바라보다 이렇게 말했다.

"그건 그렇고 책가방 안엔 뭐가 든 거냐? 그게 다 숙제일 리는 없고."

절체절명의 순간이었다. 하지만 형은 여유 있게 피해 갔다.

"일종의 숙제 맞아요. 의상이에요. 성탄극 의상요."

도로시 아줌마의 얼굴이 크리스마스 전구처럼 환해졌다.

"성탄극!" 아줌마가 말했다. "성탄극을 언제 봤는지 까마득하구나. 너희는 무슨 역할이야? 동방박사? 의상 구경 좀 하자. 가서 가져와봐. 한턱내는 셈치고."

"안 돼요."

아줌마 얼굴에서 전구가 꺼졌다.

형이 어깨를 으쓱했다. "그러면 흥이 깨져요."

아줌마 얼굴이 다시 밝아졌다. "그래? 그럼 연극에 나도 초대하는 거야?"

형은 순간 거대한 덫에 걸려든 표정이 됐다.

"그게, 약속은 못 해요. 원래 학부모만…."

"나, 성탄극 정말 좋아해. 오랫동안 볼 기회가 없었어. 저도 갈 게요. 꼭 갈게요. 괜찮으시다면."

"저는 금시초문인데요." 아빠가 말했다. "첨 들어요."

형은 똥 씹은 얼굴로 식탁을 치우기 시작했다.

설거지를 마치자 TV에서 '누가 백만장자가 되길 원하는가?'가 시작할 시간이 됐다. 우리가 봐도 아빠가 뭐라 하지 않는 프로였다. 아빠도 전에는 애청자였지만 지금은 전혀 보지 않았다. 그런데 오늘 저녁에는 아빠도 소파 끝에 앉았다. 도로시 아줌마는 다른 쪽 끝에 앉았다. 그래서 내가 가운데에 앉았다.

첫 번째 참가자는 8만 유로짜리 문제를 보더니, 아빠가 화면을 향해 정답을 소리소리 외쳤음에도 불구하고 도전을 포기했다.

"아시죠?" 아줌마가 말했다. "이 방송, 생방송이 아니라 녹화방송이에요. 저 여자, 딱하긴 한데, 지금은 도울 방법이 없어요."

다음 참가자는 브래드퍼드에서 온 재무상담사였다. 재무상담사치고 장발이었다. 실망스럽게도 도로시 아줌마는 1천 유로짜리 기초문제도 틀렸다. 어떤 문제를 틀렸는지는 아줌마의 사생활 보호를 위해 말하지 않겠다.

아줌마가 말했다. "제 생각엔 세상이 지식을 너무 과대평가하는 것 같아요. 별 쓸 데도 없는데."

8만 유로짜리 문제가 나왔다.

딕 터핀[●]이 교수형 당한 곳은 어디일까요?

a) 런던

b) 요크

c) 에든버러

d) 글래스고

재무상담사는 50/50 찬스를 썼다. 아빠는 격분했다. 답이 요크인 걸 모르는 사람이 어디 있냐며 펄펄 뛰었다. 아줌마는 심지어 자기도 요크인 걸 안다고 했다. 결국 재무상담사도 요크를 선택했고, 문제는 16만 유로짜리로 넘어갔다.

'캐서린 휠'(회전폭죽)의 캐서린은 누구의 이름을 딴 것일까요?

a) 아라곤의 카타리나

b) 알렉산드리아의 성녀 카타리나

c) 예카테리나 여제

d) 카트린 드 메디치

"나 알아요. 나 알아요." 내가 말했다.

"네가 저걸 어떻게 알아? 저런 걸 누가 알겠어?" 아줌마가 말했다. 그러더니 아빠한테 물었다. "아세요?"

● Dick Turpin. 18세기 영국의 전설적인 노상강도

167

"나라면 '친구에게 전화' 찬스를 쓰겠어요. 그 친구는 물론 여기이 꼬마구요."

아빠가 내 어깨에 팔을 둘렀다.

"알렉산드리아의 성녀 카타리나(4세기)는 반쯤 신화적인 인물이에요. 동정 순교자이고 베드퍼드셔 주 던스터블 타운의 수호성인이죠." 내가 말했다.

재무상담사가 정답을 맞혔다. 문제는 25만 유로짜리로 넘어갔다.

제임스 본드를 최초로 연기한 사람은 누구일까요?

a) 숀 코너리

b) 데이비드 니븐

c) 로저 무어

d) 로버트 홀더니스

화면 속에서 재무상담사가 머리를 쥐어짰다. 그는 데이비드 니븐이 '카지노 로얄'에 나온 건 알았지만 그게 제임스 본드 시리즈의 첫 번째 영화인지는 확신이 없었다.

아빠가 발을 동동 굴렀다. "펍퀴즈에도 뻔질나게 나오는 문제를…."

그때 화면 속 남자가 마지막 이름에 관심을 보였다.

남자가 말했다. "홀더니스. 맞아요, 홀더니스. 007은 영화로 만들어지기 전에 라디오극이었어요. 그때 홀더니스가 제임스 본드

역을 했죠. d로 하겠습니다."

"장하다, 장해." 아빠가 말했다.

재무상담사는 d를 눌렀고, 문제는 60만 유로짜리로 넘어갔다.

클러리휴●는 몇 행일까요?

a) 4행

b) 7행

c) 5행

d) 14행

아빠는 14행(소네트)과 5행(리머릭)은 아니라고 확신했다. 이 상황에서 아빠라면 머릿속에서 그 두 개를 배제하고 50/50 찬스를 써서, 남은 두 개 중 하나가 확실한 오답이기를 노렸을 거다. 그러면 정답이 나오니까.

그런데 재무상담사는 어깨를 으쓱하며 기권했다. "멋진 시간이었습니다. 감사합니다. 저는 이 돈에 만족하겠습니다."

안소니 형이 말했다. "저게 이 프로의 문제라니까. 돈을 모으려면 모험을 해야지, 사람들이 그걸 몰라."

"계속 도전하지 왜 저래? 찬스도 하나 남았잖아." 아빠가 탄식했다.

● Clerihew. 영국의 추리소설가인 에드먼드 클러리휴 벤틀리가 창안한 유명 인물 풍자용 4행시

아줌마가 말했다. "저기 나가보시지 그래요? 보면서 속만 태우지 말고 한번 나가보세요. 속도 덜 타고, 부자도 될 수 있어요. 백만장자가 코앞이에요. 최소 백만 파운드는 따실걸요."

안소니 형이 이젠 백만 파운드가 아니라 백만 유로고, 따라서 같은 백만이라도 예전보다 가치가 떨어졌다고 지적했다. 그러자 아줌마는 어차피 공돈인데 그 정도 차이가 대수냐고 했다.

"하긴 어차피 아줌마는 워터에이드에 몽땅 기부하실 테니까요, 그죠?" 내가 말했다.

"내가? 미안하지만 아닌데? 난 워터에이드 직원이 아냐. 난 모금 대행업체에서 일해. 돈을 받고 대신 모금 활동을 하는 거지. 여름엔 내셔널트러스트●를 위해 모금하고, 크리스마스 때는 노숙자를 위해 모금하고, 그런 식이야. 나한테 백만 파운드가 생기면 은행에 넣어두고 다시는 모금하러 다니지 않을 거야."

나는 이 반전에 적잖이 놀라고 실망했다. 내가 무슨 말을 하려는 찰나, 아빠가 먼저 입을 열었다.

"난 백만장자까지도 필요 없어요. 그 반만 있어도 행복하겠어요. 일단 집 대출금 갚고, 시간외로 일하는 거 그만두고, 우리 애들과 더 많은 시간을 보내고 싶어요. 애들 데리고 어디 근사한 데로 휴가 다녀오고 싶네요. 나머지는 기부하고."

나는 우리보다 아빠한테 훌륭한 백만장자의 자질이 있다는 걸

● National Trust, 역사적 장소와 녹색 공간 보존을 목적으로 하는 영국의 문화단체

170

깨달았다. 그런 아빠가 집에 이미 돈이 한가득인 줄도 모르고 부자가 됐으면 하고 있다니.

아빠한테 털어놓고 싶어서 별안간 입이 근질거렸다. 하지만 그때 형이 벌떡 일어나 말했다.

"원래 저희는 백만장자 프로가 끝나면 자러 가거든요."

"그래라, 그럼." 아빠가 말했다.

"그리고 아빠는 원래 우리한테 얘기책을 읽어주시거든요."

아줌마가 말했다. "이만 가볼게요. 즐거운 저녁 보냈어요… 하지만…."

그다음 아줌마와 아빠가 한목소리로 외쳤다.

"…하지만 오늘 저녁은 아니었어요!"

그러더니 둘이서 떠나가라 웃어댔다.

아줌마는 나가는 길에 통과 코트를 챙겨 들었다. 그 뒤에 시리얼 상자로 만든 커다란 모형이 있었다.

"우와, 이거 기가 막힌데?" 아줌마가 말했다.

형이 어깨를 으쓱하며 말했다. "트레이시 아일랜드예요. 그걸로 상 탔어요."

"상 타고도 남았겠다."

정작 놀란 건 나였다. 그 물건이 어떻게 거기 와 있는지 알 수가 없었다. 형의 거짓말이 신기의 차원으로 접어들어서 시리얼 상자들이 공간 이동을 했나?

나는 아빠가 도로시 아줌마를 배웅하는 모습을 보러 형의 방 창문으로 갔다. 형은 침대에 누워 있었다.

"와서 봐봐." 내가 말했다.

아빠가 차문을 열어주고 있었다.

"싫어."

"왜 그래. 괜찮은 사람이야."

"괜찮긴 쥐뿔이 괜찮아?"

"라자냐는 괜찮았어."

"아니, 안 괜찮았어. 괜찮기는 우리 엄마가 만든 라자냐가 괜찮 았지. 오늘 라자냐는 쓰레기였어. 옥수수도 안 넣었잖아."

형이 삐딱하게 굴기 시작하면 말해봤자 소용없었다. 그래서 나 는 바깥 소리에만 집중했다. 차에 시동 걸리는 소리가 났다. 차가 움직일 때 아빠가 차 지붕을 가볍게 두드렸고, 도로시 아줌마가 화답하듯 경적을 빽! 귀엽게 울렸다.

방을 나가려는데 형이 냅다 소리쳤다.

"왜 항상 난데? 왜 죄다 나한테 떠넘기는데?"

"뭐?"

"돈을 발견한 건 너잖아. 왜 넌 손 하나 까딱 안 하는데?"

"무슨 말 하는 거야?"

"집에 들어올 때부터 그 여자가 우리 가방을 노려보는 거 못 봤 어? 가방 뚫어지는 줄 알았어. 아주 그냥 엑스레이를 찍던데? 그 런데 넌 뭐 했지?"

"인사했지 뭘 해."

"넌 한 마디도 하지 않았어. 말은 내가 다 했지. 성탄극 얘기도 할 수 없이 내가 꾸며냈고. 그랬더니 그 여자 하는 말이, 뭐? 자기도 꼭 와서 보겠다고?"

"고맙잖아."

"데미안, 성탄극 배역은 아직 정해지지도 않았어. 기억 안 나?"

"아, 맞다."

"그 여자가 우리 거짓말을 눈치챘어. 누가 그 거짓말을 지어냈을까? 나야. 그럼 이제 누가 우리를 성탄극에 출연시켜야 할까? 나야. 그럼 누가 위층에 올라가서 돈가방을 수부테오 박스 안에 감췄을까?"

"형이 했어?"

"그래, 내가 했다. 그다음에 무슨 일이 생겼지? 누군가 초인종을 눌렀지. 네가 문을 열었던가? 아니지, 내가 열었지. 그래서 누가 왔지?"

"캐럴 합창단."

"합창단 좋아하네. 트레이시 아일랜드 모형을 들고 온 트리샤였어."

"그렇지 않아도 모형이 어떻게 집에 와 있나 했어."

"트리샤가 아빠랑 오빠를 달고 왔지. 트리샤 계집애가 집에 가서 우리한테 돈이 엄청 많다고 떠벌리는 바람에 그 사람들이 돈을 요구했어."

173

"뭐라고 했는데?"

"트리샤 아빠 말이, 내일까지 부가가치세 3천 파운드를 내지 못하면 가게 문을 닫게 생겼대. 그러면서 나보고 3천 파운드를 줄 수 없겠냐고 하더라?"

"그래서 줬어?"

"내가 그 돈을 내놓으면 딸내미 말이 사실로 밝혀질 테고, 그럼 어떤 일이 벌어지겠냐? 사람들이 벌떼처럼 몰려와 밤낮 없이 문을 두들겨대며 3천 파운드씩 달라고 할 거 아냐."

"그래서 없다고 했구나."

"그럴 수가 있었겠어? 응? 그럴 수가 있었겠어? 그 여자가 부엌에서 나왔는데? 그 여자 때문에 트리샤네를 빨리 쫓아내야 했어. 캐럴 합창단 시늉을 하면 돈을 주겠다고 했지. 그래서 3천 파운드를 줬어. 그 여자는 2유로로 주고."

"트리샤네가 가게 문을 안 닫게 된 건 다행이잖아."

"다행은 개뿔. 뭐가 다행인데? 이런 생각은 안 해? 우리한테 돈이 있는 걸 세상이 알게 되면, 다들 그 돈이 어디서 났는지 의심하기 시작할 테고, 그럼 경찰이 개입하겠지. 그런 생각은 안 해봤어?"

"응, 못 했어."

"그러셔? 다행히 내가 했어. 그래서 트리샤네한테는 즉석복권에 당첨됐다고 했어."

"잘했네."

"그런데 그 여자가 눈치챘어. 그 여자는 그 사람들이 캐럴 부르러 온 사람들이 아니란 걸 알아. '호랑가시나무와 담쟁이덩굴도 아세요?' 어쩌고 하는 것 좀 봐. 그런 말을 괜히 했겠냐? 덜미를 잡으려는 수작이었어. 그래서 내가 '신청곡 안 받아요.' 하고 문을 닫으려 했던 거야."

형은 지쳐 보였다.

"형이 나보다 똑똑하니까 그런 거지. 형이 훨씬 똑똑하니까…."

갑자기 차가운 푸른빛이 방 안을 채웠다. 나는 환시인 줄 알고 못 본 척했다. 그런데 형도 빛을 감지했다.

형이 말했다. "경찰이다. 봐."

내려다보니 도로에 경찰차 두 대가 와 있었다. 경찰차 지붕에 검은색으로 크게 숫자가 쓰여 있었다. 하나는 9, 다른 하나는 23이었다. 안소니 형 말로는, 경찰 헬기가 개별 경찰차를 인식하기 위한 거라고 했다.

아빠가 방에 들어왔다.

"도둑이 들었어."

나는 기겁해서 물었다. "우리 집에요?"

아빠가 황당하다는 표정을 지었다.

"그게 왜 우리 집이겠냐, 이 띨띨한 녀석."

아빠는 내 머리를 헝클고, 형은 내 정강이를 안 보이게 걷어찼다.

"어라? 잠깐만." 아빠가 말했다.

지역경찰이 우리 집으로 오고 있었다. 아빠가 아래층으로 내려

175

가 현관문을 열었다. 형과 나는 층계 난간에 몸을 내밀고 들었다. 도둑맞은 집은 모르몬교도의 집이었다.

"이웃에 변고가 생긴 마당에 꺼낼 말은 아니지만," 지역경찰이 말했다. "차 좀 얻어 마실 수 있을까 해서요."

"그럼요." 아빠가 말했다.

"괜찮으시면 토스트도 좀."

"그럼요."

형이 우리도 내려가서 부엌으로 가자고 했다.

"뭐 하러?"

"주전자가 끓기 시작하면 아무 소리도 안 들리니까."

"엿들어서 뭐 할 건데?"

"정보 수집 및 감시, 몰라?"

실제로 주전자는 끝내주게 시끄러웠다.

지역경찰이 하는 말이 들렸다.

"누군가 이 무렵에 남의 집을 털어야 했다면, 그 집이 딱이라는 생각이 들긴 합니다. 모르몬교도는 성탄을 기리지 않잖아요. 그 집은 크리스마스를 망치고 자시고 할 게 없죠."

"그런가요?" 아빠가 말했다. "거기다 최근에 새 물건을 잔뜩 들였잖아요. 식기세척기 같은 거요. 청소차 지나갈 때 가져가라고 상자들을 문밖에 내놓은 걸 누군가 봤나 봐요."

"그럴 가능성도 있겠네요. 그런데 문제는, 도둑이 식기세척기를 가져가지 않았다는 겁니다. 텔레비전도, DVD 플레이어도 그냥 뒀어요. 아주 특이해요. 도둑들이 집 안을 쑥대밭으로 만들었는데, 정작 훔쳐 간 건 없어요. 뭔가를 찾고 있었던 것 같아요."

"어떤 거요?"

"영적 위로와 격려, 아닐까요? 어쨌든 그 집이 털린 결과, 통계학상 다른 집들이 털릴 가능성이 훌쩍 낮아졌어요. 그건 위로가 되네요. 저는 설탕 두 숟갈입니다만, 경찰청 범죄수사과 사람들은 입맛이 어떨지 모르겠네요."

아빠는 경찰과 함께 홍차를 범죄 현장으로 날랐다. 형이 따라가려고 했지만 아빠가 우리는 가서 잠이나 자라고 했다.

"얼른." 아빠가 말했다. "쇼는 끝났어. 가서 자."

형이 내 방으로 왔다.

형이 말했다. "경찰이 하는 말 들었지? 도둑들이 뭔가를 찾고 있었대. 그게 뭔지 알지? 바로 돈가방이야. 열차강도단이 잃어버린 돈을 찾고 있어. 놈들은 그게 이 근처 어딘가에 있다는 걸 알아. 그러다 모르몬교도가 물건들을 사들이는 걸 보고 그 집을 찍은 거지."

"어제는 모르몬교도가 열차강도단이라며?"

"새로운 증거가 나왔잖아, 데미안. 그 집이 방금 털렸잖아. 자기 집을 터는 강도도 있냐?"

"그럼 이제 누가 강도야?"

"뻔하지. 그 여자."

177

"아냐, 도로시 아줌마는 절대 아냐."

"생각해봐. 네가 그 여자의 통에 수천 파운드를 넣었어. 그 여자가 그걸 자선단체에 줬니? 아니. 교장선생님한테 꼰질렀어. 왜? 그 돈을 누가 넣었는지 알아내려고. 그건 바로 너였고, 이 꼴통아. 누군지 알아낸 다음엔 그 여자가 집으로 갔니? 아니. 학교 근처를 배회하다 아빠한테 엉겨 붙었어. 왜? 우리가 어디 사는지 알아내려고. 다음엔 어떻게 했지? 우리 집을 제 집처럼 들쑤시고 다니면서 우리 집 부엌을 홀랑 뒤졌어. 왜? 우리 동태를 감시하고 돈이 어디 있는지 찾으려고. 그다음엔? 너도 알다시피 우리 이웃집이 털렸어."

형은 정말로 그렇게 믿는 눈치였다. 하지만 형의 추리엔 구멍이 있었다.

"형, 도로시 아줌마가 우리한테 돈이 있는 걸 알았는데, 왜 우리 집을 안 털고 이웃집을 털었겠어?"

"그건 나도 몰라. 접선에 문제가 있었나? 그 여자는 혼자가 아냐, 알겠어? 이건 거대 범죄조직이란 말이야. 수십 명이야. 놈들이 사방에 퍼졌고, 모두 알게 됐고, 모두 우리 뒤를 쫓고 있어. 놈들뿐이 아냐. 돈 냄새를 맡은 인간들 모두 그 돈을 원해. 하지만 괜찮아…."

형은 괜찮아 보이지 않았다. 금방이라도 울음이 터질 듯한 얼굴이었다.

"이렇게 하자. 돈을 네 소굴에 숨겨놓는 거야."

"소굴이 아니라 은둔처야."

"뭐든, 일단 돈을 거기다 감춰두고, 각자 한 뭉치씩만 꺼내서…."

"누가 보면 어떡해?"

"보긴 누가 봐? 거길 아는 사람은 아무도 없어. 있어?"

"유리눈알 남자."

형은 한동안 말을 잇지 못했다. 그러다 겨우 내 말을 되풀이했다.

"유리눈알?"

"그 남자가 은둔처 안을 봤어. 그날…."

나도 말을 잇지 못했다. 형은 울음이 터지기 일보직전이었다.

"형, 아빠한테 말하자. 아빠는 돈을 어떻게 써야 할지 확실히 아는 것 같아. 그리고…."

"넌 도대체 아는 게 뭐냐? 믿을 사람은 아무도 없어."

"그래도 아빠는…."

"아빠들이나 엄마들이나 다를 거 하나 없어. 한순간 옆에 있다가도 다음 순간엔 없어지잖아. 너도 철 좀 들어라. 우린 혼자야, 데미안. 너도 적응 좀 해."

내가 뭔가 대꾸할 말을 찾았을 때는 형이 이미 잠자리에 든 뒤였다. 형은 이불을 뒤집어쓰고 몸을 잔뜩 웅크린 채 잠든 척했다.

14
빵 다섯 덩이와 물고기 두 마리의 기적

다음날 아침, 안소니 형은 수부테오 박스에서 돈을 전부 꺼내 우리 책가방에 쑤셔 넣었다.

"이제부턴 항상 가지고 다니는 거야. 항상. 하루도 빠짐없이. 돈을 집에 뒀다간 언제 도둑맞을지, 언제 그 여자 눈에 띌지 몰라. 네 소굴에 둘 수도 없어. 은행에 넣을 수도 없어. 할 수 없이 들고 다녀야 돼. 아프다고 학교 빠질까?"

"하지만 안 아프잖아."

"어차피 빠질 수도 없겠다. 오늘이 성탄극 배역을 정하는 날이야. 반드시 배역을 따야지, 안 그럼 우린 끝장이야."

그래서 우리는 현금으로 가득한 가방을 등에 짊어졌다. 그야말로 돈이 짐이 됐다.

어떤 남자가 밖에다 '지역방범 시스템 운영지구'라고 쓰인 팻말을 세우고 있었다. 아빠는 동네에 도둑이 든 다음날 저런 걸 세우

다니 그야말로 '아이러니'라고 했다. 우리는 학교로 출발했다.

테리 아저씨가 차에 올라타다 말고 팻말을 가리키며 말했다.

"아이러니하지 않니? 요즘도 학교에서 아이러니 배우나? 아이러니의 예를 들어보라고 하면 딱 저거다."

"네네, 그럴게요."

안소니 형은 대충 대꾸하고 계속 걸었다.

벌판을 가로지를 때 내가 말했다. "만약 못 뽑히면 어떡하지? 성탄극 말이야."

"뽑혀. 걱정 마."

올 세인츠 초등학교에 다닐 때는 다들 성탄극에 못 나가서 난리였다. 연극이 끝나고 특별 파티를 열어주기 때문이었다.

그레이트 디튼 초등학교의 상황은 다른 것으로 드러났다. 퀸 선생님이 교실에 들어와서 말했다.

"초등부 성탄극 때, 우리 5M반에서는 마리아와 요셉과 목동들을 맡기로 했다. 요셉 할 사람?"

나는 애들이 먼저 들까 봐 쏜살같이 손을 들었다. 그런데 주위를 보니, 내 손이 열심히 흔들어대는 팔들에 둘러싸여 있기는커녕, 공중에 달랑 혼자 떠 있었다. 나 말고는 손든 애가 한 명도 없었다. 다들 멀뚱히 앉아서 나만 쳐다보고 있었다. 나는 이해가 안 갔다. 그런데 가만히 보니, 애들마다 책상 아래로 20파운드 지폐를 쥐고 있었다. 안소니 형이 애들한테 뇌물을 먹인 거였다.

퀸 선생님이 초조한 얼굴로 물었다. "다른 사람은 없어?"

나는 손을 들고 버렸다.

"성 요셉을 하고 싶은 사람이 데미안 말고 아무도 없어? 데미안은 목동을 하는 게 어때? 성인이라면 이제 지겹지 않니? 제이크, 요셉 안 할래?"

"못 할 것 같아요, 선생님. 알레르기 때문에요."

"무슨 알레르기?"

"합성섬유요, 선생님."

퀸 선생님이 황당하다는 표정을 지었다.

"수염 붙여야 하잖아요."

나는 손을 줄기차게 들고 있었다. 선생님은 어쩔 수 없이 나를 요셉으로 정했다.

나는 의상을 입어봤다. 재미있었다. 성인들을 본받으려는 노력은 항상 했지만, 성인처럼 입어본 적은 처음이었다. 나는 샌들을 신고, 끝이 굽은 지팡이를 들고, 검고 기다란 수염을 달았다.

퀸 선생님이 의상 입는 걸 도와줬다.

선생님이 말했다. "성 요셉은 평생 이상한 행동은 안 했지? 가령, 목에서 우유를 뿜었다든가, 공중부양을 했다든가."

"네. 천사의 방문을 받은 일을 이상한 일로 치지 않으면요."

선생님이 내 눈치를 살피다가 말했다. "그래, 뭐 그 정도는 감당할 수 있지."

안소니 형은 동방박사 중 한 명을 맡았다.

형네 담임인 누전트 선생님이 말했다. "동방박사는 모두 세 사람이야. 멜키오르, 카스파르, 발타사르. 누구를 할래?"

"황금을 가지고 가는 사람요."

참고로, 황금을 바치는 동방박사는 멜키오르다.

누전트 선생님은 락포트 구두상자를 금색 종이로 싸서 황금 덩어리를 만들어줬다. 형은 그 금덩이를 어디나 들고 다녔다. 형은 성탄극에 점차 관심이 생겼고, 성탄극의 역사적인 측면에 깊이 고무됐다. 예를 들어 나한테 이렇게 말했다.

"이 정도 크기의 금덩이면 현시세로 얼마나 하는지 알아? 엄청나. 끝장나. 이쯤에서 무슨 생각 안 들어?"

"무슨 생각?"

"예수님한테 그런 돈이 있었는데, 나중에 어른이 됐을 때는 가난했잖아. 보나마나 부모가 거덜 냈을 거야. 신나게 즐긴 거지."

의상을 입고 하는 최종 리허설이 열렸다. 우리는 방과 후 교실에 남아서, 샌드위치를 먹으며 분장 받을 차례를 기다렸다. 분장 담당은 트리샤 엄마였다. 천사 옷을 입은 저학년 여자애들 수십명이 복도에 서서 '고요한 밤 거룩한 밤'과 '어린 당나귀'를 줄기차게 연습했다. 나중에는 정말 천사들이 노래하는 것처럼 들렸다. 누전트 선생님이 천사들에게 계속 오렌지 주스를 나눠줬다. 걔들이 진짜 천사들은 아니었지만 어쨌거나 마음이 든든했다.

트리샤 엄마가 나를 늙어 보이게 하려고 눈썹 그리는 펜슬로 내 얼굴에 주름살을 그리고, 밀가루로 내 머리를 반백으로 만들었다. 이로써 내가 무대에 오를 준비가 끝났다.

나는 이미 구글에서 성 요셉을 빠삭하게 찾아봤다. 누전트 선생님도 내 지식을 인정했다. 내가 여관 문을 두드리는 장면에서 선생님이 이렇게 말했다.

"명심해, 데미안. 넌 피곤해. 성 요셉은 먼 길을 걸어왔어. 그래서 아주 녹초가 됐지."

"그런데요, 성 요셉은 목수였기 때문에 굉장히 체력이 좋았을 거예요. 그리고 나사렛에서 걸어오긴 했지만, 당시 사람들은 늘 그렇게 걸어 다녔어요. 그때 걷는 건, 요즘으로 치면 버스 타는 것과 비슷해요. 거기다 마리아가 아기를 낳을 거라서, 어차피 오늘 밤은 잘 계획이 없었을 거예요. 스트레스는 받았겠지만, 피곤했을 것 같지는 않아요."

누전트 선생님은 내 말에 감명받은 얼굴이었다. 선생님은 "그러든가." 하고는 두말 않고 동방박사들에게 갔다.

내가 가려고 할 때, 트리샤 엄마가 내 수염이 너무 조인다고 말했다.

"고무줄이 당겨서 귀가 빨개졌어. 혼자 좀 고쳐봐."

나는 남자화장실로 가서 거울을 보며 수염을 느슨하게 고쳐 맸다. 화장실에 다른 남자가 있었다. 남자는 검은 수염을 무성하게 기르고 기다란 나무막대기를 들고 있었다.

"성 요셉." 내가 말했다. "생몰연대 미상."

"너, 내 역할 아주 잘하더라. 이 말 해주려고 들렀다."

"정말 감사합니다. 너무 스트레스를 받은 목소리는 아닌가요?"

"아냐, 맞아. 사실 그때 스트레스 엄청 받았어. 네가 연기하는 거 보니까, 진짜 옛날 생각 난다."

"감사합니다."

"아기 낳는 상황을 자세히 설명해줄까? 요즘과는 많이 다를 텐데?"

"그 부분은 건너뛸 것 같아요."

"그래라, 그럼. 행운을 빈다."

복도에서 퀸 선생님이 말했다. "데미안, 그 가방은 어쩔 거니? 설마 공연 날 저녁에도 가방을 메고 다니진 않겠지?"

하도 익숙해진 나머지 내 등에 가방이 있다는 것조차 잊고 있었다. 가방을 메고 다닐 수 없다면, 이걸 어디다 둔다? 나는 안소니 형을 쳐다봤다. 형도 어깨만 으쓱할 따름이었다.

"그나저나 가방은 왜 노상 메고 다니는 거니?" 퀸 선생님이 물었다.

나는 다시 형을 쳐다봤다. 형이 애원하는 눈으로 나를 봤다.

퀸 선생님이 물었다. "꼭 메고 다닐 필요 없지?"

선생님이 다가왔다. 나한테서 가방을 벗길 참이었다.

나는 냅다 내뱉었다. "우리 엄마가 돌아가셨어요."

그러자 선생님이 불에 덴 듯 뒤로 물러나며 두 손을 들고 말했다.

"알았다. 성 요셉도 그날 짐을 바리바리 지고 있었겠지. 그럼 가서 데이브랑 연습해라."

데이브는 합판과 인조모피로 만든 당나귀였다. 데이브는 바퀴 달린 판자에 올라서 있고, 등에는 짚을 채운 삼베 안장자루를 두 개 달고 있었다. 나는 데이브를 복도로 끌고 나와서, 마리아(레베카가 맡았다)를 태운 채 이리저리 몰고 다니는 연습을 했다. 시간이 좀 걸렸지만 결국 나는 데이브를 부리는 요령을 터득했다. 우리는 방화문 옆에서 3-포인트 방향전환 기법으로 유턴해가며 복도를 종횡무진 누볐다.

데이브 위에서는 레베카가 연신 "나는 신의 어머니가 될 것입니다"를 외쳤고, 누전트 선생님 반에서는 천사들이 '별이 빛나던 밤이었네'를 연습하는 소리가 흘러나왔다. 나는 평생 성탄극 속에서 살고 싶다는 생각이 들었다.

이날 밤 나는 잠자리에 들 때까지도 '별이 빛나던 밤이었네'를 흥얼거렸다. 성탄극이 끝난 후에는 워터에이드를 위한 모금이 있을 예정이었다. 천사들이 연극 전에 봉투를 나눠주고, 연극 후에 봉투를 거둬들이는 방식이었다. 나는 모금봉투를 한 묶음 얻어내는 데 성공했다. 나는 방바닥에 엎드려서 봉투마다 20파운드 지폐를 넣었다. 봉투들을 봉지에 담아서 가브리엘 천사에게 줄 계획이었다.

그때 갑자기 봉투들 위로 커다란 가죽 샌들이 나타났다. 샌들

안에 커다란 털북숭이 발이 보였다. 나는 고개를 들었다. 갈색 옷을 입은 우람한 남자가 버티고 서 있었다. 남자의 허리띠에는 묵직한 열쇠 일곱 개가 주렁주렁 달려 있었다. 나는 일어나 앉다가 그중 가장 큰 열쇠에 머리를 박았다. 우람한 남자가 욕설을 내뱉었다. 무슨 욕이었는지는 구태여 말하지 않겠다. 미개한 말이었으니까.

남자가 말했다. "봉투 뒷면에 행여 주소 적을 생각은 마라. 그랬다간 다른 자선단체들에 다 퍼진다."

내가 말했다. "성 베드로(서기 64년 순교)?"

남자가 다시 욕을 했다. "상기시키지 마. 그리 편안하게 죽은 것도 아닌데. 명심해라. 봉투에 주소를 썼다간 그 즉시 포위되고 말 테니까. 내가 장담하는데, 기독교 세계의 자선단체란 단체는 모두 너희 집 앞으로 집결하게 될 거다. 내 말 믿는 게 좋아. 다 할 만해서 하는 소리니까. 내겐 무류성●이 있어."

아닌 게 아니라 나는 봉투에다 우리 집 주소를 적었다. 하지만 고작 몇 개에만 적었다.

"이거 네 거냐?"

성 베드로가 열쇠 하나를 치켜들었다.

우리 옛날 집 열쇠였다. 내가 항상 창턱에 놓아두는 열쇠.

● 無謬性. 가르침에 오류가 없다는 뜻. 가톨릭교회에서 무류성을 가지는 대표적인 인물은 교황이다.

"관절방식 핀 텀블러. 열쇠공학의 끝판왕. 드럼액션이 끝내주지. 알다시피 난 열쇠의 수호성인이야. 그런데 이 돈…."

"훔친 돈이에요."

"알아. 난 열쇠와 자물쇠, 나아가 각종 보안설비의 수호성인이야. 요즘 핫한 분야지."

"저희가 돈을 꼭 돌려줘야 하는 건 아니죠? 돌려주면 태워버릴 거예요. 그것도 나쁜 일 아닌가요? 저는 착한 일을 하려고 하는데 일이 엉망으로 꼬였어요."

"스트레스 받는구나. 나도 스트레스 받아. 우리 모두 스트레스 받아. 내 업무영역이 좀 빡세. 말했다시피 열쇠, 자물쇠, 보안에다 어부들, 교황들, 로마까지… 발바닥에 (욕설 생략) 땀나게 돌아다녀도 모자라. 그뿐이야? 내가 천국의 수문장이야. 들고 나는 사람들을 빠짐없이 체크해야 돼."

"정말요? 모두 다요?"

"그래. 왜? 거기 찾는 사람이라도 있냐?"

나는 입을 열었다. "저기…" 그러다 마음을 바꿨다. "아니에요. 아무것도 아니에요."

성 베드로는 나를 보다가 침대에 걸터앉았다.

"지금까지 내가 아무한테도 발설하지 않았던 얘기를 해줄까? 루카에게도, 마태오에게도, 요한에게도 안 했던 얘기. 궁금해해도 입도 벙긋 안 했어. 나 혼자만 간직했어. 그래도… 사실은 사실이니까. 들어볼래?"

성 베드로는 예수님이 빵 다섯 덩이와 물고기 두 마리로 5천 명을 배불리 먹이신 기적 얘기를 꺼냈다. 나는 그 얘기는 모르는 사람이 없는 유명한 얘기라고 구태여 지적하지 않았다. 성 베드로는, 그때 엄청난 군중이 예수님을 따라가며 예수님 말씀을 들었는데, 예수님은 무계획이 계획인 양반이라, 허기가 질 때마다 생전 예상치 못한 일처럼 반응했다고 말했다.

"에베레스트 산을 등반할 때도 주머니에 목도리 한 장 챙겨 가지 않을 양반이야." 성 베드로가 말했다. "그러니 이 사람들을 먹일 도시락을 준비했을 리 만무하지. 경찰 추정 인원은 5천 명이지만, 내가 보기엔 만 명도 훌쩍 넘는 인원이었어. 게다가 온통 굶주려 있었지. 그때 예수님이 어떻게 했는지 알아?"

"음…" 나는 얘기에 초를 치고 싶지는 않았다. 하지만 아는 대로 말할 수밖에 없었다. "빵 다섯 덩이와 물고기 두 마리요."

"천만에. 거 봐라, 그렇게 말할 줄 알았다. 나중에 다들 그렇게 둘러댔지. 왜 다들 그렇게 말했는지 말해줄까? 죄책감 때문이었어."

"그게 무슨 말씀이세요?"

"어린애 하나가 예수님 앞으로 왔어. 체구가 너 정도 되는 꼬마였는데, 이름이 뭐였더라? 까먹었다. 요즘도 가끔씩 보는 앤데. 어쨌든, 이 꼬마가 빵 덩이와 정어리를 내놨고, 예수님은 그 음식에 축복을 내리고 사람들한테 돌렸어. 예수님이 처음부터 기적을 의도했던 건 아냐. 예수님은, 왜 우리 주변에도 가끔 있지? 만사 긍정적인 사람, 만사 잘될 거라 생각하는 사람, 예수님은 그냥 그런 분이었어. 어쨌든, 예수님이 빵과 정어리를 건넸고, 그걸 받은 첫 번째 사람이 다음 사람한테 그대로 넘겼어. 왠지 알아? 그 사람은 가방 안에 꿀떡이랑 양고기를 숨겨놨걸랑. 그래서 물고기는 그대로 넘기고 몰래 꿀떡을 꺼내서 방금 쟁반에서 집은 척했어. 그리고 다음 사람, 그 사람도 주머니에 대추를 잔뜩 쟁여두고 있었고, 마찬가지로 행동했어. 몰래 자기 음식을 꺼내고 쟁반을 넘긴 거지. 그런 식으로 쟁반이 한 바퀴 돈 거야. 진실을 말하자면, 썩을 인간들이 하나같이 먹을 걸 챙겨 오고는 하나같이 자기만 먹으려고 감춰뒀던 거야. 다들 자기만 건사하면 땡이었어. 남한테 음식 있는 걸 들키느니 앉은자리에서 굶어 죽기를 택했을 인간들이야. 그러던 차에 빵 덩이와 물고기를 담은 쟁반이 도니까, 이때다 하고 자기 음식을 꺼내 먹기 시작한 거지. 그렇게 먹다가 슬슬 나눠 먹기 시작했고, 그렇게 역사상 최대의 피크닉이 벌어진 거야.

접시가 군중을 한 바퀴 돌아서 다시 예수님과 꼬마한테 왔을 때, 아우, 그 꼬마 이름이 뭐였더라, 생각이 날 듯 말 듯 안 나네. 어쨌든, 쟁반에 빵과 물고기가 고스란히 남아 있었어. 그때까지 계속 말씀 중이었던 예수님은 깜짝 놀랐어. 그런데 고개를 들고 사람들을 보니 다들 열심히 먹고 있는 거야. 예수님이 물었지. '어떻게 된 거냐?' 내가 대답했지. '기적입니다.' 예수님 앞에서 남의 험담을 하고 싶지는 않았어. 난 입만 열면 남의 험담이었는데, 예수님이 그걸 질색하는 데다, 화기애애한 분위기를 망치기 싫었거든. 예수님은 가타부타 말이 없었어. 그때는 내가 예수님을 속여

넘겼다고 생각했는데, 지금 와서 생각하면 그것도 엄연한 기적이 었어. 그것도 최고의 기적. 왜냐, 모두가 필요한 모든 걸 가졌으니까. 한 가지만 빼고. 그걸 여기서는 뭐라고 부르려나? 용기? 은혜로움? 그때 그 꼬마가 나섰고, 그랬더니 다들 갑자기 큰 사람이 됐어. 다들 은혜로 넘쳐서 그곳에서 몇 시간이나 웃고 떠들고 먹고 마셨어. 은혜로움에 취한 거지. 어린애 하나가 먼저 인심을 베푸니까 기적이 일어난 거야. 어린애 하나가 한 일이었어. 그 꼬마한테 세상을 구원할 계획 따윈 없었어. 그저 밥 먹을 생각뿐이었지. 꼬마는 필요한 때에 필요한 일을 한 것뿐이야. 꼬마 한 명과 생선 접시, 그리고 5천 명의 사람들이 해낸 거야. 아까도 말했지만 경찰 추산이 그 정도고, 실제로는 두 배가 족히 넘었어. 내가 하는 말, 무슨 뜻인지 알아듣겠니?"

"조금은요."

"난 네 얘기를 하는 거야."

"그럼 하나도 모르겠는데요."

"구구절절 일러줄 순 없어. 인간에겐 자유의지란 게 있으니까 잘 생각해봐. 다만 이 말만 하마. 이 열쇠를 봐라⋯."

성 베드로가 우리 옛날 집 열쇠를 다시 치켜들었다.

"열쇠 기술이 낳은 기적이다. 보이니? 이걸 지니고 다녀. 잘 간직해. 도를 넘지 않는 선에서 이 정도만 말해주마. 그걸 지니고 다녀. 잘 간직해."

15
성탄극 대소동

굉장한 밤이었다. 우리는 객석에 들리지 않게 무대 뒤를 까치발로 돌아다녔다. 나는 안소니 형과 커튼 틈으로 객석을 내다봤다. 강당은 학부모들로 꽉 찼다. 모두들 작은 의자에 끼어 앉아서 너도나도 비디오카메라를 무대로 겨누고 있었다. 강당 뒤편에, 빈자리를 찾아 사람들 틈바구니를 비집고 들어가는 아빠가 보였다. 도로시 아줌마도 함께 있었다.

"저 여자는 왜 달고 온 거야?" 형이 말했다.

"형이 초대했잖아."

이윽고 연극의 막이 올랐다. 4학년 천사 한 명이 앞으로 나와서, 나한테 마리아가 아기를 낳게 될 거라고 전했다. 나머지 천사들이 무대 앞쪽에서 '어린 당나귀'를 합창하는 가운데, 우리는 베들레헴을 향해 길을 떠났다. 우리는 무대 끝까지 가서 커튼 뒤로 들어갔다. 마리아는 재빨리 당나귀에서 내려 여관 뒤를 지나 살그머니 무대 왼편으로 이동했다. 하지만 당나귀 데이브가 지나갈 공간은 없어서, 나는 데이브를 끌고 옆문으로 나가 현관 로비를 가로질러 교장실을 지나 식당 문을 통과해서 무대 반대편으로 가야 했다.

성 요셉이 무대 밖에서 나를 기다리고 있었다.

성 요셉이 말했다. "끝내줬어. 정말 옛날 생각 난다. 봐라… 눈물까지 났어."

"감사합니다. 그럴 의도는 아니었는데, 속상하셨다면….''

"아냐, 아냐, 카타르시스의 눈물이었어. 연극의 목적이 원래 카타르시스 아니냐."

"알겠어요. 가봐야 해요. 무대 나갈 차례라서요."

무대를 향해 달려가는데 데이브가 뭔가에 걸렸다. 뒤를 돌아보니 그 남자였다. 유리눈알 남자가 당나귀 꼬리를 붙잡고 서 있었다. 나는 숨이 턱 막혔다.

남자가 나직이 속삭였다. "나 기억하지?"

나는 고개를 끄덕였다.

"나, 가난한 남자."

나는 다시 끄덕였다.

"나한테 줄 돈이 있다고 했던 것 같은데?"

남자가 내 머리 너머 가방으로 시선을 던졌다. 나는 몸을 이리저리 움직이며 남자가 가방을 못 보게 하려고 했지만, 남자가 이미 본 뒤였다. 남자가 나한테 손을 뻗었다. 그때, 남자 뒤의 문이 열리고 천사들이 깔깔대며 쏟아져 나왔다. 누전트 선생님이 맨 끝으로 나왔다.

"얼른 가, 데미안." 선생님이 다그쳤다. "지금쯤 베들레헴에 가 있어야지."

유리눈알이 내 가방에서 손을 떼고 얼른 사물함 뒤로 몸을 숨 겼다. 남의 눈에 띄고 싶지 않은 모양이었다.

"데미안! 얼른!" 선생님이 재촉했다.

나는 유리눈알에게 몸짓으로 "가야 해요."라고 말하고 출발했 다. 나는 천사들에게 둘러싸여 무대로 향했다.

내가 커튼 뒤로 돌아오자 누전트 선생님이 말했다.

"등에다 그런 시대착오적인 가방은 왜 둘러메고 있는 거니? 서 기 1세기에 나이키 가방이 있었겠어? 없었을 것 같은데?"

나는 어쩔 줄 모르고 울상이 됐다. 그때, 도르래에 연결된 '메시 아의 별'을 조종하러 온 퀸 선생님이 조용히 말했다.

"누전트 선생님, 제가 그러라고 했습니다…."

퀸 선생님은 누전트 선생님에게 뭔가 귓속말을 했다. 누전트 선 생님은 황당하다는 듯 눈을 굴렸다. 하지만 아무 말 없이 피아노 를 치러 갔다.

천사들의 '어린 당나귀' 합창이 끝나면 나랑 레베카가 무대에 오 를 차례였다. 따라서 재빨리 손을 쓸 시간이 남아 있었다. 그래서 나는 이렇게 했다. 당나귀 안장자루에서 지푸라기를 죄다 끄집어 내고 대신 돈으로 채웠다. 지푸라기는 내 책가방 안에 쓸어 담았 다. 돈과 지푸라기를 뒤바꾼 거다.

194

나는 퀸 선생님에게 가서 책가방을 내보였다. 선생님은 무척 놀라면서도 기쁜 얼굴이었다.

"이젠 필요 없어요. 물품보관실에 갖다 놓고 올게요."

"그래라. 잘됐구나. 아니다, 선생님이 대신 갖다 놓을게. 잘했다, 데미안. 녀석, 극복했구나."

선생님은 내 머리를 쓰다듬고 가방을 가져갔다.

나는 멀어지는 가방을 지켜봤다.

이제는 우리가 무대에 올라 여관마다 문을 두드리며 빈 방 있냐고 물어보는 장면이었다. 세 번 다 같은 문이었지만 매번 다른 여관 주인이 나왔다.

"방 있습니까?"

"아뇨, 방이 다 찼어요. 인구조사● 때문에 난리난 거 몰라요?"

아빠 뒤에 서 있는 유리눈알이 보였다. 나는 객석에 등을 돌렸다. 무대 위 배우가 해서는 안 될 행동이었다. 하지만 내가 책가방을 벗어버렸다는 걸 유리눈알에게 보이려면 어쩔 수 없었다.

"방 있습니까?"

"당신 같은 사람들한테 내줄 방은 없소. 내 여관 문에서 저 말라깽이 당나귀나 썩 치워요."

세 번째 여관 문을 두드릴 때 방화문이 낮게 쿵 하고 닫히는 소

● 예수 탄생 당시, 로마가 반란을 누르기 위해 실시한 인구조사 때문에 유대인들 모두 호적지에 가서 등록해야 했다고 한다.

리를 들었다. 남자가 내 책가방을 찾으러 출발한 것 같았다. 곧 물품보관실에서 찾게 되겠지. 가방 안에 지푸라기만 가득한 걸 알면 남자는 어떻게 나올까? 나를 죽이려 들지도 몰라.

"방 있습니까?" 나는 원래보다 좀 빠르게 말했다. "제 아내가 곧 아기를 낳을 것 같아요."

"아뇨, 없습니다. 하지만 사정이 딱하니, 마구간이라도 괜찮으시면 거기 묵으세요. 추위와 이슬은 피할 수 있으니까요."

우리는 여관 문 안으로 들어섰다.

레베카가 말했다. "아아, 감사합니다."

카메라 플래시가 폭죽처럼 터졌다. 우리는 스리슬쩍 커튼 뒤로 퇴장했다.

퀸 선생님이 도르래를 당겼고, 메시아의 별이 무대를 가로지르기 시작했다. 동방박사들이 '우리는 동방의 세 왕'을 부르며 별을 따라 등장할 차례였다. 세 번째 절(몰약 절)●이 끝나면 우리가 다시 무대로 나가야 했다. 하지만 내겐 다른 계획이 생겼다. 나는 돈과 함께 사라질 생각이었다.

노래가 시작됐다. "우리 동방의 세 왕이…."

세 번째 절이 끝날 때까지는 내가 사라졌다는 걸 아무도 모를 거다. 연극 도중 행방불명까지 남은 시간 3절. 나는 그때까지 쥐

● 동방박사(점성술사)들은 황금, 유향, 몰약의 세 가지 예물을 가지고 큰 별을 따라 아기 예수를 경배하러 왔다.

도 새도 모르게 사라져야 했다.

돈이 든 안장자루는 끝내주게 무거웠다. 나는 안장자루들을 당
나귀 등에 그대로 매단 채 당나귀를 끌고 복도로 나왔다. 그리고
곧장 정문으로 향했다. 그런데 복도에 천사들이 잔뜩 나와 있는
걸 깜빡했다. 나는 교장실과 물품보관실을 지나는 다른 길을 택
해야 했다. 물품보관실은 가방들을 모아놓은 곳이었다. 유리눈알
이 아직 거기 있을지도 몰랐다. 나는 귀를 바싹 세우고 살금살금
걸었다. 동방박사들은 벌써 "제가 가져온 금으로써…" 대목에 접
어들었다. 내 책가방이 속이 빈 채로 물품보관실 바닥에 뒹굴고
있었다. 옆에는 짚단이 널브러져 있었다. 남자가 이미 내 가방을
확인한 거다. 내가 뒤통수를 쳤다는 걸 알고 지금쯤 나를 찾아다
니고 있을 게 분명했다.

의상을 갈아입을 짬도 없었다. 나는 옷걸이에서 내 코트를 잽싸
게 내려 성 요셉 의상 위에 걸쳤다. 그리고 당나귀를 들들들 끌고
급히 정문으로 갔다. 그런데 문 앞에서 얼어붙고 말았다. 퀸 선생
님이 문 밖에서 담배를 피우고 있었다. 동방방사들은 "제가 바치
는 유향은…"에 접어들었다. 퀸 선생님이 담배를 피울 줄이야. 몸
에 해롭다는 걸 모르실 리 없을 텐데.

선생님이 담배를 땅바닥에 탁 버리고 안으로 들어와 강당 쪽으
로 사라졌다. 나는 당나귀를 끌고 정문을 빠져나와 계단을 덜컹
덜컹 내려갔다. 그리고 주차장을 향해 죽어라 달렸다. 어찌나 빨
리 달렸던지 당나귀가 옆으로 자빠질 뻔했다.

나는 교문을 지나며 뒤를 확인했다. 유리눈알의 모습은 보이지 않았다. 아직은 나를 쫓아오고 있지 않았다.

나는 다시 달렸다. 큰길로 나가 버스정류장으로 갔다. 기적적으로, 내가 도착하자마자 버스가 왔다. 이층에 몇 사람 앉아 있었는데, 얼굴들이 네모난 버스 유리창 너머로 환히 빛났다. 그 얼굴들이 천사 성가대처럼 나를 내려다봤다. 나는 안장자루들을 움켜쥐고 버스에 올라탔다. 당나귀 데이브만 버스정류장에 덩그러니 남았다.

나는 버스기사에게 스미스다운 로드까지 가는 요금을 물었다. 75펜스였다. 그러다 내가 수천 파운드를 짊어지고 있으면서도 정작 잔돈은 하나도 없다는 걸 깨달았다. 10파운드 이하로는 땡전한 푼 없었다.

버스기사가 나를 보다가 되풀이했다. "75펜스."

나는 코트 주머니들을 더듬었다. 돈이 쏟아질까 봐 차마 안장자루를 열 수 없었다.

"그냥 잠깐만 앉아 있으면 안 될까요? 돈이…."

"연극 의상을 그대로 입고 나왔구나." 기사가 말했다. "지갑이 벗은 바지에 있었나 봐."

나는 거짓말을 하고 싶지는 않았다. 특히 성 요셉으로 분장하고 있을 때는. 그래서 그냥 죄송하다고 했다.

"대신 '오 베들레헴 작은 고을'이나 불러봐. 그럼 봐줄게."

기사는 이렇게 말하고 버스를 출발시켰다.

나는 맨 앞자리에 앉아서 조용조용 노래를 불렀다. 버스 사이
드미러로 정류장에 비쭉 튀어나와 있는 당나귀 머리가 보였다. 꼭
마구간에 있는 것 같았다. 나를 따라오는 사람은 아무도 없었다.

나는 노래했다.

"이 모든 세월의 희망과 공포가 오늘 밤 그대 안에서 하나가 되
리."

나중에 모든 소동이 끝났을 때, 나는 아빠한테 내가 강당을 떠
난 후의 얘기를 들었다. 내가 등장할 시점이 됐는데, 마리아만 나
오고 당연히 나는 없었다. 마리아가 구유 옆에 앉을 때까지도 감
감무소식이었다.

마리아가 쩌렁쩌렁하게 말했다. "아주 아늑한 곳이에요, 요셉."

마리아는 내가 세트 바로 뒤에 있는 줄로만 알았다. 내가 나오
지 않자 마리아가 다시 한 번 말했다. 아까보다도 더 크게.

"아주 아늑한 곳이에요, 요셉."

관객들이 킥킥대기 시작했다. 우리 아빠는 안절부절못했다. 관
객석 뒤에 서 있던 유리눈알도 안절부절못했을 게 뻔하다. 나를
찾아 뛰쳐나가기 일보직전이었겠지.

마리아가 외쳤다. "아주 아늑한 곳이라니까…."

마리아가 문득 말을 멈췄다. 누군가 무대로 나왔다. 나는 아니
었다. 텁수룩한 수염에 긴 옷을 입은 남자였다. 그리고 아빠 말에
따르면, 남자의 몸에서 빛이 났다. 그때까지 몸을 쭉 빼고 보던

사람들이, 마치 따뜻한 난롯가에 앉은 것처럼, 일제히 의자에 느긋이 기대앉았다. 아빠는 퀸 선생님이 급히 담요를 두르고 행주를 덮어쓰고 나온 거라고 믿었다.

"학교에서 캠핑 갈 때 쓰는 작대기 하나를 들고 나오신 것 같더라. 왜 있잖아, 탁탁 꺾으면 불이 들어오는 거. 딱 그랬어. 효과 만점이었어. 얼굴은 자세히 안 보였지만 아우라가 끝내줬어. 잠깐이나마 네 걱정도 잊었다니까."

나는 아빠 얘기를 들으며 그 사람이 퀸 선생님이 아니란 걸 알았다. 그 사람은 내 대역을 한 진짜 성 요셉이었다. 성 요셉 덕분에 유리눈알조차 자리를 뜨지 않고 연극을 봤던 거다. 성 요셉이여, 감사합니다.

나는 스미스다운 로드에서 버스를 내려 파나마 스트리트를 거슬러 내려갔다. 이사 간 뒤로 처음 오는 거였다. 두드러지게 밝은 별빛 하나가 집들 틈새로 곧장 내려와 37번지의 현관문을 환히 비췄다. 나는 예전처럼 현관문에 열쇠를 꽂고 돌렸다. 그리고 안으로 들어갔다.

집이 텅 비어 있을 줄은 알았다. 집을 비우는 데 나도 거들었고, 집은 여전히 팔리지 않았다. 비어 있을 줄은 알았는데, 이 정도로 비어 있을 줄은 몰랐다. 내가 지금까지 본 곳 중 가장 휑한 곳이었다. 아침에 늦잠 자고 허겁지겁 아래층으로 달려가는데, 층계가 온데간데없이 사라져서 허공으로 발을 내딛은 느낌. 그랬다, 딱 그런 느낌이었다. 허공.

소리도 예전 우리 집 같지 않았다. 지금은 잠수함 같은 소리가 났다. 내가 안장자루들을 들고 계단을 오르기 시작하자 거인이 잠수함 옆구리를 치는 소리가 났다. 나는 층계참까지 서둘러 올라가 빨래 건조용 벽장 문을 열었다. 벽장 선반에는 이제 타월도 침대보도 없었다. 끝에 갈고리가 달린 기다란 봉만 벽장 문 뒤에서 대롱거렸다. 다락문을 열고 접이식 다락사다리를 내리는 데 쓰는 봉이었다. 나는 봉을 들고 다락 해치 밑에 섰다. 봉으로 걸쇠를 비틀었다. 다락문이 떨어지면서 벽을 쾅 쳤다. 접이식 사다리가 요란한 소리를 내며 내려왔다. 양철 낙하산병 만 명이 양철 지붕으로 떨어지는 소리가 났다. 그러다 순간 고요해졌다. 사다리 마지막 단이 내 머리 바로 위에서 멈추고 공중에서 덜렁거렸다. 나는 걸쇠를 당겨 사다리의 나머지 반을 마저 풀었다. 또다시 양철 낙하산병 만 명이 착륙했다. 그리고 다시 조용해졌다.

나는 안장자루들을 다락으로 끌어올렸다. 다락에 올라간 건 처음이었다. 아빠가 가끔씩 오르내리는 걸 본 적은 있었다. 다락에 뭐가 있을지 항상 궁금했었다. 하지만 아무것도 없었다. 다락은 집의 다른 곳보다도 더 휑했다. 맨 허공이었다. 물이 가득한 커다란 회색 물탱크뿐이었다. 물이 드는 소리가 가끔씩 날카롭게 허공을 울렸다. 그게 다였다. 물탱크와 벽 사이에 공간이 좀 있었다. 나는 안장자루들을 그 틈새에 밀어 넣고 다시 사다리를 타고 내려갔다.

내가 사다리 하반부를 도로 밀어 올리고 있을 때였다. 어떤 소리가 들렸다. 현관에 누군가 있었다. 나는 숨을 죽였다. 하지만 문제없었다. 놈들은 절대 들어올 수 없으니까. 그러다 열쇠를 잘 간직하라던 성 베드로의 말이 생각났다. 열쇠가 잘 있는지 확인하려고 주머니에 손을 슬쩍 넣었다. 열쇠가 없었다. 아차, 현관문에 꽂아두고 그냥 왔다. 현관에서 열쇠 돌아가는 소리가 들렸다. 나는 쏜살같이 사다리를 타고 올라갔다. 다리를 끌어올리고 다락 해치까지 당겨 닫으려고 팔을 뻗었을 때, 계단을 올라오는 발소리가 들렸다. 나는 황급히 해치를 닫고 물탱크로 기어가서 숨을 죽이고 웅크렸다. 정체불명의 침입자들이 다락 바로 밑을 서성였다. 나는 물탱크와 벽 사이로 몸을 밀어 넣었다.

갑자기 물탱크가 부르르 떨더니 우르르 쾅쾅 포효했다. 물이 폭발할 기세로 탱크를 빠져나갔다. 나는 기겁해서 물탱크에서 떨어졌다. 누군가 아래층에서 화장실 물을 내렸다. 나는 죽을힘을 다해 호흡을 눌렀다. 그러다 부작용으로 딸꾹질이 나왔다. 딸꾹! 눈앞이 노랬다. 나는 귀를 잔뜩 기울였다. 아래층 발소리가 멈췄다. 놈들이 들었다. 아니면 무슨 소리가 들렸다고 생각했거나. 이제는 놈들도 잔뜩 귀 기울이고 있었다. 나는 숨을 참았다. 말소리가 났다. 발소리가 이어졌다. 나는 다시 딸꾹질했다. 발소리가 다시 멈췄다. 나는 주머니에서 성 요셉 수염을 꺼내 그걸로 내 입을 틀어막았다.

그때였다. 아주 가까운 거리에서 '해리 포터' 주제가가 흘러나왔다. 나는 사방을 둘러봤다. 비디오폰. 내 코트 주머니에 있던 비디오폰이 하필 지금 울리고 있었다. 손을 쓰기는 이미 늦었다. 내가 전화를 끄기도 전에 다락 해치가 덜컹 열렸다. 다락 안으로 빛기둥이 솟구쳤다. 접이식 사다리가 벌떡 일어서는 바람에 내 턱이 날아갈 뻔했다. 사다리가 덜컹대며 내려갔다. 그러다 공중에서 멈추고 덜렁거렸다. 누군가 걸쇠를 풀었고, 사다리가 바닥을 쳤다. 그리고 잠시 정적이 흘렀다. 누군가 사다리 맨 아랫단에 올라섰다. 나는 웅크리고 벌벌 떨면서 사다리를 지켜봤다. 사다리 윗부분이 침입자의 무게 때문에 부들부들 떨렸다. 또 한 발. 부들부들. 침입자들은 아무런 말이 없었다. 나는 또다시 딸꾹질했다. 그러자 발소리가 연속으로 빠르게 두 번 이어졌다. 나는 그림자 속으로 후퇴했다. 사다리가 다시 흔들렸다. 손 하나가 허공 속으로 불쑥 올라왔다. 남자의 뒤통수가 보였다. 나는 비명을 질렀다. 나는 비명을 지르고, 지르고, 또 질렀다. 남자가 얼굴을 돌려 나를 마주했다. 아빠였다.

"그 위에서 대체 뭐 하는 거냐, 이 띨띨한 녀석아?"

솔직히 고백하자면, 나는 울음을 터뜨렸다. 아빠가 나를 끌어당겼다. 그리고 나를 안고 사다리를 내려갔다. 나는 제대로 숨을 쉴 수가 없었다. 아빠는 아무 말 없이 한동안 나를 끌어안고만 있었다. 그냥 이렇게만 말했다. "쉿, 조용조용."

아빠는 나를 데리고 내 옛날 방으로 가서 내 귀에 속삭였다.

"여기 기억나? 네 방이었잖아? 자, 이제 숨 좀 돌려."

나도 그러려고 했다. 하지만 진정되는가 싶다가도 울음과 딸꾹질의 끔찍한 조합이 매번 다시 치고 올라왔다. 아빠는 나를 데리고 다음 방으로 갔다.

"그리고 이 방은 아빠랑, 알지? 엄마 방이었던 데." 아빠가 말했다.

우리는 창가로 가서 밖을 내다봤다.

"우리가 이사하던 날, 네가 열쇠 챙기는 거, 아빠가 봤어. 네가 연극 하다가 없어진 다음에, 혹시 집에 가 있나 싶어서 형이랑 집에 가봤어. 그런데 네 방 창문턱에 있던 열쇠가 없더라. 그래서… 형이랑 이리 와본 거야."

안소니 형이 자기 비디오폰을 치켜들었다.

"걱정돼서 전화했어. 화면에 내 얼굴 안 뜨디?" 형이 말했다.

"전화기가 코트 주머니 안에 있었어."

아빠가 비디오폰을 바라보다가 말했다. "이게 다 뭔지, 부탁인데 누가 설명 좀 해줄래?"

나는 형을 봤다. 더는 이 행각을 이어갈 자신이 없었다. 형도 고개를 끄덕였다.

내가 말했다. "물탱크 뒤에 자루가 있어요."

아빠가 다락에 올라가 안장자루들을 가져왔다. 자루들은 꽉 닫혀 있지 않았다. 아빠는 사다리에 도로 발을 딛는 순간 이미 내용물을 봤다.

204

"이런 우라질 게 대체 어디서 굴러온 거냐?"

"하늘에서 떨어졌어요. 저는 하느님의 선물인 줄 알았어요."

"하느님의 선물? 하느님이 미쳤다고 너한테…."

아빠가 자루 안을 들여다봤다.

"원래는 22만 9,370파운드가 있었어요." 형이 말했다. "남은 돈도 22시간 뒤면 휴지가 돼요."

"맙소사," 아빠가 돈더미를 보며 말했다. "이 돈을 정말 너희가 가져도 된다고 생각한 거야?"

아빠의 말투로 미루어볼 때, 모든 게 우리의 착각이었다. 케이크 반죽인 줄 알고 페이스트리 반죽을 만들었을 때처럼.

형과 나는 서로를 쳐다봤다.

"이렇게 쌍으로 띨띨한 녀석들을 봤나." 아빠가 말했다. "내가 미쳐."

"어떻게 하실 거예요?"

"어떻게 하긴? 신고해야지."

"그러다 우리가 감옥 가지 않을까요?"

"천만에. 어차피 태워버릴 돈이었어. 오히려 칭찬할 거다."

아빠가 내 머리를 쓰다듬었다.

"그럼 보상금이 나올까요?" 형이 말했다.

"차에나 타." 아빠가 웃으며 말했다.

아빠는 시내를 가로질러 집으로 차를 몰았다. 선루프를 열고 달렸기 때문에 우리는 의자에 누워 머리 위로 지나가는 크리스마스 전등 장식을 맘껏 감상할 수 있었다.

하얗고 통통한 천사들도 있었고, 빨간색과 초록색 종들도 있었고, '이 땅에 평화를'과 '사람들에게 선의를' 같은 글귀도 있었다. 나는 생각했다. 당연히 아빠가 모든 걸 원래대로 돌려놓을 거야. 그래서 불 밝힌 산타클로스들이 진짜 성 니콜라우스와 조금도 닮지 않은 것쯤은 별로 거슬리지 않았다.

집에 도착하니 누군가 현관에서 우리를 기다리고 있었다. 그렇다. 도로시 아줌마가 아니면 누구겠는가. 이 모든 것이 성대한 해피엔딩처럼 느껴졌다.

그런데 여기서 끝이 아니었다. 그리고 행복하지도 않았다.

16장
진짜 도둑

슬픈 크리스마스는 드문 일이 아니다. 예수님이 태어나셨던 첫 번째 크리스마스만 해도 그렇다. 헤롯 왕은 베들레헴의 마구간에서 진짜 유대의 왕이 탄생한다는 말을 듣고 반란을 걱정하며 노심초사했다. 헤롯 왕의 입장에서는 평화로운 크리스마스와 거리가 멀었다. 더구나 왕은 한동안 안절부절못하다가, 이렇게 떠느니 병사들을 보내 유대 땅에서 태어난 남자 아기들을 모조리 죽여 없애는 게 낫겠다는 결론에 이르렀다. 따라서 그해에 유대에서 태어난 남자 아기들은 헤롯 왕의 크리스마스보다도 못한 크리스마스를 맞았다.

당연한 얘기지만 예수님은 용케 목숨을 건졌다. 엄밀히 말하면, 다른 아기들이 죽은 건 예수님 탓이었다.● '무고한 희생'이었다. 성

● 1세기에 있었다는 헤롯 왕의 아기 학살은 역사적으로 입증된 사실이 아니며, 설사 사실이라 해도, 엄밀히 말해 아기들이 죽은 것은 헤롯 왕에게 구세주의 탄생을 알린 동방박사들의 탓이라는 의견도 있다.

녀 카타리나의 처형 때 날아오는 바퀴 파편에 맞아 죽은 사람들처럼. 시간과 장소를 잘못 만나 재수 없이 피해를 당하는 사람이 이렇게 많다. 놀라울 따름이다.

도로시 아줌마가 문 앞에서 기다리고 있는 걸 보고 아빠는 펄쩍 뛰며 좋아했다. 전조등을 깜빡여대고 경적을 뿡뿡 울렸다. 하지만 전조등 불빛에 비친 도로시 아줌마의 얼굴은 기쁜 얼굴이 아니었다. 아줌마는 근심 어린 얼굴로 입술을 악물고 있었다. 아빠가 주차하고 냉큼 내렸다.

안소니 형이 소리 낮춰 말했다. "아빠가 저 여자한테 말하지 않는 게 좋을 텐데. 그리고 너도! 저 여자한테는 찍소리 마."

나는 차에서 내렸다. 도로시 아줌마가 아빠의 손을 잡고 있다가 나한테 다른 손을 내밀었다. 아줌마에게서 전처럼 오렌지향 샴푸 냄새가 풍겼다.

아줌마가 말했다. "잠깐 들렀는데, 현관문이 열려 있지 뭐예요. 설마 했는데… 정말 유감이에요. 곧바로 신고를 하긴 했어요."

우리 집에 도둑이 들었다. 현관문 자물쇠 부분이 박살나 있었다. 납작하게 자빠진 크리스마스트리 주변으로 방울들이 깨져 있고 반짝이들이 엉켜 있었다. 토네이도 직격탄을 맞은 것 같았다. 선물들도 죄다 짜부라졌다. 가짜불꽃 가스 벽난로 안에 있던 세라믹 석탄들은 거실 바닥에 널려 있었다. 부엌도 장난 아니었다. 찬장에 있던 것들이 죄다 바닥에 쏟아져 있었다. 무슨 이유에선지 쓰레기통의 쓰레기도 마찬가지였다. 아빠는 털썩 주저앉아 이 난장판을 망연자실 바라보기만 했다.

지역경찰이 도착했을 때도 아빠는 그냥 멍한 채였다.

"이건 도둑이 아니라 약탈입니다."

경찰이 종이에 사건 번호를 적었다.

"이걸 보험회사에 주고 보험금 청구하세요. 물론 그래봤자 온전히 보상받을 방법은 없겠죠. 망친 크리스마스를 돌려받을 수도 없을 거고요. 보험금은 아마 내년 크리스마스쯤에나 나올 겁니다."

아빠는 멍하니 앉아 있기만 했다.

도로시 아줌마가 그사이 차를 끓였다. "달리 뭘 해야 할지 몰라서."

지역경찰이 말했다. "음, 토스트도 좀 있었으면 좋았겠네요."

"아, 죄송해요."

"아주 그냥 제대로 뒤집어났어요, 그쵸? 희한한 점은, 훔쳐 간 게 별로 없다는 겁니다. 뭔가 노리는 게 있었던 것 같아요. 댁에 놈들이 노릴 만한 게 있습니까?"

아빠는 여전히 멍 때리고 있었다.

"보고에 따르면 열차강도단이 던진 파운드화 가방 중 하나가 이 근방에서 유실됐다더군요. 그래서 이렇게 도둑이 들끓는 건지도 모르겠어요. 이제 와서 그 돈 찾아다 어쩌겠다는 건지 모르겠지만요. 큰돈을 입금하는 사람은 은행에서 당국에 보고하도록 돼 있는 데다, 하루만 지나면 파운드화는 휴지조각이 될 텐데 말이죠."

경찰이 떠났다. 아빠는 잘 가란 말도 없었고, 일어나지도 않았다. 그냥 앉아서 트리만 쳐다보고 있었다. 경찰을 배웅한 사람은 도로시 아줌마였다.

아줌마가 돌아와서 말했다. "언젠가 워온원트●를 위해 모금한 적이 있어요. 가톨릭 해외개발기구(CAFOD)랑 버밍엄의 국립전시센터(NEC)에서도 했고요. 한 번은 넬슨 만델라가 와서 강연을 했는데, 내 일을 대신 해주셨죠. 강연 끝나고 성금 자동이체 신청을 받는 데 손이 모자랄 지경이었으니까요. 그때 만델라가 뭐라고 하셨는지 알아요? 이러셨어요. '유일한 부(富)는 삶이다.' 어떻게 생각해요? 만델라는 돈은 있어도 없어도 감옥이라고 했어요. 유일한 부는 삶이에요. 여러분에게 잔뜩 있는 거요… 여러분에겐 서로가 있고, 집이 있고, 건강도 있어요. 삶이죠. 다른 건 죄다 실망만 줄 뿐이에요. 중국의 만리장성처럼요."

나는 도로시 아줌마를 쳐다봤다. 안소니 형도 아줌마를 쳐다봤다. 갑자기 웬 만리장성?

"몰랐어요?" 아줌마가 어깨를 으쓱했다. "사실은 도자기로 만든 게 아니래요."●●

● War on Want. 국제적 빈민 구제를 위한 영국의 자선조직
●● 영어에서 중국(China)와 도자기(china)가 동음이의어란 점을 이용한 농담이다.

나는 콧방귀를 뀌었다. 안소니 형도 콧방귀를 뀌었다. 아빠가 고개를 들었다. 도로시 아줌마가 입술을 악물었다.

아빠가 웃기 시작했다. 아빠는 내가 따라 웃을 때까지 웃어댔고, 나는 아줌마가 따라 웃을 때까지 웃어댔다. 나중에는 형까지 따라 웃었다.

아빠가 자리에서 일어섰다. 그리고 차 세워둔 데로 나갔다. 형이 따라 나갔다.

형이 말했다. "아빠, 하지 마요. 제발요. 제발 하지 마요."

하지만 아빠의 결심은 이미 확고했다. 아빠는 당나귀 안장자루들을 들고 성큼성큼 걸어 들어와서 자루들을 식탁 위에 탁 내려놓았다.

"이게 뭐예요?" 아줌마가 물었다.

아빠는 자루들을 거꾸로 들어서 흔들었다. 돈 덩어리들이 벽돌 지게에서 벽돌 떨어지듯 우르르 쏟아졌다. 아줌마가 숨을 헉 들이마셨다. 형은 끙 하고 앓는 소리를 내더니 자기 방으로 올라가버렸다.

"이런 돈을 어디서… 커닝엄 씨 거예요?"

"놈들이 찾고 있었던 게 이겁니다." 아빠가 말했다.

아줌마는 폭발물을 대하듯 돈자루를 살살 만졌다.

"아까 내가 유일한 부는 삶이라고 했던 거요… 취소할게요… 이것도 삶이죠."

아빠가 다시 웃음을 터뜨렸다. 하지만 행복한 웃음은 아니었다.

"놈들이 우리 크리스마스를 앗아갔으니 우린 놈들의 돈을 빼앗는 겁니다."

나는 그제야 아빠가 돈을 가질 작정인 걸 알아차렸다.

"하지만 이 돈을 가질 순 없어요. 그건 훔치는 거예요."

"뭔가를 훔치는 건, 주인이 있는 물건일 때 가능한 거야. 이 돈의 주인이 누군데?"

"정부요."

"글쎄다. 우리 셋이니까 말인데," 아줌마가 말했다. "알지? 그냥 참고삼아 말하는데, 이 돈은 원래 정부가 태워버리려던 거야."

이 말에 아빠가 무릎을 쳤다.

"맞아. 태우려고 했어! 사방에 가난한 사람들이 널렸는데. 차라리 가난한 사람들한테 뿌릴 것이지. 그게 낫잖아, 안 그래?"

그게 왜 불가능한지는 형이 이미 설명한 적 있었다.

"그건 돈의 수요와 공급 때문에 그래요. 아시죠? 통화량 조절…."

"그래, 그래, 통화량 조절이 뭔지는 나도 안다. 말하자면 그렇다는 거야."

"무슨 말요?"

"내일 이 돈을 시내로 가져가서 유로로 환전한 다음에 다 써버리고 말 테다."

그때 초인종이 울렸다. 아빠와 아줌마가 기겁한 눈으로 서로를 보다가 돈을 다시 자루에 퍼담기 시작했다.

내가 현관으로 나갔다.

"아직 열지 마."

아빠가 돈을 계속 퍼담으며 나지막이 부르짖었다.

"됐어. 이제 열어."

아빠가 자루를 싱크대 아래 찬장으로 밀어 넣는 소리가 들렸다. 나는 현관문을 열었다.

방문자는 앞집 테리 아저씨였다.

"아빠 계시니?" 아저씨가 물었다.

나는 테리 아저씨와 함께 거실로 돌아왔다.

"빈집털이 당했다는 말을 듣고 우리 지역방범대 차원에서 도울 일이 있을까 해서 왔어요."

"돕기엔 좀 늦었어요, 테리 씨." 아빠가 말했다.

"범죄 피해자 지원서비스에서 지원이 나와요. 보험회사에 제출할 서류 준비 같은 걸 도와줄 거예요. 또는 단기 금융 지원이 필요하면…."

도로시 아줌마가 이 말에 웃음소리 같은 딸꾹질 소리를 냈다. 테리 아저씨가 아줌마를 쳐다봤다.

"차 드실래요?" 아줌마가 물었다.

"아뇨, 됐습니다. 트리까지 망쳐놨네요. 트리까지 왜 저래 놨대요? 순 시기심이에요, 안 그래요? 남이 열심히 일한 대가를 누리는 걸 눈뜨고 못 보는 인간들이죠. 갖고 싶으면 뺏으면 된다고 생각하는 것들. 정직하게 일해서 벌 생각은 추호도 없는 것들. 그런 것들이 문제예요."

"지당한 말씀입니다." 아빠가 말했다.

아빠는 계속 뒷짐을 지고 있었다.

"이런, 이런 걸 흘렸네." 아저씨가 말했다.

테리 아저씨는 허리를 굽히고 아빠 발치에서 20파운드 지폐 두 장을 집어 아빠한테 내밀었다. 아빠는 받지 않았다.

"그거, 테리 씨 돈 아닌가요?" 아빠가 말했다.

"글쎄요, 댁의 카펫에 떨어져 있었는데요." 아저씨가 좀 놀란 얼굴로 말했다.

나는 아빠가 두 손에 돈을 한 움큼 쥐고 있는 걸 알아챘다. 그래서 손을 내밀어 돈을 받을 수가 없었던 거다.

아빠가 말했다. "그거, 어어어… 그냥 내려놓으세요… 지문이라도 묻으면…."

안소니 형의 유전자가 괜한 데서 온 게 아니었다.

"아차차," 아저씨가 놀라 말했다. "그 생각을 못 했네요."

아저씨는 불에 덴 것처럼 지폐들을 다시 바닥에 내버렸다. 지폐들이 너풀너풀 떨어졌다.

"넥타이 멋지네요." 아줌마가 말했다.

"맞아요. 멋져요." 아빠가 다급히 말했다.

아빠는 계속 뒷짐을 진 채로 안락의자에 털썩 앉았다. 아빠가 손안에 있던 20파운드 지폐들을 의자 쿠션 뒤로 급히 쑤셔 넣는 게 보였다.

나는 이쯤 해서 그만 자러 가기로 했다. 아빠가 돈 때문에 테리 아저씨 앞에서 벌벌 떠는 걸 본 순간, 더 있을 이유가 없어졌다.

나는 방에 들어가다가 식겁했다. 내 침대에 누군가 앉아 있었다. 안소니 형이었다. 형이 손을 들어 조용히 하라는 시늉을 했다.

"엿듣는 중이야."

나도 귀 기울였다. 테리 아저씨의 넥타이가 '스쿠비 두'● 주제가를 연주하고 있었다. 다음에는 아저씨가 인사하는 소리와 현관문 닫히는 소리가 들렸다. 그다음에는….

"쉿!" 형이 말했다. "저거, 무슨 소리 같아?"

"세는 소리."

아빠와 아줌마가 돈을 세고 있었다.

"아빠가 저 여자 꾐에 빠져 돈을 세고 있어. 믿어져? 햐, 저 구슬리는 소리 한번 들어봐. 저 여자는 완전 악마야."

"그게 무슨 말이야?"

"무슨 말인지 몰라서 물어? 우리가 집에 왔다, 집이 온통 뒤집어져 있다, 저 여자가 문간에 서 있다. 이게 우연이겠냐고!"

"아줌마가 도둑이라는 거야?"

"저 여자는 돈을 찾고 있었어. 아빠가 얼마나 숙맥인지 모르고

● Scooby-Doo. 1969년에 처음 만들어진 미국의 TV 애니메이션 시리즈로, 현재까지 계속 TV 애니메이션과 영화로 제작되고 있다.

뒤지기부터 했던 거야. 아빠가 고스란히 내보였을 때 얼마나 놀라고 신났을까.”

아래층에서 아빠가 갑자기 웃음을 터뜨렸다. 누가 간질이는 것처럼 즐거워 못 견디겠다는 웃음이었다.

“저 여자, 아빠가 방심하는 순간 들고 튈 거야.”

그리고서 형은 자기 방으로 가버렸다.

나는 침대에 누워 아래층 목소리를 들었다. 돈 세는 소리. 웃는 소리. 그랬다가 다시 세는 소리. 얼마가 흘렀을까. 언젠가부터 대화 소리가 멈춘 걸 깨달았다. 언제 멈췄지? 나는 주위를 둘러보다가 반쯤 열린 문 뒤에 서 있는 아빠를 봤다. 아빠는 나를 보고 있었다.

“왜요?”

“왜 안 자? 얘기책 읽어줘?”

“아빠… 그 돈….”

“내 돈이야.”

“네?”

“아빠는 너희를 번듯한 집에서 키우려고 대출금 갚아나가느라 밤낮 없이 뼈 빠지게 일해. 빚에 깔려 죽을 지경이야. 심신이 다 너덜너덜해. 거기다 오늘, 내가 공들였던 모든 것이 풍비박산 났어. 이젠 신물이 나. 더는 못 참아. 이제 보상받아야겠어. 내일 시내에 가서 환전한 다음 물 쓰듯 써버리는 거야. 잘 자라.”

아빠가 가고 난 후, 나는 침대에서 나와 바닥에서 잠을 청했다.

천장에서 뭔가 움직이는 소리가 느껴졌다. 지붕 위, 또는 지붕 아래에 누군가 있었다.

나는 층계참으로 나가서 아빠 방문 앞에 섰다. 아빠를 깨워야 할지 어쩔지 판단이 안 섰다. 내 귀에만 들리는 소리일 수도 있었다. 소리가 나를 따라왔다. 이제는 내 머리 바로 위에서 들렸다. 무언가 내 머리를 스쳤다. 나는 위를 봤다. 아무것도 없었다. 다락 해치뿐이었다. 다음 순간 고운 먼지가 사르르 떨어져 내 눈에 앉았다. 해치가 움직이고 있었다.

갑자기 눈앞에서 해치가 사라지고 어둠의 구멍이 뻥 뚫렸다. 찬바람이 쏟아졌다. 그때였다. 어둠 덩어리 하나가 어둠 속에서 떨어져 나와 해치 밑으로 흘러내렸다. 두 개의 길쭉한 어둠 덩어리가 내 머리 바로 위에 대롱대롱 매달려 있었다. 두 개의 어둠 덩어리는 위쪽의 좀 더 큰 덩어리에 붙어 있었다. 덩어리들이 마루 위로 툭 떨어졌다. 나는 그제야 그 덩어리들이 두 다리와 몸통이란 걸 깨달았다. 몸통에 달린 얼굴이 내 얼굴을 똑바로 쳐다보고 있었다. 유리눈알 남자가 다락에서 뛰어내려 내 앞에 웅크리고 있었다. 남자가 손가락을 입술에 갖다 댔다. 나는 비명을 지르지 않았다. 왠지 그래서는 안 될 것 같았다.

"저리로."

남자가 내 방을 가리켰다. 남자는 입을 거의 움직이지 않고 말했다. 남자가 내 머리통 속에서 말하는 것 같았다. 내가 내 공포의 소리를 듣고 있는 것 같았다.

나는 도로 방으로 들어가 침대에 앉았다. 남자도 따라 들어와 문을 닫고 방 안을 둘러봤다.

"네가 가지고 있는 거 안다. 내 돈이야." 남자가 말했다. "내일 환전할 건가 본데, 좋은 생각이야. 내가 할 일을 줄여줬어. 무슨 말인지 알지?"

나는 고개를 끄덕였다. 그리고 남자의 눈을 똑바로 쳐다봤다. 내가 진심이란 걸 알리고 싶었다. 그러다 퍼뜩, 내가 남자의 유리 눈알을 보고 있나 싶어서, 얼른 다른 눈으로 시선을 옮겼다. 남자가 침대 협탁에서 핸드폰을 집어 들고 버튼을 눌러 내 번호를 땄다. 나는 대화를 시도했다.

"그럼 우리 집을 턴 게 아저씨예요?"

"뭐? 내가 뭘 훔쳤는데? 난 내 것을 도로 찾겠다는 것뿐이야. 찾아도 안 나오길래 널 기다렸지."

즉 빈집털이는 진짜 빈집털이가 아니었다. 열차 습격이 진짜 열차 습격이 아니었던 것처럼. 둘 다 누군가가 필요한 곳에 숨기 위한 수단이었을 뿐이다.

유리눈알이 내 앞에 쭈그리고 앉아 얼굴을 들이대고 말했다.

"앞으로 네가 할 일을 알려주마. 내일 밤, 환전이 끝나고 다들 잠자리에 들면, 내가 이 핸드폰으로 전화할 거야. 그럼 넌 내려와서 문을 열어. 그럼 난 들어가서 돈을 가지고 유유히 사라지는 거지. 오케이? 난 비밀을 지킬 거야. 너도 더 이상 이걸로 골치 아플 일 없을 거고."

사리를 따져볼 때, 나와 유리눈알 사이엔 확실히 공통점이 있었다. 돈이 골칫거리임을 아는 사람은 우리 둘뿐이었다. 남자가 골치 얘기를 했을 때, 나는 유리눈알이 아빠나 형이나 다른 누구보다도 돈의 본질을 제대로 파악하고 있다는 생각이 들었다.

"핸드폰이나 잘 켜둬."

남자는 이렇게 말하고 사라졌다.

나는 신중을 기하는 의미에서 한동안 침대에 앉아 있었다. 그러다 더는 방에 있고 싶지 않아서 도로 층계참으로 나갔다. 다락 해치 아래에 서 있고 싶은 마음도 없어서, 아빠 방도 멀리 피해 갔다. 나는 부엌으로 내려갔다. 당나귀 안장자루들이 식탁에 그대로 있었다. 거의 비운 포도주 병 하나와 유리잔 두 개와 빵 부스러기만 남은 접시도 있었다. 아빠와 도로시 아줌마가 돈을 세면서 축배를 든 게 분명했다.

나는 안장자루에 머리를 묻고, 중앙난방기가 기분 좋게 웅웅대는 소리를 들었다.

그렇게 잠이 들었던 모양이다. 사람이 들어오는 소리를 듣지 못했으니까. 나는 누군가 안장자루를 톡톡 당기는 느낌에 벌떡 일어나 앉았다. 도로시 아줌마가 나를 내려다보고 있었다.

"안녕하세요."

아줌마가 손가락을 입술에 갖다 댔다. "조용!"

아줌마는 안장자루들을 어깨에 둘러메고, 조용히 뒷문을 열고 살그머니 빠져나갔다.

나는 아무 말도 하지 않았다. 문이 찰칵하고 다시 닫힐 때까지 움직이지도 않았다. 그다음에야 창문으로 달려가 커튼 밑에 머리를 들이밀고 밖을 내다봤다. 도로시 아줌마가 돈을 자기 차 뒷자리에 싣고 있었다.

아줌마가 시동장치에 열쇠를 꽂았다. 노란 실내등이 켜져 있어서 차창 너머로 아줌마 얼굴이 똑똑히 보였다. 아줌마가 고개를 돌려 우리 집 쪽을 봤다. 시동이 걸리면서 실내등은 꺼졌지만 아줌마가 여전히 나를 보고 있는 걸 알 수 있었다. 아줌마는 특유의 새끼손가락 인사를 보냈다.

차는 빨간 지시등을 깜빡이다가 멀리 사라졌다. 도로시 아줌마의 차는 스마티스 초콜릿처럼 노란 복스홀 노바(Nova)였다. 'No Va'는 에스파냐어로 '가지 않는다'란 뜻이다. 그런데도 이 노바는 갔다. 번역이 잘못된 게 분명했다.

17
헌 돈 줄게 새 돈 다오

운전자들의 수호성인은 성 크리스토포로(생몰연대 미상, 아마 전설에 불과)다. 왜 아니겠나. 전해오는 얘기에 따르면 성 크리스토포로는 엄청난 거구의 문지기였는데, 어느 날 갑자기 가장 위대한 왕을 섬기기로 마음먹고, 위대하다고 평판이 자자한 왕을 찾아갔다. 그런데 그 왕이 죽음을 두려워한다는 걸 알고, 이런 젠장, 내가 기껏 2인자 밑에 있었던 거야? 나는 죽음을 섬기러 가야겠다고 생각했고, 그래서 죽음을 섬기러 떠났다고 한다. 그가 정확히 뭘 어떻게 했는지는 나도 모르겠다. 애초에 죽음에게 도움이 필요하기나 할까? 어쨌든, 알고 보니 죽음도 두려워하는 게 있었다. 바로 예수라는 이름의 아이였다. 그래서 성 크리스토포로는… 다음 얘기는 안 해도 알 거다.

요점은, 이 얘기가 처음부터 끝까지 완전한 허구라는 거다. 허구 정도가 아니라 허접하다. 요점은 성 크리스토포로라는 성인은 없다는 거다. 시성도 취소됐다. 술에 취해서 집에 가다가 우물바닥에 떨어져 죽은 후, 문서상의 실수로 성인이 된 성 피르와 쌍벽을 이룬다.

그러니 수호성인이 없다는 점에서 운전자들은 거짓말쟁이들이나 부동산중개인들과 처지가 같다. 도로시 아줌마가 우리 돈을 들고 달아났을 때, 그녀를 돌보는 이는 아무도 없었다. 사실 돈과 엮인 일은 다 그랬다. 사람은 스스로 수호해야 한다. 누구도 수호해줄 수 없다.

아빠가 아래층으로 내려왔을 때도 나는 여전히 커튼 뒤에 있었다. 도로시 아줌마가 혹시 돌아올까 해서 도로를 주시하고 있었다. 아빠와 안소니 형이 난리치는 소리가 들렸다.

"돈이 사라졌어. 도로시도 없어. 도로시 차가 안 보여."

"데미안도 없어요." 형이 말했다.

"있어요." 내가 외쳤다. "여기 있어요. 커튼 뒤에요."

아빠가 커튼을 젖혔다.

"도로시는 어디 갔니?" 아빠가 물었다.

"모르겠어요. 집에 들어와서 돈을 갖고 가버렸어요. 집에 어떻게 들어왔는지도 모르겠어요."

"돈을 가져갔다고? 전부 다?"

형이 어깨를 으쓱했다. "내가 뭐랬어요. 내가 경고했죠?"

"넌 입 다물어. 데미안, 잘 생각해봐. 도로시가 뭐라 그러디?"

"'조용!'이라고 했어요."

"그래서 넌 뭐라 그랬어?"

"조용히 했어요."

아빠가 신음 소리를 내며 안락의자에 몸을 던졌다. 그러더니 뭔가 생각난 사람처럼 벌떡 일어섰다. 아빠는 의자 뒤를 파헤쳐서, 간밤에 감췄던 20파운드 지폐를 한 움큼 꺼냈다. 그래봤자 얼마 안 됐다. 아빠는 절망했다.

"120파운드. 고작 120파운드라니… 모두 얼마였지?"

"2십 2만 9천 3백…."

"알았어. 됐다, 안소니. 됐으니까 입 다물어."

"그러니까 내가 말했잖아요."

"네가 말만 했냐? 말했다고 말했고, 지금은 말했다고 말했다고 말하고 있는 중이지. 말은 충분히 됐으니까, 조용히 해. 알았어?"

아빠는 목소리를 낮추더니 혼잣말을 하기 시작했다.

"방법을 생각해보자, 방법을 생각해보자."

아빠는 갑자기 위층으로 달려 올라가서 핸드폰을 가지고 내려왔다. 최근통화기록에서 도로시 아줌마의 번호를 찾아낸 아빠는 기쁨의 비명을 내지르고 통화 버튼을 눌렀다.

형이 기계음성으로 웅얼거렸다. "고객님의 전화기가 꺼져 있어 삐~ 소리 후 음성사서함으로 연결됩니다. 연결된 후에는 통화료가 부과되오니…."

정말 그랬다.

아빠가 형을 쩨려봤다.

"자선단체. 도로시가 일한다던 자선단체 이름이 뭐였더라?"

"워터에이드요."

아빠는 전화번호부에서 워터에이드 번호를 찾았다.

"너희 둘은 저기서 기다려."

아빠가 거실을 가리켰다. 그리고 통화를 이어갔다.

"아, 알겠습니다. 모금 활동이 대행사를 통해 이뤄진다고요."

워터에이드에서는 도로시 아줌마에 대해 아무것도 몰랐다.

"그 대행사 이름이 뭔가요? 아, 네, 감사합니다."

아빠는 다른 번호로 다시 전화를 걸면서 우리를 올려다봤다.

"거의 다 됐어. 지금 연결 대기 중이야."

아빠는 계단 끝에 앉았다. 전화기 너머의 앵앵거리는 오케스트라 음악이 우리한테까지 들렸다. 아빠는 말없이 음악만 듣고 앉아 있었다. 아빠는 핸드폰을 귀에 바싹 붙인 채, 집 전화로 다시 도로시 아줌마한테 전화를 걸었다.

"아빠 줄 알아요." 형이 말했다. "아빠 줄 알면 당연히 전화 안 받죠. 상대 번호를 누르기 전에 141을 누르면 발신자번호가 안 떠요. 그럼 아빠 줄 모를 거예요."

"네가 그런 걸 어떻게 아는데? 네가 그런 걸 뭣 땜에 아는데?"

"그냥 해보기나 해요. 그 여자가 아빠 줄 모르면…."

"내가 조용히 하라고 했을 텐데? 꼬마전구나 주워서 도로 상자에 넣어."

"트리 다시 안 세워요?"

"안 세워. 얼른. 냉큼 움직여."

형은 엉망이 된 트리에 엉켜 있는 꼬마전구들을 풀기 시작했다.

아빠가 휴대폰을 내려놓으며 말했다. "아까 그 번호가 뭐라고?"

"141."

아빠는 전화를 걸었다. 다시 걸었다. 끊고 또 걸었다. 열세 번이나 다시 걸었다. 결국 아빠는 안락의자에 앉았다. 그리고 혹시나 하는 마음에 쿠션 뒤를 재점검했다. 아무것도 없었다. 우리 셋은 둘러앉아서 시계가 파운드화 최후의 시간을 재깍재깍 갉아먹는 소리를 들었다.

나는 형한테 탑트럼프● 카드게임을 하자고 했다. 위층에 가서 형의 '포식자' 카드를 가져올 엄두가 안 나서, 아쉬운 대로 내 성인카드들을 활용하기로 했다. '포식자' 카드는 포식동물의 흉포함과 체중에 따라 값이 매겨진다. 우리는 대신 성인들의 탄생일과 축일을 활용했다. 말도 안 되는 게임이었다. 성인들의 탄일과 축일을 모두 꿰고 있는 내가 30초도 안 돼서 이겨버렸다. 형은 자기 성인의 축일도 모른다.

나는 꺼져 있는 텔레비전을 쳐다봤다. 위성방송 수신기가 보였고, 지붕 안테나로 연결된 전선들이 보였다. 지구 둘레를 도는 인

● Top Trumps. 각각의 카드에 있는 숫자 정보를 비교해서 상대의 카드를 따는 카드 게임. 1968년 처음 출시된 이후, 다양한 버전의 탑트럼프 카드 세트가 나왔다.

공위성들이 외딴 언덕의 송신탑들로 신호를 내리쏘고, 송신탑들이 이 신호를 안테나들로 쏘아댔다. 인공위성들은 지구에서 쏘아 올린 신호들을 받아서 텔레비전으로, 전화로, 선박으로, 자동차로 도로 튕겨 보냈다. 공중 전체가 광선과 전파와 파장과 메시지들로 실뜨기처럼 얽혀 있었다.

이때 나는 성녀 클라라 카드를 들고 있었다. 클라라 성녀가 은둔처에 앉아서 자신의 환영을 공중으로 보내는 광경을 그려봤다. 그때는 전화도 텔레비전도 없었다. 그때의 공중은 새들과 클라라 성녀의 환영을 빼고는 텅텅 비어 있었다. 지금도 그게 가능할지 궁금해졌다.

꺼진 텔레비전 화면에 내 얼굴이 비쳤다. 나는 온 정신을 집중해서, 화면의 내 모습이 케이블로 빨려 들어가 전선을 타고 안테나로 가서 공중으로 튕겨 나가는 상상을 했다. 내 모습이 공기를 가르며 발사돼서, 거미줄처럼 얽힌 전화 통신과 라디오방송 전파를 뚫고 멀리 우주로 날아가는 게 보였다. 우주공간을 헤매는 인공위성 무리들과, 그 무리들을 목동처럼 이끄는 방송미디어의 수호성인 성녀 클라라의 모습도 봤다. 인공위성들은 날아다니는 성체현시대● 같았다. 나는 인공위성 중 하나와 충돌해서 다시 지구로 튕겨 내려가는 상상을 했다. 나는 가속도가 붙은 채 혜성처럼 대기권에 재진입해서, 제트기류를 붕붕 뚫고 구름층을 펑펑 지났

● 聖體顯示臺. 가톨릭에서 예수그리스도의 육체를 뜻하는 성체를 넣어서 보여주는 용기

다. 이제 내 아래에는 얼키설키 뭉친 전선과 전기회로밖에 없었
다. 뭉텅이 가운데가 환히 빛났다. 전선과 전기회로는 도시였고,
환한 부분은 기차역의 유리천장이었다. 나는 광선처럼 유리천장
을 통과해 플랫폼에 내려섰다. 기차를 타려는 사람들이 내 옆을
급히 지나갔다. 사람들은 작별의 키스를 나누고, 손목시계를 들
여다보고, 커피가 담긴 종이컵을 들고 다녔다.

도로시 아줌마가 내 옆을 지나 기차에 올라탔다.

기차 창문 너머로, 맞은편 자리 여자와 얘기를 나누며 좌석에
앉는 도로시 아줌마가 보였다. 나는 뒤로 물러섰다. 이유는 몰라
도 아줌마가 나를 볼까 봐 겁났다. 아줌마가 선반에 얹으려고 커
다란 가방을 번쩍 들어 휘둘렀다. 가방은 무거웠다. 돈으로 가득
할 테니까. 아줌마의 힘이 약했던지, 겨냥이 빗나갔던지, 가방이
테이블 위로 쿵 떨어졌다. 아줌마는 맞은편 자리 여자에게 미안하
다는 미소를 보내며 창밖을 내다봤다. 그러다 나를 봤다. 의심할
여지가 없었다. 마치 한 방 얻어맞은 느낌이었다. 내가 눈에 보이
지 않는 줄 알았다. 내가 꿈을 꾸고 있는 줄 알았다. 그런데 아줌
마가 나를 봤다. 나는 이렇게 집에 있는데. 내 환영이 도로시 아줌
마에게 닿은 거다.

갑자기 아빠와 형과 거실이 다시 눈에 들어왔다. 두 사람이 나
와 도로시 아줌마 사이에 있었다. 어둠 속에서 유리창을 내다볼
때와 비슷했다. 창 너머로 눈앞의 광경을 보면서, 창에 비친 등 뒤
의 광경을 함께 보는 것. 아빠와 형과 내 모습은 유리창 표면에

맺혔고, 기차에 탄 도로시 아줌마는 창 너머에서 나를 보고 있었다. 기차가 기적을 울리자 주변이 들썩였다. 아줌마가 미간을 찌푸렸다. 내가 왜 거기 있는지 이해할 수 없다는 표정이었다. 기차 엔진이 굉음을 뿜었다. 나는 뒤로 물러났다. 나는 여전히 거실에 있었다. 아무도 말하는 사람은 없었다.

아빠가 고개를 돌려 나를 봤다. 마치 내가 방에 들어오는 소리를 들은 것처럼. 나는 방을 떠난 적이 없는데도. 아빠는 여전히 아무 말이 없었다. 아빠가 고개를 돌려 창문을 봤다. 아빠가 얼굴을 찡그렸다. 아빠는 몸을 숙이고 더 자세히 봤다. 그리고 더 찡그렸다. 아빠가 일어섰다. 나는 아빠가 보는 곳을 봤다. 창문 밖에서 도로시 아줌마가 우리한테 손을 흔들며 현관을 향해 성큼성큼 걸어오고 있었다.

아빠가 크리스마스 폭죽을 당기듯 현관문을 당겨 열었다. 문밖에 으리으리한 붉은색 도요타 프레비아 승합차가 있었다.

"내가 돈을 들고 튄 줄 알았어요?"

"아뇨." 아빠가 말했다.

"네." 형이 말했다.

"안소니는 그랬어요." 아빠가 말했다.

"제가 좀 주도면밀했어요."

"주도면밀. 딱 제가 한 말이에요." 아빠가 말했다.

아빠는 발바닥이 뜨거운 사람처럼 덩실덩실했다.

"당장 작업에 돌입했죠. 현금으로 저 차를 샀어요. 돈을 무더기로 처분하기에 좋잖아요. 다음 주에 유로로 파세요. 조금 손해는 보겠지만 많진 않을 거예요. 저런 차는 값을 제대로 쳐주거든요. 아참, 그리고 은행에서 2천 파운드 바꿨어요. 이제 15만 파운드 남았네요. 오늘 오후에 모두 바꿔야 돼요. 바꿀 수 있을까요?"

아빠가 외쳤다. "그럼요, 물론이죠!"

10분 후, 우리는 프레비아 뒷좌석에 앉아 맨체스터로 향했다. 거기에 은행이 더 많으니까. 그건 그렇고, '프레비아(Previa)'라는 단어에는 아무 뜻도 없다. 에스파냐에서는 '노바'라는 이름의 차를 팔기 어렵다는 걸 알게 된 자동차회사는, 사람들을 고용해서 지구상 어느 나라에서도 완벽하게 '무의미한' 이름들을 찾기 시작했다. 그들은 자동차 이름이 세르비아어로 '불편'이란 뜻은 아닌지, 웨일스어로 '위험'이란 의미는 없는지 낱낱이 따졌다. 그래서 책상머리에서 아무 뜻도 없는 단어들을 만들어내는 새로운 직종이 생겼다. 프레비아는 그런 단어 중 하나다. '메간(Megane)'도 그렇고… 또… 아무튼 그런 이름들이 수없이 생겼다. 생각해보라. 수호성인도 없이 고속도로를 누비는 사람들. 그리고 그들의 차에 잔뜩 붙어 있는 아무 의미 없는 단어들. 어휘학적 관점에서 골칫거리가 아닐 수 없다.

안소니 형이 말했다. "은행들이 혼잡하면 환전소를 노려도 돼요. 돈을 꼭 유로로 바꿀 필요는 없어요. 달러로 바꿔도 돼요. 어쩜 그게 더 유리할 수도 있어요. 우리까지 가세했으니 이번 주 유로화 공급이 달릴 거고, 그럼 유로화 가치가 오르잖아요? 하지만 달러로 바꿔놓고 이번 사태가 잠잠해지길 기다리면 나중에 더 큰 시세 차익을 볼 수 있어요. 어때요?"

아빠가 말했다. "아무래도 병원에서 엉뚱한 아기를 데려온 것 같다. 너 같은 애가 어디서 나왔을까?"

맨체스터에 도착하자 도로시 아줌마가 2인 1조로 나누자고 했다. 아줌마는 나를 데리고 딘스게이트 북쪽의 은행들을 돌고, 아빠는 형을 데리고 남쪽을 돌기로 했다.

"줄설 때 파트너가 필요할 수 있으니까."

우리는 총총걸음으로 거대한 크리스마스트리를 지났다. 딘스게이트는 한산했다. 거리가 한산한 이유는 다들 은행에 가 있기 때문이었다. 우리는 은행 문을 열었다. 은행은 초만원이었다. '한 곳에 최대 인원 몰아넣기' 세계신기록 도전에 참가하는 기분이었다. 아득히 멀리서 기계음성이 들렸다. "3번 창구가 비었습니다. 3번 창구로 가주시기 바랍니다." 어떤 때는 이런 소리도 들렸다. "소액 환전은 업장 왼쪽에 있는 자동환전기를 이용해주시기 바랍니다." 하지만 그리로 가는 사람은 아무도 없었다.

도로시 아줌마는 발을 동동 굴렀다. 아줌마는 옆줄이 더 빠를 것에 대비해 나를 옆줄에 밀어 넣었다. 하지만 내가 로프 밑으로 기어들자 더플코트를 입은 남자가 나를 도로 밀쳐냈다.

아줌마가 가방을 만지작거렸다. 아줌마가 가방에서 몇 천 파운드를 더 꺼내 주머니에 밀어 넣는 동안, 나는 망을 봤다. 아줌마가 돈을 확인하려고 잠깐 눈을 깔았을 때, 가방의 열린 틈새로 기차표가 보였다. 아줌마가 고개를 들고 나한테 미소를 보냈다. 나도 얼른 시선을 들었다.

우리는 마침내 창구에 닿았다. 창구의 여자는 여름도 아닌데 얼굴이 벌게져서 땀을 흘렸다. 여자는 옆 창구 남자와 계속 말을 주고받았다. 유리 때문에 무슨 말을 하는지는 들리지 않았다. 도로시 아줌마가 창구 밑으로 돈뭉치들을 밀어 넣었다. 창구 직원이 돈을 챙겨서 가지런히 포갰다.

창구 직원이 물었다. "얼마인가요?"

"5천 파운드요."

"좀 많은데요. 저희 은행에 계좌가 있으신가요?"

"아뇨. 오늘 차를 사려고 했는데, 차가 준비되지 않았대요. 차를 사려고 석 달간 모은 돈인데, 이제 와서 준비가 안 됐다니, 급히 환전을 해야 해서…."

"하지만 심하게 고액입니다."

"그러니까 날리면 안 되잖아요, 아가씨."

창구 여자가 주위를 둘러봤다. 상급자를 부르려는 눈치였다.

"차를 사기엔 심하게 고액이 아니잖아요, 아가씨."

상급자는 다른 일로 바빴다. 창구 여자는 가뜩이나 벌건 얼굴이 더 벌게졌다. 나는 다리를 꼬면서 깡충대기 시작했다. 나는 도로시 아줌마의 소매를 잡아당겼다.

도로시 아줌마가 신경질을 냈다. "뭐야? 왜 그러는데?"

"오줌 마려워요."

"잘됐군, 잘됐어. 30분이나 줄서서 간신히 창구에 왔는데 지금 오줌이 마렵다고?"

"쌀 것 같아요."

창구 여자가 등을 돌리고 상급자에게 손을 흔들었다. 도로시 아줌마가 유리창을 두드리며 나를 가리켰다. 이때쯤 나는 요요처럼 아래위로 뛰고 있었다.

"화장실 있죠? 고객용 화장실."

"죄송하지만 없는데요."

"화장실이 있긴 있을 거 아녜요. 직원들은 어디로 가요?"

"이쪽 화장실을 이용하는데 이쪽은 보안구역이라서, 승인이 없으면 들어갈 수가 없어요. 나가서서 거리를 올라가다가 막스&스펜서 매장에 가시면 화장실이 있어요."

"그럼 지금 나더러, 피같이 모은 거금을 들고 막스&스펜서까지 갔다가 돌아와서, 폐점 시간 전까지는 창구에 닿겠지 하는 희망을 품고 다시 줄을 서란 말인가요? 난 차가 있어야 일을 한다고요. 지금 이 돈을 바꾸지 않으면 난 먹고살 일이 막막…."

"알겠습니다, 알겠습니다."

창구 여자가 돈을 지폐계수기에 쌓았다. 그리고 아줌마한테 길쭉한 밤색 봉투에다 7,042유로를 담아 주었다.

도로시 아줌마는 허둥지둥 은행을 빠져나와 나를 잡아끌다시피 하며 거리를 올라갔다.

"다 왔어." 아줌마가 말했다. "막스&스펜서는 대체 어디 있는 거야?"

"사실 오줌 안 마려워요."

아줌마는 내 말을 얼른 알아듣지 못했다.

"그러면 직원을 좀 더 압박할 수 있을 것 같아서요."

"요런 깜찍한 광대 녀석." 아줌마가 환호했다.

나는 이 말을 칭찬으로 접수했다.

"너, 능청이 100단이다?"

나는 이 말도 칭찬으로 받아들였다.

"얍삽한 꼬마 사기꾼."

이 말은 별로 달갑지 않았다.

우리는 바클레이 은행으로 달려갔다. 거기서도 내 수법이 먹혔다. 핼리팩스 은행, HSBC, 스코틀랜드왕립은행, 로이드 은행에서도 먹혔다. 실패한 곳은 코업 은행뿐이었다. 거기는 고객용 화장실이 있었다. 우리는 4시까지 6만 2천 파운드를 환전했다. 은행들이 문을 닫기 시작했다.

"다른 데가 또 있을 거야."

"켄덜 백화점 안에 은행이 있어요."

나는 말해놓고 단박에 후회했다. 아줌마는 또 내 손을 잡아끌고 딘스게이트 거리를 도로 올라가 백화점으로 들어갔다. 백화점 정문을 통과하면 바로 화장품 파트였다. 엄마가 일하던 곳.

233

내가 여기 마지막으로 왔던 때가… 아니, 그런 건 중요하지 않다. 예전에 엄마는 클리니크 코너에서 일했다. 알아야 할 게 있다면 그뿐이다. 클리니크 코너는 엘리베이터 옆에 있었다. 그 때문에 우리가 엄마를 데리러 올 때면 엄마가 우리를 보기 전에 우리가 먼저 엄마를 볼 수 있었다. 나는 그게 좋았다. 엄마는 우리가 보고 있는 줄도 모르고 고객과 얘기하거나, 다른 직원과 얘기하거나, 코너를 정리하고 있었다. 엄마는 검정색 이름표가 달린 하얀 가운을 입었다. 거기서 일하는 여자들 모두 엄마처럼 피부가 좋았다. 보통 여자들보다 피부가 반짝이고 매끄러웠다. 그리고 다들 더없이 말끔하고 깔끔했다. 백화점에는 항상 아름다운 음악이 흘렀다. 지금도 그랬다. 완벽한 여자들도 모두 그대로 있었다. 우리 엄마만 빼고.

완벽한 여자 중 한 명이, 정확히 말하면 샤넬 코너에 있는 여자가 할 말이 있는 표정으로 나를 계속 쳐다봤다. 난감했다. 다음 순간 여자는 무슨 말을 할지 망설이는 표정이 됐다. 더욱 난감했다.

나는 후딱 자리를 뜨기로 결심했다.

"은행은 위층에 있어요."

나는 돌아섰다. 그런데 대형 거울에 비친 내 모습 옆에 아줌마가 없었다. 아줌마가 온데간데없었다. 나는 사방을 둘러봤다. 샤넬 여자가 또 나를 보고 있었다. 이제 보니 여자의 피부는 매끄럽지 않았다. 매끄럽게 보이려고 얼굴에 떡칠을 한 것뿐이었다. 귀

근처는 떡칠이 부실했다. 우스꽝스러웠다. 엄마도 저랬었나? 나는 뒤를 돌아봤다. 아줌마는 없었다. 땀으로 덮인 말라깽이 갈색 몸에 비키니를 입은 여자의 실물 크기 사진이 버티고 있을 뿐이었다. 의학적으로 말해서, 나는 숨이 가빠졌다.

누군가 내 어깨를 두드렸다. 나는 몸을 휙 돌렸다. 도로시 아줌마였다. 나는 울음을 참느라 침을 꼴깍 삼켰다.

아줌마가 주위를 둘러보다가 나를 봤다.

"여기 은행이 있는 건 어떻게 알았니?"

나는 아직도 헐떡이는 중이었다.

"여기, 엄마가 일하시던 데니?"

아줌마는 내 대답을 기다리지 않고, 다만 이렇게 말했다.

"이제 줄서는 것도 신물 난다. 가자. 가서 좀 흥청거려보자."

나는 세속적 물건에는 더 이상 미련이 없었다. 하지만 싫다고 하자니 무례한 일 같았다. 그래서 아줌마를 따라 엘리베이터로 갔다.

아줌마가 가방 안을 뒤적이다가 맨 위에서 뭔가를 꺼내 쓰레기통에 버렸다. 얼핏 보니 기차표였다.

아줌마가 나를 데려간 곳은 장난감 파트나 전자제품 파트가 아니었다. 아줌마는 나를 데리고 남자아동복 파트로 가서 선홍색 더플코트를 내려 나한테 대봤다. 머리에 푹 덮이는 후드가 달려 있어서 프란치스코회 수도사 같았다.

아줌마가 말했다. "패딩턴 베어 같아!"

표현의 차이일 뿐 뜻은 같았다. 어쨌든, 세속적 물건 중에서는

235

실로 오랜만에 맘에 드는 물건이었다. 아마 백화점을 통틀어 유일하게 내 맘에 드는 물건이었을 거다. 아줌마는 그 코트를 샀다.

"아빠가 코트 사준 지 오래됐지? 코트랑 식기. 아빠들이 절대 사지 않는 것들이지."

아줌마는 핸드백도 샀다.

다시 킹 스트리트를 올라갈 때, '아직 파운드 동전 받음'이라는 알림판을 내건 실내오락장이 눈에 띄었다. 이게 웬 떡이냐! 나는 한 번도 오락실에 가본 적이 없었다. 앞뒤로 왔다 갔다 하는 쟁반 같은 데에 동전을 떨어뜨리는 게임이 있었는데, 남의 동전을 모두 쳐내면 이기는 게임이었다. 내가 두 번이나 이겼다!

"옛날 돈이 없어서 옛날 돈을 또 따니?" 아줌마가 말했다.

오락실에서는 물건도 팔았다. 우리는 멋들어진 이집트 풍 꽃병과 봉지에 담아 파는 솜사탕을 샀다.

우리는 차로 가서 아빠와 형과 합류했다.

아빠가 말했다. "돈 다 바꿨어요?"

"하다가 싫증이 나서요. 그치, 데미안? 솜사탕 좀 드실래요?"

아빠가 봉지에서 솜사탕을 한 뭉치 뜯어냈다.

"얼마나 바꾸셨어요?" 아줌마가 물었다.

"우린 말이죠," 아빠가 말했다. "돈을 들고 주택금융조합에 가서 대출금을 몽땅 갚아버릴 생각이었어요."

"멋져요. 받아주던가요?"

"그런데 문을 닫았더라고요."

"저런."

"7만 파운드 환전했어요."

"우린 6만 2천. 죄송해요."

"그럼 다 합쳐서 13만 2천 파운드 건진 셈이네요."

"새 프레비아도요."

"게임큐브 비행 시뮬레이션이랑 최신형 TV도요. 참, 식기세척기
도 있다. 그건 안소니 아이디어였어요."

"우와, 그 정도면 준수하네요."

차는 물건들로 미어터졌다.

다들 몹시 행복해했다. 안소니 형조차 행복해했다. 나도 잠깐
은 행복했던 것 같다. 그때 내 핸드폰이 울렸다. 문자메시지였다.
그 남자는 아니었다. 형이 보낸 거였다. 새 차 옆에 선 아빠 사진
을 배경으로 '8253'이라고 쓰여 있었다. 몇 분 전에 보낸 메시지가
이제 들어온 모양이었다. 그 문자메시지는, 내용 자체는 걱정할
게 없었지만, 내 걱정은 이제부터 시작이라는 사실을 뼈저리게 상
기시켰다.

수호천사들은 우리를 보살펴주는 한편, 우리가 언제 죽는지도
알고 있다. 그게 천사들의 애로사항이다. 이 모든 게 언제 끝날지
뻔히 알면서 상대가 축구 하고 차 마시는 걸 지켜보는 건 분명 슬
픈 일일 거다. 이날 저녁에 내가 느낀 감정이 그랬다. 세 사람은

너무나 행복해했다. 우리는 테이크아웃 인도요리를 사가지고 와서 커피테이블에 둘러앉아 먹었다. 새 돈으로 가득한 가방들을 바닥에 놓고, 다들 그 돈으로 뭘 할지 신나게 떠들었다.

아빠는 아직도 해외여행의 꿈에 젖어 있었다. 이국적인 이름들을 죽 댔다. 아카풀코, 본다이 비치, 바르셀로나…. 도로시 아줌마도 가고 싶은 데가 많았다. 카프리 섬, 사르데냐, 그리고 오로라를 볼 수 있는 그린란드.

안소니 형은 자나 깨나 부동산이었다. 형은 광고에서 본 웨일스 북부 린 반도의 헛간 개조 주택 얘기를 꺼냈다.

"세를 놓으면 돼요. 그럼 고정 수입이 생기는 동시에, 자본가치 상승도 노릴 수 있어요."

"보나마나 헛간이 코딱지만 할 거다." 아빠가 말했다.

"왜요?"

"린 반도, 거긴 양밖에 없잖아, 안 그래? 소가 없단 말이야. 그런 헛간을 누구한테 세주냐? 난쟁이?"

"양한테요."

세 사람은 너무 행복해했다. 그야말로 웃을 핑계가 없어서 못 웃을 지경이었다. 셋은 양 얘기로도 다섯 시간은 거뜬히 웃었다. 나도 농담에 끼고 싶었다. 하지만 양 농담 한 번 더 하면 모든 게 끝난다는 슬픈 사실에 생각이 미쳤다. 벌써 8시였다.

처음에는 농담으로 시작했지만 그 농담을 멈추고 싶지 않아서, 농담이 현실이 될 때까지 끝장을 보는 경우가 가끔 있다. 누구 생

238

각이었는지 몰라도, 30분 뒤 아빠는 양동이에 도배용 풀을 개고 있었다. 세 사람은 남은 파운드화 지폐로 안소니 형의 방을 도배할 작정이었다.

형은 자기 방 카펫 바닥에 신문지를 깔았다. 아줌마는 층계참에 기다란 탁자를 올려놓고 콧노래를 불렀다.

"머니, 머니, 머니~"

아줌마와 아빠가 10파운드와 20파운드 지폐에 풀을 발랐고, 형이 그걸 받아서 울지 않게 일일이 솔로 쓸어가며 벽에다 정성껏 붙였다. 목욕탕 타일 같긴 했지만 지폐가 가지런히 붙었다. 세 사람은 그렇게 축구선수 벽지를 옛날 돈으로 덮어나갔다.

셋 중에서 아줌마가 가장 들떠 있었다. 아줌마는 "돈으로 도배를 다 해보네. 이게 꿈이야 생시야."를 되풀이하는 사이사이에 농담을 해댔다.

"바비 인형 셋이 화장실에 줄서 있더라고요. 난 생각했죠. 이거 완전 바비-큐● 아냐? 바비큐. 이해했어요?"

아줌마의 농담은 우리가 이해했거나 말거나 계속 이어졌다.

"눈이 없는 사슴이 뭘까요? 노-아이-디어. 노 아이디어(몰라)! 그럼 눈도 없고 다리도 없는 사슴은 뭘까요? 스틸●●-노-아이-디어. 스틸 노 아이디어(여전히 몰라)!"

● queue. 줄, 대기 행렬을 뜻한다.

●● still은 '아직'이란 뜻 외에 '가만히 있는'이란 뜻도 갖고 있다.

그러다 신기한 일이 생겼다. 어느새 나도 웃고 있었다. 이제 유리눈알 따위 걱정되지 않았다. 돈을 뺏긴들 무슨 상관이야? 아빠한테 새 차가 생겼다. 아빠가 근사한 하루를 보냈다. 아빠한테 새 친구가 생겼다. 아빠가 웃고 있었다. 우리 아빠가 웃고 있었다. 나는 도로시 아줌마의 농담이 바닥나서 이런 분위기가 끝날까 봐 두려웠다. 그래서 내 방에서 말장난을 모아놓은 유머집을 가져다가, 아줌마가 유머를 떠올리지 못할 때마다 책에서 하나씩 읽었다. 그러면 아줌마는 내가 읽은 유머에 탄력 받아 다른 유머를 생각해냈다. 우리의 유머는, 다들 웃음가스를 마신 펭귄들처럼 끅끅댈 때까지, 꼬리에 꼬리를 물고 이어졌다.

"머리에 삽 달린 남자를 뭐라고 할까요?"

"더그, 더그!"●

유머는 모두가 답을 알아야 더 웃겼다. 그래야 한목소리로 외칠 수 있으니까.

"다리가 세 개인 동키(당나귀)는?"

"윙키(기우뚱)!"

그러는 동안 벽은 차츰 여왕과 나이팅게일과 찰스 디킨스 등등의 초상으로 덮여갔고, 사방에 풀이 덕지덕지 앉았다.

"술주정뱅이 동키를 뭐라고 할까요?"

"플롱키(싸구려 포도주)!"

● 남자 이름 Doug는 '파다'라는 뜻의 dug와 발음이 같다.

웬일인지 형은 이번 유머에 동참하지 않았다. 나는 형이 답을 몰라서 그런 거라고만 생각했다.

아줌마는 도배에 집중하고 있어서, 형이 슬그머니 나가는 걸 보지 못했다.

"판다 곰이 샌드위치를 먹고, 바텐더를 쏘고, 가버렸어요. 경찰이 판다 곰을 잡아서 왜 그랬냐고 물었더니….'"

웃고 떠들면서도 아빠와 아줌마는 최면에 걸린 듯이 도배를 계속했다. 이 일은 더 이상 농담이 아니었다. 이젠 일이었다. 마지막 파운드화 한 장까지 모두 벽에 붙이기 전에는 그만둘 수 없는 일이었다. 내가 붙이는 20파운드 지폐 위로 축구선수 머리만 빼꼼 남았다. 형이 축구선수 벽지를 얼마나 자랑스러워했는지 불현듯 생각났다. 나는 형을 따라 몰래 방을 나갔다.

형은 내 방에 있었다. 침대 끝에 쭈그리고 있었다. 유리눈알 남자처럼. 유리눈알 남자보다 더 화난 얼굴로.

"다 네 탓이야." 형이 낮게 외쳤다.

"알아."

"넌 몰라. 네가 무슨 짓을 했는지."

옆방에서 아빠가 아줌마의 농담에 폭소하는 소리가 들렸다.

"저 소리 들려? 저 여자가 떠나버리면 저 소리가 곡소리가 될 거야. 안 그러겠어? 엄마가 죽었을 때 아빠가 어땠는지 기억 안 나?"

"안 떠날지도 모르잖아. 어제도 형은 아줌마가 가버렸다고 했지만, 다시 돌아왔잖아. 어쩌면 아줌마가…."

"그게 네가 원하는 거야? 엄마 대신 저 여자가 여기 있는 거? 여기 우리 집에? 바보 같은 농담이나 하고 옥수수 빠진 라자냐나 만들면서? 저 여자가 엄마 대신이었으면 좋겠어?"

나는 거기까지는 생각해보지 않았다.

"다 네가 한 짓이야. 네가 원흉이야. 너랑 네 꼴통 짓거리들. 돈을 내버리질 않나, 혼자 중얼거리질 않나, 없는 걸 보질 않나. 넌 정상이 아냐. 넌 문제아야."

"그렇게 말하지 마."

"엄마가 어디 있든, 넌 거기 못 가. 왜냐, 넌 미치광이니까. 넌 미치광이라 가둬놔야 돼."

18
불청객들

천사라는 말은 엄청 분분하게 쓰인다. 병원에서는 간호사를 백의의 천사라고 부른다. 묘지에 가면 '나의 작은 천사'나 '천사들의 품에'라고 쓰인 비석들이 많다. 사람은 천사가 아니다. 죽는다고 천사가 되는 것도 아니다. 천사들은 완전히 다른 종족이다. 일례로 천사들은 배꼽이 없다. 엄마 뱃속에서 태어나지 않았으니까. 천사가 되려면 지금과는 전적으로 다른 뼈 구조와 유전자를 가져야 한다. 하나에서 열까지 달라야 한다. 따라서 사람은 누구라도 다른 사람을 지키는 천사가 될 수 없다. 절대로. 아무도. 그건 생물학적으로 불가능하다.

천사라고 다 같은 것은 아니다. 천사에도 종류가 있다. 예를 들어 치품천사, 지품천사, 주품천사, 능품천사● 등등, 천사도 여러

● 천사의 9계급 가운데 제1계급 치품천사는 신의 옥좌를 지키고, 제2계급 지품천사는 신의 전차를 수호하고, 제4계급 주품천사는 천사들을 관리하고, 제6계급 능품천사는 사람의 영을 돌본다.

가지다. 천사에 따라서는 어마어마하게 큰 천사도 있다. 내 수호
천사의 키가 6미터나 될 수도 있다. 우리의 자잘한 문제를 해결하
자고 천상의 힘과 광대한 날개를 동원한다는 건, 생각해보면 어
불성설이다. 그리고 동원해봤자 우리 일상에는 별 도움이 안 될
때가 많다.

나는 침대에 누워 천장을 보면서, 이대로 천장이 쩍 갈라져 나
를 칠흑 같은 어둠 속으로 빨아들여서, 옛날 집 물탱크 뒤에 내려
놨으면 하고 바랐다. 나는 형이나 아빠가 깨지 않게 핸드폰을 진
동모드로 바꾸고 손에 쥐고 있었다.

핸드폰이 진동했다. 나는 핸드폰을 얼굴 위로 들었다. 화면에서
유리눈알이 나를 내려다봤다. 남자가 속삭였다.

"10분."

남자가 한쪽 손을 두 번 쥐었다 폈다 했다. 나는 고개를 끄덕이
고 돈을 가지러 내려갔다.

내가 현관에 갔을 때, 밖에서 사람들 소리가 들렸다. 그 남자가
분명했다. 동료들과 함께 온 듯했다. 그런데 한두 사람의 소리가
아니었다. 강도단을 통째로 끌고 왔나? 그중 한 명의 소리가 들
렸다.

"초인종을 눌러."

아빠가 깰까 봐 덜컥 겁이 났다. 겁이 나서 머리가 하얘졌다.

나는 현관문을 열었다. 유리눈알은 아니었다.

어떤 남자와 여자애 셋이었다. 내가 누구냐고 묻기도 전에 남자가 말을 시작했다.

"이 애들 좀 봐라. 내 딸들이야. 산타클로스도 외면한 애들이지. 내 말, 무슨 말인지 알지?"

나는 못 알아들었다. 나는 유리눈알이 오는지 보려고 남자의 어깨 너머를 살폈다. 하지만 어두워서 아무것도 보이지 않았다.

"네가 우리의 마지막 희망이란다. 우린 집으로 돌아갈 차비도 없어. 네가 도와주지 않으면 어차피 돌아가봐야 소용없어. 집주인한테 쫓겨날 테니까. 제발이다, 많이 바라지도 않아. 이번 고비만 면하게 해다오…."

남자가 여자애들을 내 쪽으로 밀었다. 이제 보니 여자애들 중 하나는 젬마였다.

젬마가 속삭였다. "미안해. 트리샤한테 들었어. 너희 집에서 캐럴 불러주고 3천 파운드나 받았다며? 우리 집도 사정이 말이 아니어서 말이야. 다른 애들한테는 말하지 마."

"원하는 게 뭔데? 얼마가 필요한데?"

"아이고, 고맙다, 고마워." 젬마 아빠가 말했다. "한 2백? 아니, 한 3백 정도면 어떻게 그럭저럭…."

돈가방이 문 뒤에 있었다. 나는 손에 잡히는 대로 지폐를 한 움큼 꺼내서 내줬다. 트리샤가 또 누구한테 말했을지 의문이었다.

젬마 아빠가 딸들을 데리고 돌아섰다.

"좋았어!"

젬마 아빠가 환호와 함께 주먹으로 허공을 갈겼다. 젬마 가족이 현관을 나갈 때 동작감응 할로겐 전등이 켜졌다. 나는 그제야 상황을 파악했다.

앞길 전체가 사람들로 바글댔다. 수백 명의 사람들이 우리 집을 향해 앞 다퉈 길을 내려오고 있었다. 서로 밀고 당기고 난리였다. 모든 눈이 나를 향해 이글거렸다. 모든 눈이 갈망과 절실함에 불타올랐다. 수백 명이나 됐고, 수백만처럼 느껴졌다.

봉투 뒷면에 주소를 적지 말라던 성 베드로의 말이 떠올랐다. 성 베드로의 말이 옳았다. 하긴, 성 베드로에겐 무류성이 있지. 우리 집은 완전히 포위됐다. 나는 이게 꿈이길 빌며 현관문을 닫았다. 너무 쾅 닫는 바람에 아빠가 깼다. 아빠가 위층에서 잠이 덜 깬 소리로 외쳤다.

"데미안, 누구랑 얘기하는 거야?"

"아무도요. 그냥 확인 중이에요."

그때 초인종이 울렸다. 나는 얼어붙었다. 유리눈알이 틀림없어. 문을 열어줘야 해. 다른 사람들은 그냥 헛것일 뿐이야.

내가 고민하는 사이에 아빠가 중얼대며 계단을 내려왔다.

"야밤에 대체 누구야."

"제가 나갈게요."

"시끄러워."

아빠가 현관문을 홱 당겼다. 말쑥한 정장 차림의 여자가 다짜고짜 안으로 들어섰다.

"만성질환 자녀를 둔 가정의 약 50퍼센트가 파탄 나고 있습니다. 장기적 병수발은 정신적 고통과 경제적 어려움을 부릅니다. 저희는 기차요금이나 숙식비 지원 같은 작은 도움을 통해서나마 이런 분들의 고통에 동참하고…."

"이게 무슨… 지금이 몇 시인 줄 알아요? 여긴 개인 집이에요. 애들이 있다고요."

"바로 그겁니다. 아이들. 이게 다 아이들을 위한 일입니다. 만성 질환을 앓는 아이들요. 이런 아이들이 병마와 싸워야 하는 것도 모자라, 부모의 파경까지 맞는 경우가 허다합니다."

"이봐요. 취지는 알아들었으니까, 아침에 다시 오세요, 네?"

아빠는 여자를 문밖으로 밀어냈다. 하지만 여자가 나감과 동시에 이번에는 머리를 잔뜩 세운 키 큰 남자가 작은 사다리 모형 같은 것을 들이대며 문간을 막아섰다.

"이게 선생님에겐 미니 사다리처럼 보이겠지만, 고슴도치에겐 생명줄입니다. 죽느냐 사느냐의 문제죠."

그것은 정말로 미니 사다리였다. 웅덩이나 배수로에 빠진 고슴도치가 도로 빠져나오게 돕는 물건이었다.

"이걸 하나 제작하고 설치하는 데 8파운드가 듭니다. 선생님이 도와주시면 고슴도치 수백 마리를 구할 수 있습니다."

"왜 나죠?"

"왜 이러십니까? 세상이 다 아는데요. 저희에게도 돈 좀 나눠주세요. 여기 이 예쁜 도자기 고슴도치를 사은품으로 드릴게요."

"아침에 다시 와요. 날 밝으면 다시 얘기합시다. 지금은 제발 좀… 애들이 있어요….”

아빠가 나를 가리켰다.

하지만 부질없었다. 다들 팸플릿이나 사진을 흔들어대며 아우성쳤다. 동작감응 할로겐 전등이 번갯불처럼 번쩍번쩍했다. 세상 전체가 우리 집 현관을 통과하려고 발버둥치는 양상이었다.

"보세요, 저희가 고작 3개월 돌봤을 뿐인데 당나귀가 이렇게 달라졌어요!”

"워털루 역도 친구가 필요하다는 생각, 해보셨나요?”

"과민성 대장 증후군은 남에게 말하기 어려운 데다….”

"…기부금 세금 면제를 신청하시면 한 푼도 더 내지 않으시면서 30퍼센트나 더 기부하시는 셈이 됩니다. 여기 양식이 있습니다.”

"수감자를 위한 요가교실….”

아빠가 사람들에게 나가라고 소리치는 동안, 나는 조용히 현금가방을 들고, 옷걸이에서 새로 산 빨강 더플코트를 내렸다. 그리고 몰래 거실로 들어갔다. 누군가 거실 창문을 두들기고 있었다. 남자는 머리에 스카프를 쓴 여자 사진을 유리창에 갖다 대고 악을 썼다.

"이 여자를 내일 추방한대. 항소해보라는데, 돈이 있어야 항소하지. 고향에는 아무도 없어. 다 죽었거든.”

남자의 말이 끝나기도 전에 다른 사람이 남자를 밀어내고 유리창을 두들겨댔다. 집 전체가 사람들의 절실함의 무게에 눌려 금세

폭삭할 것만 같았다. 사람들은 분노와 절박함에 차 있었다.

아빠가 고함쳤다. "안소니, 문 닫아!"

이러다 사람들이 집에 쳐들어와 돈을 가져갈까 봐 두려움에 떠는 목소리였다. 아빠는 겁에 질려 있었다. 테리 아저씨한테 겁먹었던 것처럼. 나는 결심을 굳혔다.

나는 뒷문을 열었다. 뒷문 밖에는 아무도 없었다. 마당 끝까지 가서 가방 먼저 울타리 너머로 던지고 이어서 나도 넘어갔다. 사람들의 고함 소리가 울타리까지 들렸다. 기찻길로 가는 내내 소리가 그치지 않았다.

호랑가시나무 덤불에 다다랐을 때 핸드폰이 울렸다. 핸드폰 화면에서 유리눈알이 나를 향해 으르렁거렸다.

"야, 이 자식아, 너 어디 있어? 지금 뭐 하자는 수작이야?"

나는 핸드폰을 땅에 버렸다. 핸드폰 속에서 유리눈알이 계속 악을 썼다. 멀어져가는 내 뒤로, 핸드폰이 말하는 빗방울처럼 번쩍번쩍 빛을 발했다. 나는 크로머티 클로즈 쪽을 돌아봤다. 창백한 푸른빛이 길게 왔다 갔다 했다. 경찰이 도착했다.

나중에 형한테 내가 집을 나선 후의 얘기를 들었다. 이웃들이 소음 신고를 하는 바람에 경찰이 대거 몰려왔다. 경찰은 우리 집에서 사람들을 모두 몰아냈고, 왜 사람들이 우리 집에 돈이 쌓여 있을 거라고 생각하는지 아빠한테 설명을 요구했다. 아빠는 다만 이렇게 말했다.

"모르겠습니다. 누군가 얼토당토않은 말을 떠들고 다닌 모양이에요."

"사실이 아니란 말씀입니까?"

"당연히 아니죠."

그때쯤 지역경찰도 도착했다. 경찰은 우리 집에서 새 텔레비전과 식기세척기를 대번에 알아봤다.

지역경찰이 아빠한테 말했다. "보아하니 은혜로운 주님께서 댁에도 평안과 위로를 쏟아부어주셨군요?"

"네?"

"집 안을 둘러봐도 되겠습니까?"

지역경찰은 이렇게 말하고 위층으로 올라갔다.

아빠는 돈가방이 보이지 않자 형한테 다급히 속삭였다.

"그거 어디 있니? 다 어디 있어?"

형은 돈가방뿐 아니라 내 코트도 사라진 걸 알아차렸지만 아무 말도 하지 않았다. 형은 내가 간 곳을 짐작하고 있었다. 형은 몰래 뒷문을 열었다. 그런데 바로 거기, 뒷마당에, 유리눈알 남자가 있었다.

유리눈알은 몸을 굽혀 자기 얼굴을 형 얼굴에 들이대고 날카롭게 속삭였다.

"어라, 좀 더 똘똘한 놈이네? 지난번엔 네놈이 나를 잘도 따돌렸겠다? 이번에도 잔머리를 썼다간 죽여버린다, 알았어?"

형은 뒤로 물러나 남자를 안으로 들였다.

"어디 있어?"

형은 위층에 있다고 대답했다.

유리눈알이 형을 앞으로 밀었다. 형은 앞장서서 자기 방으로 올라갔다. 방에 들어서기도 전부터 유리눈알이 가장 먼저 본 것은, 온통 파운드화로 도배된 벽이었다. 지폐가 풀을 잘 먹지 않아서 조금씩 울어 있었다. 돈이 벽으로 스멀스멀 기어오르는 것 같았다. 유리눈알은 곧장 벽으로 다가가서, 믿기지 않는다는 눈으로 뚫어져라 쳐다봤다. 만져보기까지 했다. 유리눈알은 그제야 방에 다른 사람이 있다는 걸 알아차렸다.

지역경찰이 말했다. "그거 아십니까? 영국 지폐의 70퍼센트에 코카인 흔적이 있다는 거? 40퍼센트에는 화약 흔적도 있답니다. 총 말입니다. 우리 눈에 안 보여서 그렇지, 돈에 다 있습니다. 하지만 그게 중요한 거 아니겠어요? 우리가 볼 수 없다는 거. 돈이란 참. 사람들이 저것 때문에 땀 흘리고, 훔치고, 낭비하고, 갈망하다가 죽어요. 그런데 돈이 신경이나 씁니까? 전혀요. 그런데 참, 누구시죠?"

유리눈알은 상대를 멀쩡한 눈으로 보려고 고개를 외로 꼬았다.

"내가 누구냐고? 그러는 당신은 누구요?" 유리눈알이 물었다.

"경찰입니다만." 지역경찰이 말했다.

19
'나'라는 기적

나는 그때쯤 철길 옆에 도착했다. 상행 열차가 귀청을 찢는 굉음과 기름 냄새를 폭풍처럼 일으키며 쏜살같이 지나갔다. 기차가 사람들 고함 소리를 날려버리고, 내 머리카락을 온통 헝클었다. 하늘에 하얗게 붙어 있는 달조차 기차가 지나갈 때는 몸을 떨었다. 이번 열차가 지나가고 다음 기차가 올 때까지 13분이 남아 있었다. 나는 선로에 올라섰다. 레일이 푸르스름하게 빛났다. 레일은 달로 곧장 이어진 쇠사다리처럼 보였고, 달은 빛의 터널로 들어가는 입구처럼 보였다.

나는 돈가방을 열고 선로 위에다 돈을 쏟았다. 그리고 집에서 나올 때 부엌에서 가져온 성냥을 꺼냈다. 성냥을 그었지만 불이 제대로 못 붙고 꺼져버렸다. 10유로 지폐 하나를 입에 물고 다른 성냥으로 불을 붙였다. 지폐는 빠르게 타들어갔다. 나는 불붙은 지폐를 지폐 더미에 던졌다. 곧바로 꺼질 줄 알았는데, 불이 다른 지폐로 옮겨 붙더니 차례차례 번져서 어느새 지폐 수십 장이 활활

타올랐다. 지폐들은 타면서 공중으로 올라가 자체 열기로 날아다녔다. 얼마 안 가 불붙은 지폐들이 나를 온통 둘러싸고 불꽃 색종이처럼 너울너울 나부꼈다. 나는 깔깔대고 웃기 시작했다. 어디선가 금화조 무리가 나타나 즐겁게 지저귀면서 불타는 화폐들 사이를 날았다. 금화조의 날갯짓에 불이 한층 환하게 타올랐고, 점점 더 많은 지폐 불꽃들이 공중으로 쉭쉭 날아올랐다. 나는 두 팔을 벌리고 빙글빙글 돌면서 불꽃들을 더 높이 날려 보냈다.

그러다 돌기를 멈췄다. 엄마를 본 건 그때였다. 엄마가 앉아 있었다. 나는 깜짝 놀랐다. 엄마가 아까부터 거기 앉아서 나를 지켜보고 있었던 거다.

나는 말했다. "꿈에 불과하겠지만 상관없어요. 꿈에서나마 만나서 기뻐요, 엄마."

엄마가 미소 짓다가 내 옆의 불로 시선을 옮겼다. 불의 장밋빛 열기가 엄마의 뺨으로 번졌다. 엄마의 피부는 윤기가 흐르고 완벽했다. 엄마는 파운데이션이나 색조 크림도 바르지 않았다. 엄마는 원래부터 다른 엄마들보다 피부가 좋았던 거다.

나는 말했다. "저걸로 착한 일 많이 하려고 했는데, 돈 때문에 모든 게 틀어졌어요."

엄마가 일어섰다. 순간 엄마가 가버리는 줄 알았다.

나는 외쳤다. "말 좀 해요." 목소리를 낮춰서 애원했다. "응? 무슨 말이라도 해요."

엄마가 손목시계를 봤다.

엄마가 말했다. "그럼 2분만이다? 난 어쨌거나 너의 엄마고, 엄마는 모르는 게 없어. 맞지?"

물론이었다.

"샴푸 하고 린스도 해야지. 아빠는 거기까지 신경 못 쓰더라? 하지만 린스를 쓰고 안 쓰고가 얼마나 다른데. 엄마 말 들어. 다음은 구강 위생. 잠자리 기도만 꼬박꼬박 하면 뭘 해. 이 닦는 걸 까먹으면 말짱 도루묵이야. 잇몸 염증이 생기고, 그러면 외모도 잃고 삶의 의욕도 잃게 돼. 의욕 없는 사람들이 가는 지옥에 갈 순 없잖아? 다 예방할 수 있는 일인데 말이야. 그리고 네 형 안소니. 안소니가 너보다 잘 견디는 것 같지만 실은 그렇지 않아. 심성은 여린 애야. 고운 심성을 쉽게 드러내지 못할 뿐이지. 그래서 네가 필요해. 형한테 잘해. 마지막으로 나. 엄마 걱정은 하지 말기. 그동안 엄마 걱정 많이 했지?"

나는 그저 고개만 끄덕였다.

"이젠 하지 마. 엄마 있는 곳은 아주 재미있는 데야. 아주 바쁜 곳이기도 하고."

"아빠는요?"

"아빠 뭐? 아빠한테도 당연히 잘해드려야지. 네 아빠니까."

"아니, 그거 말고. 엄마가 아빠한테도 얘기하면 안 돼요?"

"뭘?"

나는 말을 꺼낼까 말까 망설였다.

"아빠는 엄마를 보지도 못하는걸."

"왜 못 보는데요?"

하지만 나는 이미 그 이유를 알고 있었다. 나는 집 쪽을 돌아봤다.

"왜, 그 아가씨 때문에? 아빠랑 그 아가씨? 데미안, 돈이 얼마나 복잡한 건지 알았지? 사람은 그보다 훨씬 복잡해. 세상일은 맘대로 풀리지 않아. 상황이 늘 복잡하게 돌아가. 이것만 기억해. 어쨌거나 세상은 맘 붙이고 살 만한 곳이란 거. 믿음을 가져, 알았지? 그리고 사람들을 믿어줘. 그게 사람들을 강하게 하거든. 너에겐 형과 아빠한테 용기를 줄 힘이 충분해. 그래서 엄마가 너만 믿는 거야."

"나, 엄마 걱정 안 했어요. 그냥 보고 싶었을 뿐이에요."

"그래, 보고 싶은 건 괜찮아."

"안소니 형이 엄마는 성인이 아니래요."

"글쎄, 성인품에 오르는 기준이 워낙 빡세서 말이야. 심하게 착한 것만으론 부족하거든. 실제로 기적을 행해야 해."

"그럼…."

"아, 엄마도 물론 그 정도는 해."

"엄마는 어떤 기적을 행했는데요?"

"몰라?"

엄마가 나를 위아래로 보다가 아주 나지막하게 말했다.

"바로 너."

멀리서 형이 나를 부르는 소리가 들렸다. 엄마가 시계를 봤다.

"1시 4분. 이제 선로에서 내려가."

상행 열차가 오고 있었다. 나는 뒷걸음으로 선로에서 내려섰고, 엄마도 그렇게 했다. 엄마와 나는 선로를 가운데 두고 마주 섰다. 기차가 우리 사이로 돌진했다. 나는 기차가 지나가고 나면 엄마가 없을 거라고 생각했다. 그런데 아니었다. 엄마는 여전히 거기 있었다. 나는 좋아서 입이 벌어졌다.

형의 목소리가 가깝고 커졌다. 나는 외쳤다.

"갈게!"

나는 형한테 돌아섰다.

엄마가 불렀다. "데미안."

나는 다시 몸을 돌렸다.

"작별인사도 안 할 거야?"

나는 선로를 건너 뛰어가 엄마를 끌어안았다. 엄마한테서 클리니크 화장품 냄새와 비 냄새가 섞여서 났다. 엄마 품은 따뜻했다. 적어도 나는 따뜻하게 느꼈다. 불타는 돈 더미에서 불어오는 열기일 수도 있었다. 그때 엄마의 결혼반지가 내 머리카락에 걸렸다. 그제야 나는 이 포옹이 진짜 포옹인 걸 깨달았다. 그동안 엄마와 나를 가르고 있던 모든 것이 꿈결처럼 느껴졌다. 엄마가 속삭였다.

"형한테 잘해줘."

그러고서 엄마는 가버렸다.

"너, 무슨 짓을 한 거야?" 형이 말했다.

내가 무슨 짓을 했는지 몰라서 묻는 건 아니었다. 나는 아무 말도 하지 않았다. 그냥 집 쪽으로 걷기 시작했다. 형이 따라왔다. 나는 형을 보지 않고 물었다.

"형도 봤어?"

형은 아니라고 하지 않았다. 형이 물었다.

"엄마가 뭐래?"

나는 걸음을 멈췄다. 그리고 몸을 돌려 형을 마주했다.

"우리가 기특하대. 앞으로 다 잘될 거래."

우리는 집을 향해 발을 옮겼다.

"데미안." 형이 말했다. "있잖아, 너 미치광이 아니야."

"알아. 미치광이는 형이지."

나는 깔깔대며 도망갔다.

"좋아, 너 이제 죽었어!"

형이 쫓아왔다. 우리는 거친 추격전 끝에 부엌문을 냅다 들이받았다. 아빠가 창문으로 혜성이 들어온 것처럼 기겁해서 고개를 들었다.

"너희들 대체 어디 있었어!" 아빠가 고함쳤다.

도로시 아줌마가 와 있었고, 경찰들도 있었다.

"차나 한 잔씩 하려던 참이었단다." 지역경찰이 말했다.

"애가 태웠어요."

"뭘 했다고?"

"데미안이 돈을 태워버렸다고요."

지역경찰이 나를 지그시 보다가 말했다.

"나쁠 거야 없죠. 애초에 정부가 하려던 일이니까요. 통화량 조절 차원에서."

아빠가 침실로 올라가 창문을 열었다. 앞길에서 사람들의 함성이 홍수처럼 쏟아져 들어왔다.

아빠가 외쳤다. "일동 주목!"

시끄러운 소리가 뚝 그쳤다.

"우리 아들놈들이… 아니, 아들놈 중 하나가… 지금 막… 기찻길 옆에서… 돈을 태웠어요. 전부 다요."

아무 대꾸 없이 정적이 흘렀다. 집 밖에 아무도 없는 것 같았다.

목소리 하나가, 늙은 남자의 목소리가 물었다.

"태웠다니, 얼마나 탔나요?"

"네?"

"일련번호가 남아 있으면 은행에서 보상해주거든요."

다시 한 번 정적이 흘렀다. 그리고 다음 순간, 거대한 아우성이 폭포처럼 일었다. 사람들이 악쓰고 비명 지르고 서로 밀고 당기고, 그야말로 난리가 났다. 사람들의 무리가 순식간에 동네를 쏟아져 나가 기찻길을 향해 공터를 가로지르기 시작했다.

철도 주변 부지에 대한 대규모 무단침입을 우려한 경찰들이 사람들 뒤를 쫓아갔다.

이제 아빠와 나와 형과 도로시 아줌마만 남았다. 아줌마가 코트를 입으며 말했다.

"그래도 그동안 재미있었어요, 그죠?"

아빠가 말했다. "저기, 혹시 저 차가 필요하시면…."

"아니에요, 아니에요. 난 내 작은 차가 좋아요. 말만으로도 고마워요."

도로시 아줌마는 아빠의 뺨에 뽀뽀하고, 내 머리를 토닥이고, 형의 머리도 토닥이러 가다가 중간에 맘을 접었다. 그리고 밖으로 나갔다.

우리는 아무 말 없이 멀뚱히 서 있었다. 차에 시동 거는 소리를 기다렸는데, 이상하게 소리가 나지 않았다. 대신 초인종이 울렸다. 도로시 아줌마였다. 아줌마가 돌아왔다.

"저기요," 아줌마가 말했다. "이런 말 하기 참 민망한데, 사실은…."

아줌마가 코트 주머니에 손을 넣었다.

"내가 조금 챙겼어요. 내 몫으로요. 실은 여러분 돈이죠."

아줌마가 돈뭉치 하나를 탁자에 놓았다.

아빠는 처음에는 놀란 표정이다가 이내 입이 해죽 벌어졌다.

"6천 유로예요." 아줌마가 말했다.

아빠는 아무 말 없이 선반 맨 위의 비스킷 통으로 가서, 통 뚜껑을 열고 돈뭉치 하나를 꺼냈다. 그리고 그 돈뭉치를 아줌마의 돈뭉치 옆에 놓았다. 아줌마가 웃음을 터뜨렸다.

"이런 사기꾼!" 아줌마가 말했다.

"내 건 달러예요. 느낌이 좀 다르더라고요. 만 유로어치."

"만 유로! 나보다 더 나빴잖아! 나보다 두 배는 나빴어!"

이번에는 형이 실내복 주머니에 손을 넣었다. 주머니에서 자파 오렌지만 한 지폐 뭉치가 나왔다.

"그냥 한 뭉치 지니고 있고 싶었어요. 힘들 때 만지려고요. 돈으로 챙긴 게 아니에요. 일종의 스트레스볼이랄까."

"얼마냐?"

"4천 345유로요."

아빠와 아줌마가 어이없다는 표정으로 형을 봤다. 형이 어깨를 으쓱했다.

"제가 세는 걸 좀 좋아해서요."

다음에는 세 사람 모두 나를 봤다.

"나는 왜 봐요? 난 한 푼도 없어요."

세 사람은 계속 쳐다봤다.

"정말로 없다니까요!"

"좀 꼬불칠 순 없었니, 이 띨띨아."

"없었어요."

20
해피엔딩

만약 우리 안소니 형이 이 얘기를 했다면, 세상에서 가장 슬프게 얘기가 끝났을 거다. 형은 이렇게 마무리했을 게 뻔하다.

"이렇게 그들은 일생에 한 번 올까 말까 한 대박 투자 기회를 완전히 날려먹고 그후로도 오랫동안, 아주 그냥 평생, 땅을 치며 살았답니다."

안소니 형은 매일 수백 번씩 땅을 쳤다. 매장 쇼윈도를 지날 때마다, 광고를 볼 때마다 형은 서글프게 고개를 저으며 우리가 가질 수 있었던 것들을 뼈저리게 아쉬워했다.

그 이유는 이러했다.

가족 중에 정직한 멤버는 내가 유일했던 관계로, 이후 아빠는 남은 돈의 용도에 대한 결정을 나한테 맡겼다. 그래서 우리는 남은 2만 345유로로 나이지리아 북부에 14개의 우물을 팠다.

돈이란 때로 이렇게 우리 손을 떠나 수도관의 물처럼 열사(熱砂)의 땅으로 흘러가기도 한다. 그러면 먼지 날리던 땅은 그 물을 삼켜서 사방 멀리까지 식량과 꽃을 맺는다. 그렇게 땅에 죽어 누워 있던 씨앗과 뿌리와 생명 들이 아름답게 되살아나기도 한다.

부록

★★★

작가가 독자에게
작가가 꼽은 성인 베스트 10
각본과 책의 차이

작가가 독자에게

이 소설은 우연히 엄청난 액수의 돈을 발견한 두 형제의 이야기다. 이런 기둥줄거리를 어디서 얻었는지는 말해봐야 호흡 낭비다. 일확천금과 벼락부자의 꿈을 꾸지 않는 사람이 어디 있겠는가.

아일랜드에 사는 친척을 방문한 적이 있는데, 마침 이때는 아일랜드가 자국 통화를 유로로 전환하던 무렵이었다. 나는 문득, 여태껏 쓰던 화폐를 전부 수거해서 폐기처분하고 새로운 화폐를 유통시키는 것은, 정말 범국가적이고 대대적인 작전이겠다는 생각이 들었다. 그러자 머릿속에, 유로화로 환전되어 모인 구권 지폐를 가득 싣고 나라 방방곡곡을 달리는 트럭과 기차 들이 그려졌다. 거기서 나는 기차에서 돈이 떨어지는 설정을 생각해냈다. 기차에서 떨어진 돈, 그 돈을 주운 형제, 그리고 그 돈이 휴지조각이 될 때까지 남은 시간은 불과 며칠.

형제 중 동생 데미안은 특이하게도 가톨릭 성인들에 집착한다. 사실 우리 주변 어디에나 성인들을 찾아볼 수 있다. 학교와 병원

이름들, 인명과 지명 중 상당수가 성인의 이름을 딴 것들이다. 하지만 우리는 그들이 누군지 모르고 산다. 예를 들어, 성 판크라스가 누군지, 어째서 런던의 주요 철도역 중 하나가 그의 이름을 달고 있는지 아는 사람은 드물다. 성 발렌타인은 또 누굴까? 왜 우리는 그의 축일이 되면 로맨틱한 카드를 주고받나? 나는 성인들을 찾아보기 시작했다. 성인들은 환상적인 미발굴 이야기 보따리였다. 그리고 놀랍게도, 세상 거의 모든 것에 수호성인이 있었다. 이탈리아 시칠리아 섬에는 케이크 종류별로 각기 다른 수호성인이 있을 정도다. 하지만 성인들을 책 한 권에 모두 담는 것은 역부족이었다. 다만 이 책이 일부 독자에게나마 성인에 대한 관심을 불러일으켰다면 그것으로 만족한다.

이름이 요한이나 마리아인 성인은 수십 명이다. 반면 웨인이나 리, 또는 케일리라는 이름을 가진 성인은 아직 없다. 따라서 그런 이름을 가진 독자라면 성인이 되는 걸 노려봄 직하다. 잘하면 원하는 것을 골라 수호성인이 될 수도 있다. 참고로, 축구의 수호성인이나 온라인게임의 수호성인은 아직 없는 것으로 안다.

백만 가지 행운을 빌며,
프랭크 코트렐 보이스

작가가 꼽은 성인 베스트 10

1. 얼떨결에 성인, 성 피르(서기 520년경)

성 피르는 내가 각별한 애정을 느끼는 성인이다. 성 피르는 웨일스에 살던 수도원장이었는데, 술에 취해 소동을 벌이다가 우물에 떨어져 죽었다. 그후, 실수로 성인품에 올랐다. 뭐랄까, 당국의 행정상의 실수였다. 대단하지 않은가. 우리에게도 희망이 있다는 증거다.

2. 공중부양 성인, 쿠페르티노의 성 요셉(1603-1663)

성 요셉은 정원사였는데 어느 날 공중에 뜰 수 있는 능력이 생겼다. 그래서 그 길로 서커스단을 찾아가 취직했을까? 아니었다. 대신 성 요셉은 높은 건축물을 짓는 벽돌공들을 도왔다.

3. 거짓말 못 하는, 성 베드로(서기 64년경)

성 베드로는 성격이 급하고 다혈질이었다. 똑똑하지도 부유하

지도 않았고, 그렇다고 용감하지도 않았다. 딱히 실력 있는 어부
도 아니었다. 하지만 자신에게 주어진 본분에 최선을 다했고, 결
국 진정한 영웅이 되었다.

4. 기둥고행자, 성 시메온(390-459)

주상(柱上)성자로 불리는 성 시메온은 15미터 높이의 기둥 위에
서 살았다. 사람들과 말을 섞는 걸 피하기 위해서였다.(방법이 극단
적이기는 했지만 효과는 만점이었다.)

5. 찝쩍남 처벌자, 성녀 베네프리다(600-655년경)

웨일스가 배출한 베네프리다 성녀는 우리 집에서 멀지 않은 곳
에 살았다. 그녀에게 청혼했다 거절당한 카라도그 왕이 성녀의 머
리를 베었는데, 머리가 노래를 부르면서 2킬로미터나 데굴데굴 굴
러 내려갔다. 그러자 땅이 갈라져서 카라도그를 산 채로 삼켰고,
성녀의 오빠인 성 베우노가 나타나 성녀 베네프리다의 머리를 다
시 몸에 붙여주었다고 한다. 스펙터클로 치면 어디서도 빠지지 않
을 얘기다.

6. 가난한 이들의 친구, 아시시의 성 프란치스코(1181-1226)

나는 정말이지 아시시의 성 프란치스코를 지금껏 살았던 모든
사람들 가운데 가장 위대한 사람으로 생각한다. 성 프란치스코는
시인이었고, 환경운동가였으며, 종교적 관용의 열렬 옹호자였다.

그는 더할 수 없이 가난한 삶을 살았지만 항상 유쾌하고 행복했다. 거기다 베들레헴의 아기 예수 탄생을 재현한 성탄극(성탄 구유)을 처음 만든 사람이 바로 성 프란치스코라는 사실!

7. 항해하는 처녀, 성녀 우르술라(생몰연대 미상)

우르술라 성녀는 1만 1,000명에 달하는 다른 동정녀들과 함께 배를 타고 고국을 떠나 순례에 나섰다가 훈족을 만나 한꺼번에 죽임을 당했다.(친구 하나는 끝내주게 많았다.)

8. 실속 성인, 투르의 성 마르티노(316~397)

성 마르탱은 로마의 군인이었는데, 거지가 망토를 달라고 하자, 망토의 반을 찢어서 거지와 나눠 입었다. 나는 성 마르탱이 망토를 다 주지 않고 반은 자신이 챙긴 점이 맘에 든다. 다른 성인들 같았으면 아마 망토를 통째로 줬을 거다.

9. 포교의 전설, 성 아이다노(서기 351년경)

아일랜드의 주교였던 성 아이다노는 왕으로부터 값진 말과 안장을 하사받았다. 요즘으로 치면 초호화 리무진을 받은 것과 같다. 그런데 왕궁을 떠난 지 몇 시간 안 됐을 때, 어떤 거지가 태워달라고 했다. 그러자 성 아이다노는 거지에게 미련 없이 말과 안장을 내줬다. 내 생각엔 그 말이 은근히 귀찮았던 게 아닌가 싶다.

10. 기부의 아이콘, 미라의 성 니콜라우스(서기 346년경)

 알다시피 산타클로스의 원조이시다. 성 니콜라우스는 막대한 유산을 모두 자선 활동에 썼고, 신부가 된 후에도 평생 '몰래 돕기'에 힘썼다. 굴뚝은 원래 어린이들이 아니라 팔려갈 위기에 처한 처녀들을 돕느라 처음 사용했다.

각본과 책의 차이

책을 쓸 때 가장 좋은 점은 남의 간섭을 받지 않고 나만의 룰에 따를 수 있다는 것이다. 각본을 쓸 때는 모든 사람들의 룰에 따라야 한다.

영화대본을 쓸 때는 없고 책을 쓸 때만 있는 고충은 **말했다**라는 단어다. 대본에는 **말했다**를 넣을 필요가 없다. 배우들이 곧바로 대사를 하니까. 하지만 책을 쓸 때는 **말했다**를 페이지당 족히 스무 번은 쓰게 된다. 그러다 보면 머리가 살짝 맛이 가서, 나중에는 사람들과 대화할 때도 **말했다**를 붙이게 된다. 예를 들어, "'아침으로 뭐 할까?'라고 프랭크가 말했어요. 그러자 그의 아내가 '콩이나 삶아.'라고 말했어요."라고 하게 된다. 그다음에는 **말했다**를 대체할 말들을 미친 듯이 찾아 헤매는 단계가 온다. **씨부렁댔다, 쑥덕였다, 으르렁댔다, 울부짖었다, 내뱉었다, 키득거렸다, 웅얼거렸다, 지껄였다, 훌쩍였다**… 등등. 그러다 결국 **말했다**만 한 게 없다는 결론에 이른다.

그래도 나는 책을 쓰는 것이 좋다. 영화보다는 책이 훨씬 특별하니까. 책은 들고 다닐 수 있다. 책은 나만의 것이다. 책에는 내 커피 자국도 묻어 있고 초콜릿 자국도 묻어 있다. 책은 공원이든 도서관이든 침대 안이든, 내가 원하는 곳 어디서나 읽을 수 있다. 그러므로 책에는 온갖 기억과 추억이 모인다. 책은 내 책이 된다. 영화는 절대 내 영화가 되지 않는다. 영화를 보려면 영화관에 가야 한다. 돈을 내고 들어가고, 영화가 끝나면 떠나야 한다.

내가 이 소설을 끝내기 전에 영화 〈밀리언즈〉의 촬영이 시작됐다. 내 입장에서는 지극히 행운이었다. 나는 책을 쓰다가 생각이 막히면 촬영장으로 가서 데미안과 안소니의 진짜 집을 어슬렁대거나, 영화 소품인 가짜 돈다발들을 바리바리 쌓아올리며 놀았다. 내가 지폐 젠가를 창안한 것도 그때였다. 돈이 생기면 남자애들은 어떤 물건을 살까? 이런 게 궁금해지면 영화 소품부와 함께 완구점들과 백화점으로 쇼핑을 가기도 했다. 물론 소품담당도 물건을 살 때는 진짜 돈을 사용했다. 정말이다. 소품의 수호성인은 누구일지 갑자기 궁금해진다. 위조지폐의 수호성인은? 젠가의 수호성인은?

기적의 원리

전에 프랑스에 갔을 때였다. 꽃집마다 유리창이나 작은 팻말에 이름을 써놓은 걸 보고 신기하게 생각한 적이 있었다. 이름은 매일 달라졌다. 어제는 Patrice, 오늘은 Jeanne, 내일은 Thomas. 하루에 이름이 몇 개씩 적혀 있기도 하고, 일기예보처럼 일주일치 이름을 쭉 적어놓기도 했다. 알고 보니 그날이 축일인 가톨릭 성인의 이름이었다. 그러면, 그 이름의 가족이나 친구나 동료를 둔 사람들이 꽃을 사갔다. 그러니까 유럽에서는 생일뿐 아니라 영명축일에도 꽃을 받는다. 누군가 내 성인의 축일을 챙겨서 꽃을 사주면 기분이 어떨까? 궁금했다. 아기 이름을 지을 때, 우리나라는 (원칙적으로는) 그때그때 새로 '작명'하는 방식인 데 비해, 서양 기독교 문화권은 기존의 이름 풀(pool)에서 이름을 고르는 방식이다. 그리고 그 이름들의 대다수는 가톨릭 성인의 이름이다.

내가 프랑스에 있을 때만 해도 유럽 각국이 각기 다른 화폐를 썼다. 당시 프랑스 프랑화 중에는 생텍쥐페리의 '어린 왕자'가 그려진 50프랑 지폐가 나 같은 외국인들에게 가장 인기 많았다. 그러다 1999년 유럽통화연맹(EMU)이 출범하면서, 유럽은 각국의 화폐를 없애고, '유로(Euro)'라는 이름의 단일통화를 쓰기로 합의했다. 과도기를 거쳐서 2002년 1월 유로화 체제가 출범할 때, 프랑스, 독일, 이탈리아 등 유럽 국가 대다수가 이에 참여했다. 그런데 정작 이 소설의 무대인 영국은 유로 체제에 동참하지 않고 자국 통화인 파운드화를 고수했다. 현재도 영국은 파운드화를 쓴다. 따라서 파운드화의 유로화 전환을 며칠 앞두고 벌어지는 소동을 담은 이 소설의 극적 장치는 실제가 아니라 가상이다. 파운드화가 휴지가 된다는 상상, 금융대국 영국의 국민 입장에서는 간담 서늘한 발상이 아닐 수 없다.

이 소설은 초등학생 형제가 주인공이다. 형 안소니는 자기 성인의 축일도 모르는 반면, 동생 데미안은 성인들의 생몰연대와 이력을 줄줄 꿴다. 안소니가 어린 나이에도 재테크를 추종하는 반면, 데미안은 성인들과의 교감을 믿는다. 그런데 어느 날 형제에게 '하늘에서' 고액권이 가득한 돈가방이 떨어진다. 문제는 지폐가 파운드화라는 거다. 며칠 후면 파운드화는 유로화로 대체된다. 형제는 마음이 급하다. 돈이 휴지조각이 되기 전에 얼른 써야 하는데, 어른 보호자 없이 은행에 예치하기도 어렵고, 부동산을 매입하기는 더더욱 어렵고, 인터넷으로 한탕 지르려 해도 인터넷은 신용카드만 받는다. 학교에서 애들에게 뿌리는 정도로는 정해진 기한 안에 돈을 다 처분할 수도 없을뿐더러, 형제의 어설픈 돈쓰기는 잔잔한 학교에 예상치 못한 파란을 일으킨다. 심지어 기부를 하려 해도 여의치 않고 그 때문에 일만 자꾸 꼬인다. 하늘이 준

기회를 받들어 재테크로 투자 차익의 포도나무를 꽃피우려는 형 안소니와, 성 프란치스코처럼 어려운 사람을 돕고 자기도 천국의 문에 성큼 다가가고 싶은 동생 데미안의 동상이몽이 맞물리고, 이 와중에 하늘에서 떨어진 줄만 알았던 돈의 실제 출처가 드러나면서, 형제간의 '작은' 비밀은 이제 '미션 임파서블'급 미스터리 블록버스터의 규모로 변질된다. 여기에 모든 걸 알아버린 아빠의 뜻밖의 반응, 수상한 여자의 등장, 더 수상한 이웃들의 행보, 형제의 뒤를 쫓는 의문의 남자, 돈의 냄새를 맡고 사방에서 몰려드는 사람들이 더해져 사건은 계속 전대미문의 미궁으로 빠져든다.

데미안은 왜 진짜 돈을 가짜 당나귀의 등에 싣고 한밤에 성탄극에서 탈출해야 했나? 성인들은 왜 연이어 문제의 기찻길에 출몰하는 걸까? 안소니는 캐럴 합창단과 어떤 거래를 해야 했나? 아프리카에 우물을 먼저 파야 하나, 고슴도치 사다리를 먼저 놔야 하나? 우리 동네 담당 경찰 아저씨는 언제 한 건 하려나? 도대체 천국의 사다리는 몇 단인 거야? 이 책은 제각기 입체적이고 웃기는 인물들과 상상 불허의 에피소드로 가득하다. 엽기적이지만 세상의 현실이 고스란히 녹아 있다. 이 소설에는 유난히 착한 사람도, 유난히 악한 사람도 없다. 유난히 똑똑한 사람도 없다. 다들 적당히 비겁하고 적당히 위선적이다. 다들 지극히 '인간적'이다. 소설은 일확천금의 얘기지만 돈으로 할 수 없는 것을 얘기한다. 시니컬하고 비판적이지만 인간에 대한 애정을 듬뿍 담았다. 그리고 성 베드로가 데미안에게 말한 '기적이 일어나는 원리'처럼,

기적은 의외로 작은 힘에서 비롯되고, 그 빈도는 우리가 생각하는 것보다 높으며, 무엇보다 기적은 신이 아니라 자유의지를 받은 인간이 행하는 것이라는 훈훈한 진실을 전한다. 형제에게 일어난 기적은 돈가방이 아니라 '다른 무엇'이었다. 어쩌면 같은 아픔을 공유한 가족 간의 대동단결 슬픔 극복 같은 것?

어제 뉴스에서 정신질환을 앓는 청년이 부모와 조부가 고물상을 해서 어렵게 모은 돈을 길에 뿌렸고, 그 돈을 행인들이 삽시간에 주워 갔다는 사건을 접했다. 청년의 사연이 전해지면서 돈을 돌려주는 '양심 행렬'이 이어지고 있다는 반가운 소식과 함께. 나는 잠깐이나마 청년이 뿌린 8백만 원이 2천만 원, 3천만 원으로 돌아오는 기적을 꿈꿨다. 기적의 원리는 의외로 간단하다. 예수님이 빵 다섯 덩이와 물고기 두 마리로 5천 명을 먹였다는 기적도 다르지 않다. 이 소설은 돈으로는 결코 할 수 없는 일, 하지만 작은 기적의 원리로 할 수 있는 일을 알려준다. 영화로 봐도 좋겠지만 역시 좋은 얘기는 책으로 읽어야 제 맛이다. 독자들이 맘속으로 상상하는 커닝엄 형제와 주변 인물들이 더 웃길 수도 있고, 책으로 읽는 그들의 좌충우돌이 영화보다 더 박진감 넘칠 수도 있다.

2015년 1월

이재경

275